HEYNE

Fantasy

Herausgegeben von Friedel Wahren

Ein vollständiges Verzeichnis aller
im HEYNE VERLAG erschienenen Romane aus der
aventurischen Spielewelt
finden Sie am Schluss des Bandes.

Das Schwarze Auge

ALEXANDER LOHMANN

Die Mühle der Tränen

Dreiundsechzigster Roman
aus der
aventurischen Spielewelt

begründet von
ULRICH KIESOW

Originalausgabe

WILHELM HEYNE VERLAG
MÜNCHEN

HEYNE SCIENCE FICTION & FANTASY
Band 06/6063

Umwelthinweis:
Dieses Buch wurde auf chlor- und
säurefreiem Papier gedruckt.

Originalausgabe 4/2002
Redaktion: Angela Kuepper

http://www.heyne.de
Printed in Dänemark 2002
Umschlagbild: Zoltán Boros & Gábor Szikszai/Agentur Kohlstedt
Umschlaggestaltung: Nele Schütz Design, München
Technische Betreuung: M. Spinola
Satz: Schaber Satz- und Datentechnik, Wels
Druck und Bindung: Nørhaven Paperback A/S, Dänemark

ISBN 3-453-19651-1

Gewidmet denen, die bei der Entstehung
des Romans mitgewirkt haben:
vor allem Linda »Jelais« Budinger,
mit bestem Dank für die Lieder und die sonstige Mitarbeit,
und meinen anderen »Testleserinnen«
Christel Scheja, Charlotte Engmann und Ellen Schulz

Inhalt

Ifirns Ozean
300 Meilen
Yeti-Land
Paavi
Riva
Norburg
Orkland
Tiefhusen
Festum
Neersand
Trallop
Thorwal
Balibo
Lowangen
Andergast
Wehrheim
Warunk
Nostria
Beilunk
Havena
Gareth
Perricum
Meer der Sieben Winde
Grangor
Fasar
Zorgan
Vinsalt
Khunchom
Mherwed
Kuslik
Wüste Khom
Thalusa
Tuzak
Maraskan
Zyklopen-Inseln
Al'Anfa
Altoum
Brabak
Perlenmeer
Waldinseln
Aventurien

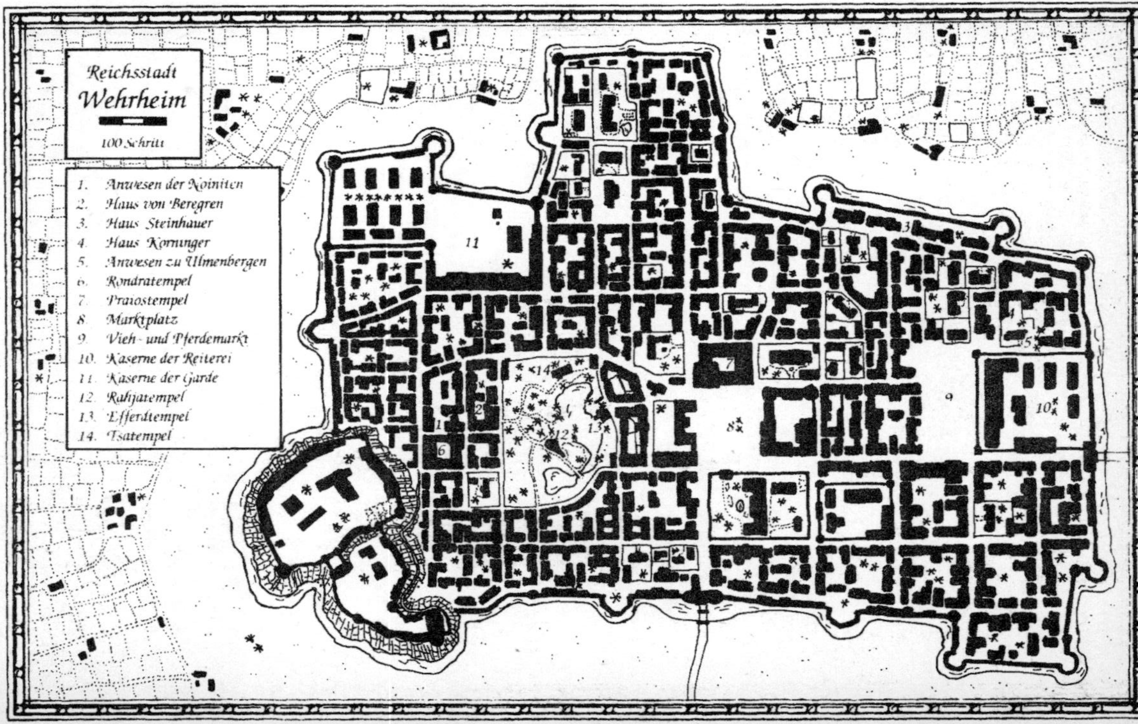
Reichsstadt
Wehrheim
100 Schritt
1. Anwesen der Noioniten
2. Haus von Beregren
3. Haus Steinhauer
4. Haus Korninger
5. Anwesen zu Ulmenbergen
6. Rondratempel
7. Praiostempel
8. Marktplatz
9. Vieh- und Pferdemarkt
10. Kaserne der Reiterei
11. Kaserne der Garde
12. Rahjatempel
13. Efferdtempel
14. Tsatempel

1. Kapitel

Träume vom Tod

Ein Geräusch von der Seite: Einige lose Erdkrumen rieselten aus der Wand und plötzlich langten Arme in den Gang. Finger, deren modriges Fleisch kaum von der anhaftenden Friedhofserde zu unterscheiden war, bekamen den Mantel des Praiosgeweihten zu fassen und rissen den jungen Mann zur Seite. Weitere Arme wuchsen aus dem modrigen Erdreich und umschlangen Hals und Gliedmaßen des Opfers.

Der Priester des Sonnengottes stieß einen erstickten Laut aus, als sich eine Faust mit übermenschlicher Kraft um seine Kehle schloss.

Die Knechte und Knappen aus dem Gefolge wichen erschrocken zurück, aber der Bannstrahl-Ritter Praiodan Bernfried von Bregelsaum bemerkte im ersten Augenblick gar nichts von dem Vorfall. Der hoch gewachsene Krieger war erschöpft. Das Blut rauschte in seinen Ohren, seine einstmals strahlend weiße Kleidung war verdreckt und zerrissen und er konzentrierte sich auf einen einzigen Gedanken: Er musste diese Mission abschließen, bevor ihn vollends die Kräfte verließen.

Die Unruhe in seinem Rücken drang durch seine Müdigkeit und er drehte sich um.

»Bei der Macht des Götterfürsten!«, rief eine Knappin aus und überwand ihre Furcht. Sie hielt ihr Schwert ausgestreckt in der Hand und wollte sich an einem unentschlossenen Kriegsknecht vorbei nach vorne drängen, aber ein tückischer Griff um ihre Knöchel brachte sie zu Fall.

»Befreit den Geweihten!«, rief Praiodan seinen Leuten zu. Dann schlug er selbst mit der Klinge auf die unheimlichen Arme ein, die überall aus den Wänden wuchsen. Sie waren braun von der Friedhofserde und im Zwielicht der spärlichen Laternen schlecht zu erkennen.

Praiodans Schwert war in den vorangegangenen Kämpfen stumpf geworden, und er musste seine Kraft sparsam einsetzen, um den bedrohten Priester nicht zu verletzten. Einer seiner Leute schlug mit dem Streitkolben zu, obwohl diese Waffe dem neuen Gegner kaum schaden konnte.

So hatten die Kämpfer einen schweren Stand gegen die widernatürlich belebten Gliedmaßen. Als sich der Griff der untoten Finger endlich löste, stürzte der junge Geweihte kraftlos zu Boden. Er gab gurgelnde Laute von sich und zuckte wie in Krämpfen, aber er konnte erst versorgt werden, als die letzten Leichenarme zerschlagen auf dem Boden lagen.

Praiodan drehte ihn auf den Rücken.

Die Kehle des Priesters war eingedrückt, und da sie ohne Heiler waren, mussten die Krieger hilflos mit ansehen, wie ihr Gefährte starb.

»Ich war zu ungeschickt«, sagte die Knappin und unterdrückte ein Schluchzen.

Praiodan schüttelte den Kopf: »Nein, ich war unaufmerksam. Praios vergib mir! Doch er starb für den Himmelskönig – wir müssen uns die Gnade noch erkämpfen, indem wir diesen unheiligen Ort reinigen.«

»Wir haben keinen Priester mehr«, wandte ein Krieger angsterfüllt ein. »Wir müssen umkehren!«

Gemurmel wurde unter den Kämpfern laut und hallte wie ein hohles Wispern durch die Dunkelheit. Ritter Praiodan merkte, dass ihm die Kontrolle zu entgleiten drohte. »Still!«, donnerte er. »Praios' Macht allein sorgt für Ordnung und wir sind seine Werkzeuge. Weiter jetzt, wir haben den Feind fast geschlagen!«

»Wie viel Kraft kann ihm geblieben sein?«, meinte eine zweifelnde Stimme.

Praiodan fasste die Knappin am Arm und hielt sie an seiner Seite. Dann ging er voran, um seinen Leuten ein Zeichen zu setzen. Die Augenbrauen der Frau zuckten unruhig, aber sie nahm seinen Schritt auf. Praiodans eigener Knappe folgte und auch die anderen kamen nach. Doch das Gemurmel hielt an:

»Wenn die Leute hier wüssten, welche Katakomben unter ihrem Friedhof liegen ...«

Der Ritter hielt an und mahnte seine Begleiter zur Ruhe. Der Gang endete vor einer Wand. Hätte Praiodan es nicht besser gewusst, hätte er hier eine weitere Sackgasse in dem ausgedehnten Gräberfeld vermutet, das sich unter dem so unscheinbaren und abgelegenen Boronanger verbarg. Ein Gräberfeld, das ein mächtiger Feind für widernatürliche und frevelhafte Beschwörungen missbrauchte.

»Wir müssen schon unter dem Tempel Borons sein«, keuchte die Kriegerin an der Seite des Ritters ungläubig. »Wie können die Diener des Totengottes zulassen, dass der Boden unmittelbar unter ihren Füßen derart entweiht wird?«

»Es ist ein kleiner Tempel und unser Gegner ist mächtig«, erwiderte Ritter Praiodan.

Er sprach nicht aus, was seine engeren Vertrauten ohnehin wussten und was die anderen noch mehr in Furcht versetzt hätte: Nach langer Suche hatten sie zwar das Versteck des Angrond Velunt gefunden, aber der verworfene Nekromant war nicht ihr einziger Gegner.

Er brachte seine Herrin selbst mit ins Spiel: die Erzdämonin Thargunitoth, die Herrin der Untoten und der Albträume, die Gegenspielerin des Totengottes Boron. Der finstere Magier hatte ein großes Ziel – er wollte seine Herrin an die Stelle Borons setzen! Von daher sah es ihm ähnlich, die Fäulnis an die Fundamente des örtlichen Tempels selbst zu tragen.

Erschreckend war nur der Erfolg, der ihm dabei beschieden war.

Angrond Velunt musste über große Macht verfügen, und Praiodan hoffte, dass die Kräfte ihres Gegners nunmehr erschöpft waren. Vermochte der Totenbeschwörer weitere Diener Thargunitoths herbeizurufen, dann waren sie alle verloren.

Der Ritter tastete nach einem Durchgang, obwohl er nicht wusste, was sie dahinter erwarten würde. Er vertraute auf die Macht des Götterfürsten Praios, der seine Diener gewiss niemals im Stich lassen würde.

Schließlich rief Praiodan zwei seiner kräftigsten Begleiter nach vorne und ließ sie mit aller Kraft gegen die Mauer drücken. Es knirschte, und tatsächlich drehte sich langsam das ganze Wandstück und gab einen Zugang frei. Die beiden vierschrötigen Kriegsknechte taumelten in das dahinter liegende finstere Gewölbe und der Ritter trat rasch zwischen sie; die Kriegerin in seinem Rücken hielt eine Öllampe durch die Öffnung und erleuchtete die Halle.

Was Praiodan im ersten Augenblick für einen formlosen Felsen gehalten hatte, entpuppte sich im unruhigen Schein der Laterne als menschliche Gestalt, eine gebeugte Figur, die dem Ritter eben bis zur Schulter reichte und die sich auf einen langen Stab stützte. Ein fleckiger brauner Überwurf und eine tief ins Gesicht gezogene Kapuze verhüllte sie.

Der Bannstrahler hob das Schwert. »Gib auf, Angrond, und stell dich der Gerechtigkeit Praios'!«, rief er.

Der Kapuzenmann lachte trocken: »Jetzt hältst du dich für stark und wagst große Worte. Dabei hat dir das Glück geholfen: Hätte ich für meine Diener Waffen besorgen können, dann hätte mein Heer dich und deinen zerlumpten Haufen zerquetscht! Nein, dir ergebe ich mich nicht. Dazu habe ich keinen Grund: Die Schmerzen der Folter fliehe ich – aber vor dem Tod habe ich keine Angst. Ich bin der Herr des Todes!«

Mit diesen Worten schlug Angrond seine Kapuze zurück. Der Anblick schnürte dem Ritter die Kehle zu. Das Gesicht des Dämonenanbeters war kaum noch zu erkennen; eine gräuliche Flechte wucherte über seine Haut und entstellte sein Antlitz.

Praiodans Haare stellten sich auf, kalter Schweiß drang ihm aus den Poren. Hatte er es überhaupt mit einem lebenden Gegner zu tun? Der Nekromant winkte zwei Skelette heran und stürzte sich auf den Bannstrahler, ehe der sich von seinem Schrecken erholt hatte.

Im ersten Augenblick wich Praiodan vor dem Angriff zurück, halb vor Ekel, halb aus Überraschung vor der schnellen Bewegung, die er dem verkrüppelten Alten nicht zugetraut hätte. Als Angrond allerdings seinen Stab schwang, da erwachten die Reflexe des Ritters. Er duckte sich und das schwere Ende des Zauberstabs wischte über seinem Kopf durch die leere Luft. Angrond wechselte mit einem Schwung die Schlagrichtung seiner Waffe. Eine kristallene Spitze stieß auf Praiodan zu. Der Bannstrahler wich aus und prallte mit der Schulter gegen die halb geöffnete Geheimtür. Jedoch kam er seinem Gegner nahe genug, um sein Schwert von unten in dessen Brust zu stoßen.

Ein keuchender Laut entrang sich der Kehle des Nekromanten. Seine verwachsenen Nasenflügel bebten.

»Es drückt ...«, stieß er überrascht hervor und sein Blick wurde trübe. Mit plötzlich tonloser Stimme fügte er hinzu: »Wir sehen uns ...« Dann verstummte er und kippte nach hinten. Die Klinge entglitt Praiodans Hand – er griff nicht danach, sondern trat angewidert beiseite.

Dann blickte er sich um.

Seine beiden Begleiter hatten die belebten Gerippe mit ihren Kriegskeulen erschlagen und kein lebender oder untoter Feind war noch im Gewölbe verblieben.

Praiodan wich zurück bis zur Knappin am Eingang. Dann hustete und würgte er und sagte schließlich: »Nein, wir sehen uns nicht, nie mehr, denn wo du hingehst, werde ich in Praios' Namen niemals gehen!«

Er wusste, was die bevorzugten Diener der Erzdämonin Thargunitoth nach ihrem Tod erwartete: Verbannt in den Tiefen der Niederhöllen, wurden ihre Seelen jahrtausendelang gemartert, bis sie endlich als heulende, wahnsinnige Dämonen die Lebenden heimsuchen durften. Er, Praiodan Bernfried von Bregelsaum, würde die Rückkehr des Angrond nicht mehr erleben.

Und er war froh darüber.

»Bringt ihn nach oben und reinigt ihn in den Flammen!«, befahl der Ritter. »Dieses Geschöpf darf in keiner Form mehr unter Praios' Antlitz wandeln.«

Praiodan trat zurück in den Gang und wartete, bis seine Leute versammelt waren. Bald konnten sie den Rückweg antreten. Er wusste, viele würden ihm Vorhaltungen machen. Die Komtur, weil er nicht für den Einsatz in Weiden erreichbar gewesen war. Sein Vater, weil er die Vogtei der Ehrenburg vernachlässigt hatte. Dafür hatte er eine Bedrohung abgewendet, ehe sie an die Oberfläche gekommen war – und das im wahrsten Sinn des Wortes!

Das würden die anderen anerkennen.

Ein letztes Mal dachte er an seinen Feind. War Angrond Velunt ein bevorzugter Diener der Erzdämonin Thargunitoth gewesen? Immerhin hieß es, die Gunst der Dämonen sei eine zweischneidige Sache, weil sie ihre geschätzten Diener früh an ihre Seite holten. Angrond hingegen war ein zäher Feind gewesen. Immer wieder war er den Nachstellungen seiner Verfolger entkommen. Fast hätte man den Eindruck gewinnen können, der Herrin der Albträume sei dieser Anhänger selbst so widerwärtig gewesen, dass sie ihn mit allen Mitteln möglichst lange aus ihrem Reich fern halten wollte.

Praiodan lächelte und überspielte mit diesen Gedanken die ausgestandene Furcht und die leere Erschöpfung, die an seinem Triumph zehrte. Aber er wusste auch, dass leichtfertige Gedanken über höllische Kreaturen eine Sünde waren.

Er würde später dafür Buße tun.

Es war dunkel. In der Ferne zuckte grelles Licht in schmalen Linien auf und verblasste wieder.

Jelais war allein in dieser Finsternis, die selbst für ihre scharfen Elfenaugen undurchdringlich war. Sie irrte umher und rief etwas, aber es ging unter im Heulen geisterhafter Stimmen, die lauter wurden und bald aufgebracht brüllten. Sie zerrten an der Elfe. Mühsam klammerte Jelais sich am weichen, nachgiebigen Untergrund fest. Die Stimmen tobten wütend um sie herum, pfiffen und kreischten. Irgendwo in der Dunkelheit brach Holz, und Jelais spürte, wie sie den Halt verlor. Und immer häufiger flackerte das Licht auf, formte die Umrisse eines Tores …

Schreiend fuhr Jelais aus dem Traum hoch. Sie saß aufrecht im Bett, in einem Gastzimmer des Oswin von Beregren in Wehrheim. Ihr Herz schlug wild. Sie war erhitzt von dem Albtraum, aber schon spürte sie stechende Kälte. Trotz der geschlossenen Läden zog ein schneidender Firunswind durch den Raum und ließ sie frösteln, denn im Schlaf hatte sie ihr Lager zerwühlt und die Decken beiseite geworfen. Das Laken war halb herausgezogen und sie hielt einen Zipfel zwischen ihren verkrampften Fingern.

Da war auch wieder das Leuchten – im Schein eines

flackernden Blitzes sah Jelais deutlich die Umrisse ihres Fensters. Jeder Spalt im Holz des Fensterladens wurde für den Bruchteil eines Herzschlags zu einer strahlenden Sonne. Das Heulen erschien ihr noch lauter als im Traum. Ein furchtbares Unwetter war über die Stadt gekommen, wie man es in der kalten Jahreszeit selten erlebte. Jelais hörte keinen Regen, aber Blitze zuckten unregelmäßig und allzu oft, der Donner war ohrenbetäubend und der Wind rüttelte und zerrte an dem Haus. Die Elfe konnte hören, wie Dachschindeln losgerissen wurden und an die Fassaden der umliegenden Häuser schlugen.

»Was ist denn los? Sie schlagen ja die Tür ein!«, murmelte Berna im Halbschlaf. Wundersamerweise war die Gauklerin nicht früher wach geworden. Sie hatte einen festen Schlaf und fand nur langsam in die Wirklichkeit. Obwohl Jelais die Zähne ihrer Reisegefährtin aufeinander schlagen hörte, hatte Berna noch nicht einmal bemerkt, dass sie fror.

»Was für ein Lärm – ein Unwetter!«, wurde der Gauklerin bewusst.

Jelais sprang aus dem Bett und tastete nach ihrer Kleidung. Es war kalt und bei einem Gewittersturm wie diesem wollte sie nicht still im Bett liegen. Wie konnte dieser Menschenbau überhaupt den tobenden Urgewalten trotzen? Und war es wirklich möglich, dass die Männer noch schliefen?

Da hörten Jelais' scharfe Ohren Schritte auf dem Flur, flüsternde Stimmen. Rasch eilte sie zur Tür.

»Was ist? Wer ist im Zimmer?«, fragte Berna erschrocken.

»Ich natürlich – was denkst denn du?«, gab Jelais zurück. »Schlaf weiter und lass dich fortblasen. Aber dieses Wetter ist ein Lied wert und ich werde nicht in meinem Bett ausharren!«

»Wo ist denn die Decke?«, hörte sie die verschlafene

Stimme der Gauklerin hinter sich, als sie die Tür öffnete und in flackerndes Lampenlicht blickte. Nach einem kurzen Atemholen der Elemente, einem Augenblick der Stille, ließ ein Donnerschlag das Haus erzittern. Jelais hörte in der Nähe Glas und Holz bersten.

Oswin, ihr Gastgeber, stand mit einer Öllaterne auf der Galerie, neben ihm duckte sich der Zauberkundige Marwan Schutz suchend unter seinen Stab. Der Illusionist trug nichts weiter als ein lächerlich kurzes Leinennachthemd, aus dem seine dürren Beine ragten.

»Das war nah«, hauchte Oswin Jelais beeindruckt zu.

Der Sturm blies erneut um das Haus, mischte sich mit prasselndem Niederschlag. Aber nach der letzten Entladung hatte das Gewitter an Kraft verloren. Die zuckenden Blitze wurden schwächer und der Donner verhallte. Im sanften Lampenschein glitzerten Eiskristalle unten im Flur. Feine Graupelkörner wehten in dichten Schwaden in das Haus und tanzten durch das Erdgeschoss, ehe sie sich zu einer schimmernden Schicht auf den Boden legten.

»Das Fenster neben der Pforte!« Jelais wies auf die eindringenden Firunsboten hin. »Es muss gesplittert sein.«

»Nach diesem Unwetter muss ich gewiss nicht nur das Fenster reparieren lassen«, seufzte der Gelehrte. »Ich habe deutlich gehört, wie der Sturm mein Dach abgedeckt hat.«

»Der letzte Blitz – bestimmt hat er hier eingeschlagen! Vielleicht brennen wir schon!«, rief Marwan panisch dazwischen. Seine gehetzten Blicke suchten einen möglichen Brandherd.

Die Elfe beschwichtigte die beiden Männer. »Nein, so schlimm war es nicht. Einige Dachschindeln haben sich gelöst – aber hört doch: Der Wind lässt nach und auch der Hagel. Der Blitz ist zwar nahebei eingeschlagen, jedoch nicht ins Haus. Sehen wir hinaus, ob es in der

Straße brennt. Eure Menschenstädte sind ja so anfällig …«

»Wälder brennen auch, wenn der Blitz einschlägt«, brummelte Marwan missmutig, schaute auf seine Füße und schämte sich seiner Furcht. Inzwischen war er halbwegs beruhigt, denn er verließ sich auf Jelais' scharfes Gehör und ihre Vertrautheit mit den Naturgewalten.

Zu dritt stiegen sie die Treppe hinab zur Eingangstür. Im Fortgehen hörte Jelais bereits wieder Bernas gleichmäßige Atemzüge.

2. Kapitel

Flucht in die Finsternis

Zwei Wochen später waren die Schäden am Haus ausgebessert. Während des Sturms war in der Stadt vieles zu Bruch gegangen, aber Oswins Viertel war am schlimmsten heimgesucht worden. Für die wenigen Löcher und gelockerten Schindeln hatte der Gelehrte schnell einen Dachdecker gefunden, doch das Fenster zu reparieren hatte länger gedauert: Glas war ein Luxusgut und Oswin von Beregren zahlte nicht jeden Preis.

Der adlige Gelehrte war alles andere als wohlhabend und lebte in seinem kleinen Stadthaus von den geringen Zuwendungen seines Neffen, der das Landgut der Familie geerbt hatte. Gerne aber nutzte Oswin seinen Besitz, um über den Winter Besucher aufzunehmen. Insbesondere, wenn sie aus fernen Ländern kamen und allerhand zu berichten hatten. Der Privatgelehrte sah seine Berufung darin, mittels seiner Aufzeichnungen der Nachwelt ein Bild ganz Aventuriens zu hinterlassen. So hatte er Jelais angesprochen, als sie mit ihrer Reisegefährtin Bernika – die von den meisten nur Berna gerufen wurde – im Herbst nach Wehrheim gekommen war, und er hatte den beiden Frauen ein Winterquartier im Tausch gegen ein paar Geschichten versprochen.

In einem der beiden Gastzimmer wohnte schon der reisende Illusionist Marwan, der Oswins dilettantische Leidenschaft für Alchimie teilte. Jelais und die Gauklerin Berna mussten also Kammer und Bett teilen, was in den kalten Monden durchaus ein Vorteil war.

An diesem Abend saß Oswin mit seinen drei Logiergästen im Salon, einem kleinen, behaglichen Kaminzimmer im Erdgeschoss. Sie tranken warmen Wein und der Gastgeber stand ein ums andere Mal auf, um durch die Tür in den Flur zu blicken.

»Magnifique! Ein wundervoller Anblick, findet ihr nicht?«, fragte er, aber keiner wollte sich aus den bequemen Polstersesseln erheben. Das Kaminfeuer strahlte Wärme aus, im Treppenhaus blieb es jedoch ungemütlich kühl. Mit der darüber liegenden Galerie war es schwer zu beheizen.

»Sicher – ein hübscher, heller Rahmen!«, sagte Marwan, ohne den Blick zu heben, und nippte an seinem Glas. Alle wussten, wie angetan ihr Gastgeber von seinem neuen Fenster war, dem einzigen Glasfenster im Haus. Die anderen Fenster waren bloße Öffnungen, die von Läden geschützt wurden. Im Winter wurden gegen die Zugluft zusätzlich Rahmen mit Pergament eingehängt. Glas hingegen ließ Sonnenstrahlen hinein und hielt die Kälte draußen. Durch die orangegelben Bleiglaskreise, die von einem filigranen Metallgitter gehalten wurden, sickerte zu dieser Stunde schweres Dämmerlicht und machte die Umrisse des Treppengeländers sichtbar.

»Fensterläden werden hier wohl vonnöten sein«, sagte der Edle nachdenklich, schlurfte zurück zu seinem Sessel und ließ sich nieder. »Ich hätte nicht gedacht, dass das Glas so empfindlich ist.« Im friedlichen Wehrheim hatte er bisher keinen Grund gesehen, die kleine Scheibe zu schützen.

»So einen Sturm erlebst du so schnell nicht wieder!«, beruhigte ihn Berna.

»Cogitans permanens bleibt mir doch obskur, auf welche Weise das Fenster zu Bruch ging. Mein Domizil wurde jedenfalls nicht vom Blitz heimgesucht.«

»Vielleicht ein kalter Blitz, der nichts entzündet hat«,

mutmaßte Marwan. »Ich habe schon von derlei Dingen gehört … Doch wie wäre es mit einem kleinen Schlummerlied, werte Dame?«, wandte er sich unvermittelt an die Elfe.

»Du hattest bereits einen Schlummertrunk«, neckte Jelais den tapsigen Illusionisten. »Damit kannst du gewiss mehr anfangen, Rosenohr. Zudem ist mir heute nicht nach Liedern und Geschichten zumute.«

»Sie hatte eine Begegnung auf dem Viehmarkt. Einer der weiß-goldenen Praiosritter hat dort einen Sänger bedroht. Ich habe Jelais fortgezogen, ehe sie sich einmischen konnte«, warf Berna ein.

»Das war weise getan.« Marwan nickte bedächtig.

»Es war ungerecht!«, ereiferte sich die Elfe. »Der Spielmann unterhielt nur sein Publikum mit einem Lied, eine ganz belanglose Tändelei. Wie soll ich als Bardin unter den Menschen wirken, wenn ich auf derart undurchschaubare Empfindlichkeiten achten muss?«

»Von welcher Natura war denn das Lied, welches der Barde zu intonieren wagte?«, fragte der Gastgeber ungeduldig.

Jelais erhob sich von ihrem Stuhl: »Der Sänger ist nicht weit gekommen – er wurde schon in der ersten Strophe unterbrochen:

Alveran, ich freu mich dein –
Geh ich in Praios' Hallen ein,
So mag ich dich beschauen.
Nichts wüsst ich, was ich mehr genieß:
Den Glanz des Herrn im Paradies
Und unsre schönen Frauen.«

»Nun«, setzte Marwan an, »es ist schon ein wenig despektierlich, so von unserem Herrn Praios zu reden. Und ganz besonders natürlich, die Göttinnen als ›schöne Frauen‹ zu titulieren.«

»Der Sänger sprach gewiss nicht von Travia und ihren Schwestern!«, lachte Berna.

Jelais wirkte nachdenklich. »Tatsächlich, wenn man den Text auf diese Weise versteht und an eure Göttinnen denkt – auf den Gedanken bin ich gar nicht gekommen.« Nach einer kurzen Pause grinste sie breit: »Ich konnte auch kaum an *religiöse* Hingabe glauben, so wie er dich bei dem letzten Satz anblickte.«

»Nein«, kicherte Berna und machte eine abwehrende Geste, aber Oswin erinnerte an den ernsten Hintergrund der Unterhaltung:

»Cogitans permanens erschließt sich mir jedenfalls, weshalb der Praiosritter die Worte für eine Gotteslästerung nahm, auch wenn er nicht an die Ehre der jüngeren Schwestern des Götterfürsten dachte. Aber Praios' Name in so zweideutigem Umfeld …«

Marwan, der Illusionist, nahm einen weiteren Schluck aus seinem Glas, das er mit beiden Händen umfasste. »Sicher«, dozierte er, »zweideutige Lieder und Anspielungen, die durch den Vortrag deutlicher werden, sind bei manchem Sänger beliebt. Man muss schon sehr leichtfertig sein, um so etwas hier in Wehrheim zu versuchen, noch dazu mit religiösen Motiven. Du als Elfe solltest das in jedem Fall unterlassen!«, wandte er sich belehrend an Jelais.

»Die Anspielung zeigt jedenfalls, was wirklich wichtig ist: die Dinge, die uns täglich umgeben. Nicht irgendwelche Götter! Ich gehe zu Bett.«

Die Elfe schritt die Treppe hinauf und Berna folgte ihr. In den letzten Tagen war das Wetter besser geworden und die zusätzliche Wärme einer Zimmergenossin weniger nötig. Stattdessen wurde Jelais seit ihrem Albtraum in der Nacht des Unwetters die Enge immer unangenehmer.

»Möchtest du nicht ein wenig bei Marwan verweilen?« Sie zwinkerte der Gauklerin zu, die Augen halb unter den langen schwarzen Haaren verborgen. »Ein junger Mann mit großem Wissen, von dem sich vieles lernen lässt. Willst du dich nicht etwas um ihn kümmern, ehe wir weiterreisen …«

Berna blickte sie verständnislos an. Jelais seufzte innerlich. Ihre Reisegefährtin war nicht empfänglich für Anspielungen, und so fand die Elfe keinen rechten Ansatz, Berna zu einem Zimmerwechsel zu bewegen.

Marwan blieb mit seinem Gastgeber in der Stube zurück. Eine Zeit lang schwiegen beide gedankenvoll. Die vier Hausbewohner waren in den frühen Wintermonaten miteinander vertraut geworden und pflegten inzwischen einen sehr freundschaftlichen Verkehr. Auch wenn Jelais es kaum bemerkte, da sie kein Gespür für Standesunterschiede hatte, so wusste insbesondere Marwan den fehlenden Dünkel ihres adligen Gastgebers durchaus zu schätzen. Dieser hob nach einer Weile entschuldigend die Schultern und meinte nur: »Elfen!«, worauf der Illusionist wissend lächelte und mit dem Kopf nickte.

Als Jelais mitten in der Nacht erwachte, saß sie bereits aufrecht im Bett. Ihre Ohren schmerzten und sie hatte einen Laut gehört – einen Nachhall des Donnerschlags, der vor zwei Wochen das Fenster hatte bersten lassen. War es ein Traum gewesen?

Berna bewegte sich ebenfalls. »Was hast du?«, fragte sie schlaftrunken.

»Ich habe etwas gehört – still!«, gab die Elfe zurück und lauschte in die Nacht hinaus.

»Eine Tür hat geschlagen!«, murmelte Berna, wieder halb eingeschlafen.

Das nächste Geräusch war deutlicher – splitterndes Glas, hier im Haus. Nicht schon wieder! Jelais hörte, wie die Glassegmente unter einem wuchtigen Schlag zerbarsten und in den Flur prasselten. Weitere Schläge folgten und zerschlugen das Fenster vollends. Oswin hatte oft betont, dass sein Haus in der Nähe des Tempelparks sicher sei und weitab von allem Gesindel liege, das es auch in Wehrheim geben mochte. Trotzdem wusste Jelais die Geräusche nur auf eine Weise zu deuten und zögerte vor Schreck.

»Jemand verschafft sich Einlass in das Haus!«, flüsterte sie schließlich. Beide Frauen suchten in der Finsternis nach ihren Sachen, schon aber hörten sie auf der Galerie eine Tür schlagen und die aufgeregte Stimme Oswin von Beregrens.

»Maleficium!«, rief der Gelehrte. »Welche Impertinenz! Vor aller Ohren – das lasse ich nicht durchgehen. Erst gestern hat der Tischler den Rahmen eingefügt!«

Eilige barfüßige Schritte näherten sich ihrem Zimmer und Jelais sprang hastig durch den Raum und stieß die Tür auf. Die Kammer der Frauen lag dem Treppenabgang am nächsten. So rammte sie dem Gastgeber, der erzürnt zum Erdgeschoss eilte, beinahe die Türkante ins Gesicht. Mit einem Aufschrei ließ Oswin die Öllampe fallen und sogleich züngelten schwache, bläuliche Flammen über das Parkett.

»Male… was ist das?«, rief er erschrocken aus. Jelais bedeutete ihm zu schweigen und erstickte die Flammen. Dazu gebrauchte sie ihre eigene Hose, die sie noch in den Händen hielt, und das tat ihr sehr Leid.

Dann erloschen die Flammen und es wurde dunkel.

»Beim namenlosen Schrecken!«, fluchte Oswin. »Erst mein Fenster – und dann steckst du mein Haus in Brand.«

»Sei doch still – hier ist jemand!«, flüsterte Jelais eindringlich und spähte mit ihren scharfen Augen die Treppe hinab. Schwaches Mondlicht fiel durch das zerschlagene Fenster in den Flur. In dem silbrigen Viereck bewegte sich etwas: Obwohl kein Hagel, kein Dunst von der Straße hereindrang, zog sich Nebel im Haus zusammen. Wie schwebende, glänzende Staubteilchen tanzten zunächst einige Flocken durch die Luft, verdichteten sich und füllten rasch den Flur im Erdgeschoss.

Oswin sah davon nichts, für Menschenaugen waren die Schatten zu dicht. Und er wollte sich nicht beruhigen.

»Jemand ist hier, gut! Ich sorge dafür, dass er nicht ungeschoren davonkommt – und auch gewiss nicht wiederkommen möchte!« Mit einem Ruck löste er Jelais' Griff und stapfte entschlossen die Treppe hinab.

»Halt, so warte!«, rief Jelais ihm hinterher. Der unheimliche Nebel wogte in dichten Wolken die halbe Treppe herauf, aber niemand außer der Elfe bemerkte ihn. »Du bist nicht vorbereitet – etwas Unheimliches geschieht hier!«

Ihr Nacken prickelte und ihre feinen Elfensinne vibrierten. Sie spürte das Wirken von Magie.

Oswin ließ sich nicht aufhalten: »Weiterer Vorbereitung bedarf ich nicht. Ist dir bekannt, wie viele Dukaten mein Fenster ...«

Seine Füße waren ein Stück weit im Nebel verschwunden. Überrascht verstummte der Gelehrte, wenngleich er nur tasten und noch immer nichts erkennen konnte. Die eigene Entschlossenheit trug ihn einige Stufen tiefer, ehe er schmerzerfüllt aufschrie und ins Stolpern geriet. Jelais hörte ihn am Fuß der Treppe aufschlagen, darauf scharrende Geräusche, dann Stille. Ein Lichtschein huschte über die Galerie.

»Was ist denn jetzt schon wieder?«, fragte Marwan, der mit einer Kerze aus seinem Zimmer getreten war. Als er der unbekleideten Elfe gewahr wurde, hielt er verlegen inne und blickte zu Boden. Auch Berna trat endlich aus der Tür und wich erschrocken wieder zurück. Sie zeigte auf den Nebel. Silbrig glühende Punkte funkelten in den giftig roten Schwaden. »Hesinde hilf uns – was ist das?«, rief sie entsetzt aus.

Marwan blickte über das Geländer. Von Oswin war nichts mehr zu sehen, er war vom Dunst verschlungen worden.

»Oswin«, sagte Jelais hilflos und wies die Treppe hinab. Sie hörte ein Stöhnen, ein Husten aus dem Nebel, beinahe zum Greifen nahe. Wer auch immer das Fenster zerschlagen hatte und in das Haus eingedrungen sein mochte – die Elfe hatte seither nichts von ihm wahrgenommen. Beherzt holte sie Luft, hielt den Atem an und stieg die Treppe hinab.

Der Nebel schmerzte auf ihrer Haut wie ein Feuerbrand. Sie wimmerte leise, schloss die Augen und erreichte das untere Geschoss. Dort stieß sie auf etwas Weiches, einen Körper, der sich unsicher bewegte. Sie griff zu und zog ihn empor. Es war Oswin. Geschwächt schwankte der Gelehrte, ehe er von Jelais gestützt die Treppe emporsteigen konnte. Als die beiden Verschwundenen aus dem Nebel auftauchten, hatte Berna den ersten Schreck überwunden und half der Elfe.

Der Hausherr taumelte auf die Galerie und rang nach Atem. Dann brach er zusammen und blieb zusammengekauert in Bernas Armen liegen. Jelais öffnete die Augen. Ihre Haut brannte und die Lungen stachen, aber der Schmerz folgte ihr nicht aus dem Nebel. Sie gesellte sich zu Marwan und musterte im Kerzenschein ihre prickelnde Haut. Nicht einmal eine Rötung war zu entdecken.

»Dieser Qualm brennt wie heißer Wasserdampf«, berichtete sie etwas außer Atem. »Zum Glück habe ich ihn nicht eingeatmet wie Oswin«, fügte sie besorgt hinzu. Ihr Gastgeber rang weiterhin nach Luft, erholte sich jedoch langsam wieder. Immer noch geschwächt, lehnte er kraftlos an der Wand.

»Wie Schwefeldämpfe aus der Alchimistenküche … Aus welcher Hölle kommt dieser Nebel?«, fragte Marwan.

»Er hat etwas Magisches an sich«, gab Jelais zurück. Ihre gereizte Haut beruhigte sich allmählich, aber sie würde ein Bad nehmen, so rasch es sich einrichten ließ.

Die anderen nickten zustimmend und spähten misstrauisch die Treppe hinab. Der Dunst stieg nicht höher empor. »Wir müssen uns um Oswin kümmern!«, mahnte Berna.

Jelais blickte den Edlen an. »Wir bringen ihn zurück ins Bett und holen einen Heilkundigen, sobald es geht. Aber der Nebel scheint nur gefährlich, solange man ihm ausgesetzt ist.«

»Macht den Laden in seinem Zimmer auf«, rief Berna. »Oswin braucht bestimmt frische Luft! Außerdem können wir notfalls durch das Fenster aus dem Haus kommen.«

»Das wird nicht nötig sein«, meldete sich Marwan zu Wort. »Seht! Der Dunst senkt sich bereits.«

Tatsächlich verflog der giftige Qualm wie ein böser Traum, so rasch, wie er sich unter Jelais' Augen verdichtet hatte. Es blieben einige glänzende Flocken übrig, wie silbrige Wollfäden sanken sie zu Boden. Dann lag das Erdgeschoss wieder leer und still zu ihren Füßen – ein Blick von der Galerie hinab enthüllte nichts Verdächtiges. Nächtliches Zwielicht fiel in den Flur. Von der Straße her wurde es laut.

Jelais und ihre Freunde brachten den Gastgeber in sein Bett und ließen die widerstrebende Berna bei ihm zurück. Dann zog Jelais sich hastig etwas über und eilte mit Marwan hinab. Die Stimmen draußen klangen zornig, aber die Menschen versammelten sich nicht vor Oswins Haus, sondern auf der gegenüberliegenden Seite der Straße. Als Marwan die Haustüre entriegeln wollte, hielt Jelais ihn zurück. Sie wies auf die Scherben im Flur.

»Sieh dort – jemand hat von außen das Fenster eingeschlagen.«

»Ich weiß, ich weiß«, gab der Illusionist ungeduldig zurück. »Ich habe das splitternde Glas wohl vernommen.«

»Dieser Jemand ist durch das Fenster ins Haus eingestiegen!«

Marwans Blick folgte ihrem ausgestreckten Arm den Flur entlang zur Hintertür. Die stand weit offen, der Riegel lag achtlos auf dem Boden. Der Illusionist zog jedoch nicht die richtigen Schlüsse, blickte im Gegenteil gehetzt um sich und wollte gar in einer Aufwallung von Furcht durch die Vordertür fliehen.

»Er ist weg«, beruhigte die Bardin ihren Begleiter und musste sogar ein wenig lächeln. »Verstehst du nicht? Jemand schlug die Scheibe ein und stieg in den Flur. Dann lief er zur Hintertür und entkam durch den Hof. Er war gewiss schon fort, ehe der Erste von uns auf die Galerie trat. Lass uns hinter dem Haus nach Spuren suchen.«

»Du vergisst etwas«, sagte Marwan betont ruhig. »Dieser Jemand hat den Flur mit einem magischen, giftigen Nebel gefüllt, nachdem er hindurchgelaufen ist. Er wollte nicht, dass jemand ihm folgt – und ich bin dafür, diesen Wunsch zu achten.«

Jelais zögerte und blickte durch die Hintertür. Oswins kleiner Kräutergarten lag verlassen im Mondlicht, und falls der Einbrecher dorthin geflohen war, so hatte er das Grundstück schon wieder verlassen. Die Spuren dort würden eine Weile zu sehen sein, während jetzt vermutlich eher der rechte Augenblick war, etwas über die Ursprünge des rätselhaften Überfalls zu erfahren.

Auf der Hauptstraße hatte sich inzwischen eine ansehnliche Menge versammelt. Nachbarn standen vor dem gegenüberliegenden Haus und sprachen aufgeregt mit jemandem, der außer Sicht in der Eingangstür des wuchtigen, mehrgeschossigen Gebäudes stand. Schon eilte von rechts eine Patrouille der Nachtwache zum Ort des Aufruhrs und von links näherte sich eine Abordnung aus dem nahe gelegenen Tempel der Kriegsgöttin Rondra.

Oswins Haus, obgleich nur wenige Schritte entfernt, blieb unbeachtet. Der Einbrecher hatte das kleine Fenster neben dem Eingang so gründlich zerschlagen, dass keine noch im Rahmen steckenden Scherben den Schaden verrieten. Aber was lockte die Leute zu dem abweisenden Bauwerk auf der anderen Straßenseite?

Jelais' Neugierde war geweckt, doch jetzt, da die Ordnungshüter Wehrheims anrückten, war es womöglich zu spät für eigene Nachforschungen.

Rasch wandte sich die Elfe an den Illusionisten, der über ihre Schulter nach draußen blickte und unbehaglich von einem Fuß auf den anderen trat.

»Marwan, wirf dich in Schale und mach einen wichtigen Eindruck! Dann erfahren wir möglicherweise etwas!«

»Erfahren *wir?*«, stotterte der Zauberer. »Da draußen ist doch genug Militär versammelt, um sich eines Einbrechers anzunehmen.«

»Die Bewaffneten sorgen für Ordnung, aber gewiss nicht für dich. Willst du Gewissheit haben und in Zukunft wieder ruhig schlafen können, musst du selbst nachfragen! Und«, Jelais senkte bedrohlich die Stimme, »du hast selbst gesehen: In unserem Haus war finstere Magie am Werke. Das solltest du nicht melden. Denn wer weiß, in was du dann hineingezogen wirst …«

Jelais wusste, wie ungerecht es war, dem furchtsamen Illusionisten neue Angst einzuflößen. Aber hier lag ein Geheimnis vor und das wollte sie nicht einfach der Obrigkeit überlassen. Wie sollte sie je als Bardin bestehen und ihren Zuhörern neue Geschichten erzählen, wenn sie nicht selbst Augen und Ohren aufsperrte?

»Wir müssen diesen Einbruch zur Anzeige bringen!«, wandte Marwan ein. »Wenn wir etwas verschweigen, was …?« Er verstummte verunsichert. Jelais hatte ihn nur anspornen wollen, aber in einem hatte sie Recht: Als Marktzauberer war er zwar geduldet, doch zugleich eine gute Zielscheibe für Verdächtigungen. Die Gauklerin Bernika, die Bardin Jelais, er selbst – sie drei waren heimatlose Fremde, die leicht auch als Sündenböcke herhalten konnten, wenn es der Ruhe in der Stadt dienlich war.

Beunruhigt stieg er die Treppe empor, während Jelais auf die Straße trat. Nein, dachte die Elfe, Marwan macht sich zu viele Gedanken, zu viele Sorgen. Er wird den guten Oswin als Autoritätsperson nicht vertreten können. Sie würde sich auf das verlassen müssen, was sie selbst erfuhr.

Da ohnehin die halbe Straße in der eiskalten Nachtluft versammelt war, achtete kaum jemand auf den Neuankömmling. Einige Soldaten drängten sich zwischen die Menschen und redeten gegen aufgeregt schimpfende Anwohner an. Ein Nachtwächter hielt sich etwas abseits. Mit seiner flackernden Laterne erleuchtete er die Szenerie – bleich zitterte der Lichtschein über die Mauern und das Straßenpflaster.

»Es war wie ein Donnerschlag«, schimpfte ein Nachbar. »Und es kam von hier! Wir wollen endlich wissen, was in diesem Haus vorgeht!«

»Wir kümmern uns um die Angelegenheit!«, beschwichtigte ein Gardist. »Bitte, begebt Euch wieder zu Bett. Ich versichere Euch, diese Ruhestörung wird restlos aufgeklärt werden und die Verantwortlichen zur Rechenschaft …«

Jelais' Blick folgte der Geste des Nachbars, und sie erkannte, dass Oswins Fenster nicht als Einziges in Mitleidenschaft gezogen worden war: Das Haus gegenüber war aus dunklem Bruchstein gemauert und fiel schon deshalb zwischen den Fachwerkhäusern der Straße auf. Neben einem düsteren Torbogen zogen sich mehrere mit trübem Glas verschlossene und zusätzlich vergitterte Fenster über die Fassade, aber eines war nur noch eine gähnende schwarze Öffnung. In winzige Teile zerschmettert, glitzerten Glassplitter wie Eiskörner auf den Pflastersteinen und in ihrer Mitte lag ein verbogenes Fenstergitter. Jelais trat etwas näher heran.

»Noioniten und Gemütskranke in unserer Straße!«, rief eine weitere aufgebrachte Stimme.

Von den Noioniten hatte Jelais bereits gehört. Es handelte sich um einen Orden, der im Auftrag der menschlichen Götter für Geisteskranke sorgte.

»Ja, und heute hören wir zum ersten Mal davon. Vor einem Mond sprach ich mit einem aus dem Haus, von Nachbar zu Nachbar. Geistliche Brüder in stiller Kontemplation, davon war die Rede, nicht von Tobsüchtigen, die jederzeit ihrem Gewahrsam entfliehen können!«

»Von Tobsucht kann keine Rede sein ...«, warf eine Frauenstimme aus dem Torbogen ein, aber auch dieser Beschwichtigungsversuch ging in den wütenden Rufen der Nachbarn unter.

Die Elfe schob sich zur leeren Fensteröffnung, eine Fußspitze berührte das Gitter. Gewaltige Kräfte hatten es aus der Verankerung gerissen, wie Jelais erkannte. Das Eisen war zwar verbogen, aber an keiner Stelle gebrochen. Neugierig lenkte die Bardin ihren Blick zur Wand. Sie erkannte die Löcher im Mauerwerk, dicht unter dem Fenstersims, in denen zuvor die Enden der schmiedeeisernen Stäbe geruht hatten. Die schweren Steinquader waren ringsum verschoben, teilweise abgebröckelt, als habe eine Macht aus dem Innern der Mauer die massiven Blöcke bewegt und das Gitter herausgedrückt.

»Fort von dem Fenster!«, kommandierte eine Stimme in ihrem Rücken. »Weibel! Weibel! Die Elfe da bringt die Spuren durcheinander!«

Jelais zuckte zurück. Eben hatte sie mit den Fingern über die Mauerlöcher gewischt: Der dunkle Stein war mit einer schmierigen Ascheschicht bedeckt, die feinere Risse verbarg.

Der Weibel schob mehrere Schaulustige beiseite, um einen Blick auf diese neue Störung zu werfen.

»Ihr da – haltet Euch fern!«, herrschte er die Bardin an. Zu dem Laternenträger gewandt, der auf Jelais' Treiben aufmerksam geworden war, fügte er hinzu: »Doch welche Spuren mag man schon finden, wenn ein Gemütskranker aus seinem Gewahrsam entkommt?«

»Das Gitter wurde von innen herausgedrückt!«, warf die Elfe ein, beunruhigt von ihrer Entdeckung. Sie führte die Finger zu ihren Lippen, roch daran und prüfte vorsichtig den Geschmack. Mehl! Zwischen der Asche waren tatsächlich einige unverbrannte Reste feinen Mehlstaubs zu finden. Jelais konnte sich keinen Reim darauf machen.

»Ja«, verstand der Weibel der Nachtpatrouille ihre Besorgnis falsch. »Ich habe gehört, dass Verrückte in eine Raserei verfallen und unglaubliche Kräfte entwickeln können. Das ist mit der thorwalschen Walwut vergleichbar, von der fahrende Krieger zu berichten wissen ...«

Als die Menge hinter seinem Rücken unruhig wurde, unterbrach er seine Rede und fügte rasch hinzu: »Auf eine solche Verausgabung folgt große Erschöpfung. Der Tobsüchtige ist jetzt keine Bedrohung mehr und wird gewiss rasch gefunden. Leta, Ingalf«, wandte er sich an seine Leute, »begleitet die Anwohner zu ihren Häusern. Ich will Ruhe auf der Straße.«

Unwilliges Gemurmel kam auf, aber die Soldaten zerstreuten die Menge und der Weibel schritt zurück zum Torbogen.

»Ich berede den Vorfall mit der Vorsteherin und stelle sicher, dass sich die Ruhestörung nicht wiederholt«, erklärte er den störrischen Nachbarn. »Und gibt es weiteren Grund zur Klage, sollte selbige unter Praios' Schild den zuständigen Magistraten hinterbracht und nicht in der Finsternis auf der Straße hervorgepöbelt werden!«

Widerstrebend wich Jelais auf die andere Straßenseite zurück. Sie verfluchte den Umstand, dass in dieser Stadt so rasch Wachen zur Stelle waren – auf der Straße war kein Raum mehr für unauffällige Nachforschungen. Selbst die Rondrianer waren zwanzig Schritt entfernt stehen geblieben und traten nach einem kurzen Gespräch mit einem braun gewandeten Kuttenträger den Rückweg zu ihrem Tempel an.

Sicher, ein Verrückter war entflohen, wenn Jelais ihren bisherigen Informationen glauben durfte. Da war für Anhänger der Kriegsgöttin Rondra kein Ruhm zu erwerben und so würden sie sich getrost auf ihre Ruhelager zurückziehen.

Eine Stadtwache kam näher heran und bedeutete der Elfe mit entschlossener Geste, nicht länger hier zu verweilen. Aufseufzend und enttäuscht wandte die Bardin sich Oswins Stadthaus zu … und vor ihr schwang die Haustür auf!

3. Kapitel

Marwans großer Auftritt

Selbst Jelais wich zwei Schritte zurück, bevor sie erkannte, wer da aus dem Haus ihres Gastgebers trat: Marwan Kolmin, der Illusionist! Ihr Freund hatte sich verändert. Anstelle seines Schlafrocks trug er sein Reisegewand, bereichert um einiges modisches Zubehör, mit dem er gewöhnlich seinen Bühnenauftritten Glanz verlieh. Der junge Mann war in einen langen, robenartig zugeschnittenen Mantel aus doppelt gelegtem feinem Tuch gehüllt, der am Oberkörper von zapfenartigen Schließen zusammengehalten wurde. Die Zapfen fingen das Sternenlicht ein und funkelten wie aus Edelsteinen geschnitten. Wo der Mantel sich teilte, erkannte Jelais eine Pluderhose, die in leichten Lederstiefeln steckte. Diese Kleidung war von einem sanften Grau, wie die Bardin vom Tageslicht her wusste, dennoch wirkte der Stoff in der klaren Nacht nicht wirklich düster, sondern schmückte den Träger mit einer samtenen Aura.

Um den Hals trug Marwan ein helles Seidentuch, mit magischen Symbolen bestickt, die im schwachen Lichtschein zu erahnen waren. Das Tuch war vorn am Hals verknotet und aufgezupft und fiel an den Schultern über den langen Mantelkragen, der wie eine Pelerine fast bis zu den Ellbogen reichte. Abgerundet wurde Marwans Erscheinung von einem hohen, breitkrempigen und silbern schimmernden Hut sowie von einem Zauberstab, den der Illusionist lässig in der behandschuhten Linken hielt.

In diesem Augenblick konnten die Beobachter auf der Straße schwer einschätzen, wen sie da vor sich hatten. Einen Adeligen, einen Magus? Selbst Jelais erkannte ihren Gefährten kaum wieder. Zu einer anderen Stunde hätte die Aufmachung lächerlich wirken können, aber zu diesem Zeitpunkt und bei dieser Beleuchtung war alles an Marwan beeindruckend.

Der Illusionist wirkte jetzt nicht schlaksig, sondern blickte hoch gewachsen und majestätisch auf die Soldaten herab. Kragen und Halstuch ließen die schmalen Schultern breiter erscheinen. Der Zauberer hatte eine geradezu Ehrfurcht gebietende Ausstrahlung. Selbst sein recht zierlicher Zauberstab, über den Berna gern respektlose Witze machte, wirkte in dieser Nacht bedeutend und bedrohlich: Die Kristallkugel an der Spitze verströmte goldenes Licht.

Befriedigt stellte Jelais fest, dass der Weibel respektvoll den Oberkörper vor dem Neuankömmling beugte – bevor sie erkannte, dass auch sie, eine Elfe, eine Verbeugung andeutete. Sie riss sich zusammen.

»Was herrscht denn hier für eine Perturbatio auf den Straßen?«, fragte Marwan laut und befehlsgewohnt.

»Verzeiht, Herr«, katzbuckelte der Weibel, »äh, Magus …«

Er räusperte sich und rang nach der richtigen Titulatur, aber Marwan gönnte ihm kein hilfreiches Wort, sondern fixierte ihn mit kühlem Blick, in den sich langsam ein sorgsam berechnetes ungeduldiges Flackern stahl.

»… äh, Meister, Magister … ich wollte sagen, wir haben die Ruhe wiederhergestellt …«

»Mann!«, fauchte Marwan den Soldaten an. »Könnt Ihr keine Frage beantworten? Was hier vor sich geht, wollte ich wissen. Mein Gastgeber, der Edle und Gelehrte Oswin von Beregren, ist bereits äußerst irritiert ob des Aufruhrs, den Ihr hier veranstaltet und der unsere Dispute stört. Wenn ich zurück ins Haus trete, möchte ich die Ursache dieser Störung erhellt wissen!«

»Ja, Meister.« Der Weibel hatte seine Fassung wiedererlangt. »Im Hause gegenüber ist ein Gemütskranker der Obhut der Noioniten entflohen. Wir werden ihn bald finden und in Gewahrsam nehmen. Das ist alles, Meister – wie war doch Euer Name?«

Allmählich gewann der Weibel seine Autorität zurück, aber Marwan hatte eine ganz eigene Art, diese Frage zu beantworten. Er trat einen Schritt zurück und reckte die zur Faust geballte rechte Hand empor in das bleiche Licht des vollen Mondes. Hinter ihm an der Wand, wie durch eine Linse verstärkt, wurde ein Lichtkreis sichtbar.

»An den Stätten meines Wirkens«, verkündete Marwan, »nennt man mich Meister Regenbogenlicht!«

Eine leichte Drehung der Hand zerriss den weißen Lichtkreis in ein Spektrum wirbelnder Farben und eine zweite Handbewegung zwang diese in die Form einer kreisenden Lotosblüte. Die Elfe hielt den Atem an: Marwans Fertigkeiten überraschten sie. War da mehr an dem unscheinbaren, ängstlichen Illusionisten dran, als er während der gemeinsamen Abende bei Oswin hatte erkennen lassen?

Lächelnd nahm Marwan die Hand herunter und trat auf die Straße.

»Es muss ein gefährlicher Geistesgestörter sein, wenn er die Aufmerksamkeit der Nachtpatrouille derart in Anspruch nimmt«, meinte er halb spöttisch, halb versöhnlich zu dem Weibel.

Der zuckte mit den Schultern und lenkte ein. Hier war er auf einen Schaulustigen getroffen, den er nicht einfach zu Bett schicken konnte.

»Ich wollte soeben mit der Vorsteherin der Noioniten sprechen. Sobald ich eine Beschreibung von dem Flüchtigen habe, werden wir ihn in der Stadt suchen lassen.

Unauffällig, wenn möglich«, erklärte der Soldat dem Zauberer. Leise fügte er in vertraulichem Ton hinzu: »Und unauffälliger solltet Ihr auch mit harmlosen Illusionen zu Werke gehen, wenn Ihr die Unruhe in der Nachbarschaft nicht gegen Euch lenken wollt. Hier in Wehrheim sind selbst die kleineren Werke der Zauberei nicht gern gesehen und kommen rasch in den Ruch verbotener Schwarzkunst. Obgleich das Gesetz einen Unterschied macht, müssen wir die Ruhe unter dem Volke wahren …«

Marwan nickte und bedankte sich sogar höflich für den Rat. In diesem Augenblick löste sich eine Frau aus der Gruppe der Ordensleute, die vor dem Eingang des Asyls gewartet hatten – eine schmale, aber sehnige Gestalt mit halblangen braunen Haaren. Sie trug nicht die Kutte der Noioniten, sondern ein Kleid, das einen gewissen Wohlstand verriet.

»Verzeiht, dass ich mich einmische«, setzte die Dame an. »Ich bin Vana Marnion, die Vorsteherin dieses Hauses, und ich muss betonen, dass überhaupt kein Grund zur Aufregung besteht!«

»Dies ist kein Ordenshaus der heiligen Noiona von Selem?«, fragte Marwan Kolmin, der jetzt »Regenbogenlicht« hieß, freundlich nach.

Vana verstand die Frage: »Nein, ich bin keine Schwester des Ordens, sondern nur eine Gelehrte, die sich auch der Seelenheilkunde widmet. Allerdings folgen viele, die in diesem Asylum ihren Dienst verrichten, den Wegen der Heiligen. Doch die Geschäfte meines Hauses sind diskreter Natur und müssen nicht auf der Straße besprochen werden. Dies gilt insbesondere für unseren entflohenen Schutzbefohlenen!«

Eindringlich wandte sich die Vorsteherin an den Weibel: »Bitte, die Angelegenheit bedarf äußerster Vertraulichkeit. Die Sicherheit der Bürger ist keinesfalls in Gefahr, ich versichere es Euch. Die Unannehmlichkeiten liegen ganz auf der Seite unserer mildtätigen Einrichtung.«

Sie berührte beide Männer an den Armen und wies auf den Torbogen. Die Bediensteten des Asyls waren hinter der angelehnten Tür verschwunden und von den Soldaten abgesehen, war es leer geworden auf der Straße – ließ man die Anwohner außer Acht, die weiterhin neugierig ihre Nasen aus den Fenstern in die eisige Winterluft steckten.

»Begleitet mich doch in mein Kontor«, bat sie Marwan und den Weibel, »dort können wir vertraulich bereden, welche Schritte angemessen sind.«

Die beiden Männer nickten und gingen gemeinsam auf das Haus zu, das schon immer in Oswins Nachbarschaft gestanden hatte und doch offenkundig seine Geheimnisse barg. Jelais suchte Anschluss und fasste nach Marwans Arm.

Sie spürte den hastigen Herzschlag des Illusionisten durch dessen dichte Winterkleidung und wusste in diesem Augenblick, was gerade geschah: Der Marktzauberer spielte die größte Rolle seines Lebens, vor einem Publikum, das ihn ins Unglück stürzen konnte, wenn seine Glaubwürdigkeit für einen Lidschlag ins Wanken geriete. Er riskierte viel und in seinem Innern tobte die Angst.

Überrascht ließ Jelais ihn los.

Dennoch spielte der Zauberer seine Rolle ausgezeichnet. Kaum zu glauben, wie überzeugend ihr tapsiger Tischnachbar mit einem Male den ehrwürdigen Magus mimen konnte! Selbst wenn alles Gaukelspiel war: Einige seiner Tricks würde er ihr erklären müssen!

Doch zunächst einmal erfuhr sie nichts mehr. Als Jelais hinter den drei anderen in das Asyl treten wollte, hielten die Soldaten sie zurück und schickten sie endgültig nach Hause.

Sei's drum, dachte Jelais, als sie Oswins Haustür hinter sich schloss. Dann suche ich jetzt eben im Flur und im Garten nach Spuren.

Als Erstes suchte sie nach dem großen Brett, das ihr Gastgeber schon in der vergangenen Woche in das zerstörte Fenster gehängt hatte. Wenn sie nichts von den Geheimnissen der Noioniten erfahren durfte, dann sollten die Soldaten auf der Straße auch nicht sehen, was sie hier herausfand.

Die Elfe lächelte schelmisch.

Wenn Marwan seinen Mund geschlossen und die Ohren offen hielt, würde niemand erfahren, welchen Weg der Geisteskranke nach seiner Flucht gewählt hatte. Dann folgten die anderen einer kalten Spur, während sie, Jelais, das Geheimnis lüftete.

Wäre es nicht nur gerecht, wenn diese besserwisserischen Stadtwachen die Wahrheit erst aus einem Lied erführen, das eine Elfenbardin öffentlich auf dem Marktplatz vortrüge?

Marwan und der Weibel, der sich als Haldan Korber vorstellte, folgten der Vorsteherin Vana Marnion in das Anwesen der Noioniten. Als die drei durch die Eingangstür traten, verharrte Marwan überrascht.

Von außen wirkte das Gebäude abweisend, beinahe unbewohnt. Trotz des Aufruhrs auf der Straße war keines der Fenster erleuchtet. Marwan hatte daher nüchterne, kühle Räumlichkeiten erwartet – und fand sich unvermittelt in einer Eingangshalle wieder, die mit atmendem Leben erfüllt war und eine eigentümliche Pracht entfaltete.

Die Halle erstreckte sich in ihrer Breite durch das ganze Bauwerk und war von zwei umlaufenden Galerien gesäumt, die Zugang zu den beiden oberen Geschossen boten. Aus großen Blumenschalen, die fest im Boden des Erdgeschosses vermauert waren, rankten Pflanzen empor, klammerten sich an die Geländer der

Galerien und hingen, von eigens dafür angebrachten Gittern gestützt, über der Mitte des Saales hinab.

Ungleichmäßig in der Halle verteilt, leuchteten Öllampen hinter getönten Scheiben und verbreiteten mildes Licht; von oben fiel der Schimmer der Nachtgestirne durch eine Wölbung aus klarem Glas. Vana Marnion bemerkte das Erstaunen ihrer Gäste.

»Ja, Meister Regenbogenlicht«, erklärte sie lächelnd. »Im Innern verbirgt sich oft mehr, als der äußere Schein vermuten lässt. Wir suchen, allen Ansprüchen an unsere Einrichtung Rechnung zu tragen: Wir fügen uns unauffällig in die Straße, um die Gemüter unserer Nachbarn nicht zu beunruhigen, und zugleich soll unser Haus den Kranken vielfältige Anreize bieten. Wären die Umstände angenehmer, würde ich Euch gern durch die Räumlichkeiten führen ...«

Über die großzügige Treppe stiegen sie in das erste Geschoss empor und schritten die Galerie entlang zu Vanas Kontor, das zur Straße hinaus lag.

»Wir wirken hier seit vielen Jahren«, erwiderte die Vorsteherin gelassen, »und doch bereiten wir heute zum ersten Mal unseren Nachbarn Ungelegenheiten.«

»Was ist eigentlich geschehen?«, fragte Marwan ungeduldig.

Vana bot den beiden Männern bequeme Korbsessel an, ehe sie selbst hinter einem Pult aus hellem Holz Platz nahm und zu einer Erklärung ansetzte.

»Was die Fragen zu diesem Haus und meiner Person anbelangt: Wir verwahren und versorgen einige ausgewählte Patienten, deren Geist von verschiedenen Leiden geplagt wird. Wir haben nicht so viele Pfleglinge, wie die Größe des Anwesens vermuten lässt, denn für die gängigen Fälle von Gemütskrankheiten gibt es geeignetere Lokalitäten. Der Orden der heiligen Noiona hat wenig Anlass, ein Asyl inmitten der Stadt Wehrheim zu gründen. Tatsächlich gehört dieses Haus mir und ich studiere verschiedene Formen der Heilkunde, um für geeignete Patienten eine Heilung zu finden …«

»Zumindest einer Eurer Patienten war mit den Fortschritten der Behandlung offenbar unzufrieden«, wagte Korber einen groben Scherz, wofür er missbilligende Blicke von Vana wie auch von Marwan erntete. Die Vorsteherin atmete tief ein, ehe sie fortfuhr.

»Dies ist also kein reguläres Ordenshaus der Noioniten, aber einige Brüder und Schwestern der heiligen Noiona unterstützen mich bei meinem Werk. Da sie der Kirche Borons angehören, kann ich ihrer Diskretion gewiss sein.«

Marwan nickte. Die Noioniten verehrten den Gott von Tod und Traum und dessen Anhänger waren für ihre Schweigsamkeit bekannt.

»So war unser Haus auch für einen besonderen Pflegling geeignet, den wir hier Lechdan Babek nannten. Ein Patient, den ich für meine Forschungen nicht aufgenommen hätte, denn sein Geist war leer und jenseits aller Hoffnung auf Heilung. Wir verwahren indes auch Kranke aus reichen Familien, die ihre Angehörigen für ein großzügiges Entgelt hier in sicherer Obhut wissen.«

Die Vorsteherin erhob sich und musterte den Weibel, als sie kalt hinzufügte: »In dieser Hinsicht stand Lechdan Babek an erster Stelle. Er gehört einer Familie aus dem höchsten Adel dieser Grafschaft an. Ich werde seinen wahren Namen nicht nennen, denn hier sind einige Empfindlichkeiten im Spiel. Wird dieser Vorfall zum Marktgespräch in Wehrheim, dann ist mein Wirken beendet – und vielleicht auch die Karriere der anderen Beteiligten.«

Weibel Korber räusperte sich verunsichert. »Ich werde dennoch meine Erkundigungen einziehen!«, beharrte er dann.

»Das solltet Ihr«, entgegnete Vana ungerührt. »Und

Ihr müsst auch damit rechnen, dass in den nächsten Tagen einige Ämter bei Euch anfragen. Besser für alle Beteiligten wäre es, wenn unser Pflegling rasch und unversehrt wieder in unsere Obhut gelangen würde, ehe die Angelegenheit weitere Kreise zieht.«

»Wenn dieser … Lechdan ganz ohne Geist war, wie konnte er sich dann Eurer Obhut entziehen?«, fragte Marwan nach.

Vana Marnion seufzte. »Das ist ein großes Unglück. Tatsächlich wirkte er in den letzten Tagen beinahe lebhaft, fast wagten wir auf Heilung zu hoffen. Wir hatten Lechdan daher dauerhaft in dem Raum an der Straße untergebracht. Wie er das Gitter von den Fenstern reißen konnte, ist uns ein Rätsel. Ihr müsst wissen«, wandte sie sich wiederum an den Weibel, »Lechdan war kein Tobsüchtiger, von der ›Walwut‹, die Ihr angesprochen habt, kann keine Rede sein. Zuletzt hätte ich ihn fast schon als zugänglich beschrieben, davor saß er zumeist apathisch in einem Winkel. Gefährlich war er nie.«

»Hatte er Werkzeuge in seiner Kammer?«, erkundigte sich der Soldat.

»Davon weiß ich nichts. Wir können den Raum gemeinsam inspizieren«, bot Vana an. »In der Aufregung hatte ich noch keine Gelegenheit dazu.«

Die drei erhoben sich und gingen wieder hinab ins Erdgeschoss. Marwan schritt nach wie vor stolz und aufrecht einher, hielt sich jedoch zunehmend im Hintergrund. Je länger diese Scharade dauerte, umso unruhiger wurde er. Er sollte nicht hier sein, er hatte sich eingeschlichen, überredet von dieser respektlosen Elfe. Das wurde Marwan immer stärker bewusst. Und die versteckte Drohung der Vorsteherin, die eigentlich den forschen Weibel zur Zurückhaltung mahnen sollte, nagte an dem Illusionisten. Er hatte überhaupt keinen Rückhalt und konnte allein darauf hoffen, dass niemand seine Rolle in diesem Spiel hinterfragte.

Marwan suchte nach einer Gelegenheit, unauffällig von der Bühne zu treten.

Endlich erreichten sie die Kammer mit dem zerstörten Fenster. Ein Noionit mit Laterne leuchtete die Räumlichkeit aus. Draußen auf der Straße warteten die Soldaten. Einige von ihnen zitterten vor Kälte, denn ihre Kleidung schützte sie zwar während ihrer Patrouille, war aber für langes Herumstehen in zugigen Gassen sichtlich zu dünn. Als sie ihren Weibel durch die Fensteröffnung erblickten, trat eine Soldatin sogleich heran.

»Weibel Korber, hier unten ist alles still geblieben. Die Bürger haben ihre Fenster geschlossen. Leta und Travin sind aufgebrochen. Sie gehen einmal um die Häuser und sehen nach dem Verrückten. Vielleicht kauert er ja nahebei in irgendeinem Durchgang.«

»Wie war er denn gekleidet?«, wandte sich Marwan beunruhigt an die Vorsteherin.

»Eine gute Frage!«, fiel dem Weibel ein. »Gebt mir eine kurze Beschreibung des Vermissten, dann schicke ich weitere Leute auf die Suche.«

»Lechdan trug zur Nacht einen Leinenkittel. Vielleicht hat er überdies seine wollene Nachtmütze auf dem Kopf«, erklärte Vana. »Er wird Euch in jedem Fall auffallen. Wenn Ihr eine genauere Beschreibung braucht: Er ist von meiner Größe, aber deutlich kräftiger. Seine Haare sind dunkel und, ach ja, achtet auf kleine Narben! Früher hat er sich häufig selbst verletzt …«

»Ich dachte an etwas anderes«, warf Marwan ein. »Euer Schützling ist für die Winternacht unzulänglich gekleidet. Findet ihn rasch, sonst ist Diskretion nicht mehr Euer Problem. Was würde die Familie sagen, wenn man den Euch Anvertrauten erfroren auffände?«

Vana Marnion blickte auf, ihr Gesicht nahm plötzlich einen gehetzten Ausdruck an. Offenkundig hatte sie an derlei profane Bedrohungen bislang keinen Gedanken verschwendet. »Er hatte einige wollene Decken auf seinem Lager«, stotterte sie hilflos. »Möglicherweise hat er eine davon bei sich«, wandte sie sich erneut an die Soldaten auf der Straße.

Dann verstummte sie mit einem gequälten Laut. Weshalb sollte ein Verrückter auf der Flucht an Decken denken?

»Ihr habt die Dame gehört!«, bellte Korber. »Teilt euch paarweise auf und durchstöbert alle versteckten Winkel um die nächsten Häuserblocks. Vermeidet weitere Unruhe – ihr seid bloß auf einer dienstplanmäßigen Patrouille! Vergesst den Park nicht, dort gibt es viele Verstecke unter den Sträuchern, und gebt den Anführern anderer Patrouillen Bescheid: Sie sollen unauffällig Ausschau halten. Ich stoße gleich im Park zu euch.«

»Und habt Acht, dass dem Kranken nichts geschieht!«, setzte Vana hinzu.

»Im Tempelpark werdet Ihr mit einer einzigen Patrouille bei Nacht kaum einen Flüchtling aufspüren«, warf Marwan ein.

»Soll ich etwa die Garnison wecken?«, knurrte Korber gereizt. »Ich soll kein Aufsehen erregen, doch dem wertvollen Irren darf auch kein Leid widerfahren. Wie soll ich das bewerkstelligen?«

»Wenn Ihr den Kranken unversehrt herbeischaffen könnt, würde die Familie mit einer Belohnung sicher nicht knausern – ob nun ein Soldat seine Pflicht oder ein unbeteiligter Helfer sein Bestes tut!«, lockte die Vorsteherin hoffnungsvoll.

Der Weibel lenkte die Aufmerksamkeit auf das Nächstliegende. »Betrachten wir jetzt die Kammer. Dann kann ich mich rasch wieder meinen Leuten anschließen. Ihr mögt meinetwegen das Eure tun, solange Ihr nicht die Ruhe der Stadt stört.«

Die drei blickten sich um. Lechdans Zimmer war beinahe leer. Sämtliche Möbelstücke waren in einer Ecke übereinander gestapelt, Tisch und Bett umgekippt und wie eine Barrikade vor den Winkel gestellt. Marwan warf einen Blick hinter diesen Verschlag, aber dort verbarg sich niemand.

Na ja, dachte er, hätte Lechdan sich hier versteckt, hätte es sicher jemand bemerkt.

»So viel zur Wolldecke!«, verkündete Weibel Korber und hielt zerfetzte Stoffreste empor. Marwan trat hinzu und erkannte, dass die Wolle an den Rändern versengt war.

»Er hat seine Decken zerrissen und angezündet«, kommentierte Korber seinen Fund kopfschüttelnd. »Was für eine Sauerei. Und überall diese schmierige Asche am Fenster …«

Am Boden glitzerte es und Marwan beugte sich hinab. Vor dem Fenster lagen ebenso viele Scherben wie draußen auf der Straße, manche waren sogar so fein …

Marwan stutzte und kratzte einige der Krümel zusammen. Da er kein geeignetes Behältnis dabei hatte, stülpte er einen Handschuh um und verwendete ihn als Säckchen.

»Vermutlich hat das Feuer das Fenster gesprengt und das Gitter gelockert«, mutmaßte Korber.

»Ja, ein sehr lauter Knall!«, erinnerte sich Marwan.

»Einige der Nachbarn sprachen von einem Donnerschlag«, erklärte Vana, »als sie sich bei uns beschwerten. Ich dachte zuerst, sie hätten den Hall des schweren Gitters vernommen, das auf das Pflaster stürzte. Doch wenn die Glasscheibe in der Hitze platzte, wäre das schon lauter gewesen. Trotzdem, es war wenig Qualm in der Kammer, als wir die Tür öffneten.«

»Es war ein lauter Knall, das versichere ich Euch«, bestätigte der Soldat. »Wir sind gleich hierhin geeilt. Aber manche Laute tragen weit in den engen Gassen.«

Sie blickten sich um, fanden jedoch keine weiteren Spuren. Keine Werkzeuge – womöglich hatte tatsächlich die Hitze brennender Wolldecken das Gitter gelöst. Andererseits war es fest in der steinernen Mauer verankert gewesen und der Bruchstein sollte unter der Hitze eines kleinen Brandes nicht locker werden und zerspringen. Wolle brannte schlecht, und weshalb hatte der Verrückte sich in der Ecke ein Lager bereitet?

»Wer ist da?«

Berna kam aus Oswins Zimmer und trat an das Geländer. In der Hand hielt die Gauklerin einen langen Stab, der ihr bei Auftritten als Hilfsmittel für artistische Darbietungen diente und notfalls als Waffe gebraucht werden konnte.

Jelais, die unten im Hausflur kniete, blickte auf.

»Ich bin es. Ich sehe mich hier im Haus um, während Marwan draußen ist.«

»Was ist eigentlich los? Was hast du herausgefunden?«, fragte Berna begierig.

»Lass uns darüber sprechen, wenn Marwan zurück ist. Wie geht es Oswin?«

Berna stützte sich auf das Geländer und beugte sich weit nach vorn, um einen besseren Blick auf Jelais zu haben. Die wollte soeben eine Blendlaterne anzünden, die sie im Labor des Gelehrten gefunden hatte. Diese Lampe würde bei der Spurensuche gute Dienste leisten.

»Oswin schläft«, erklärte die Gauklerin. »Er atmet wieder ruhig und ich kann weder Wunde noch Krankheit erkennen. Aber er ist sehr schwach. Sollen wir einen Heiler holen?«

»Ich weiß nicht ...« Jelais zögerte. Was sollten sie einem Heiler erklären? Was konnten sie überhaupt erklären?

»Es war ein magischer Nebel. Er bewirkte Schmerz

und Schwäche, aber von einem weiteren Schaden habe ich nichts bemerkt. Ich habe mich auch durch die giftigen Schwaden bewegt und spüre keine Wirkung mehr.«

Eine Bewegung ließ Jelais aufblicken und den Kopf in den Nacken legen. Auf der Galerie hatte sich die gelangweilte Gauklerin über die Brüstung geschwungen, wo sie ihren Stab zwischen zwei Geländerstreben geklemmt hatte. Jetzt schaukelte sie daran mit ausgestreckten Armen über dem Treppenhaus, die Füße fast zwei Schritt über Jelais' Kopf. Bei jeder Bewegung knirschte der Stab in seinem unsicheren Halt und rutschte gelegentlich einen Finger breit heraus.

»Lass den Unfug!«, meinte Jelais unwillig.

»Weshalb? Es ist kaum ein Katzensprung zum Boden, selbst wenn ich den Halt verliere.«

»Ja, aber dann landest du auf meinem Kopf. Du hältst dich vielleicht für einen Vogel, aber du bist alles andere als ein Federgewicht!«

Berna lachte, vollführte einen Überschlag und ließ die Stange los. Sicher landete die rothaarige Akrobatin auf der Treppe, ihr Stab polterte wenige Spann neben Jelais auf den Boden. »O weh!« In gespieltem Entsetzen riss Berna die Hände vor den Mund.

Die Elfe schimpfte und richtete sich auf.

»Ach, komm schon!«, meinte die Akrobatin leichthin. »Ich hab dich ja nicht getroffen. Außerdem«, setzte sie spöttisch hinzu, »ein Vögelchen lässt schon mal was fallen, wenn es über deinen Kopf flattert. Damit musst du rechnen – das ist in Menschenstädten nicht anders als im Elfenwald!«

»Hesinde hilf!«, seufzte Jelais theatralisch.

»Die Göttin der Weisheit bedeutet dir nichts, tu nicht so!«, konterte Berna ungerührt.

Jelais wandte sich wieder der Lampe zu. Bald hatte sie einen grellen Schein entfacht und beleuchtete den Boden.

»Siehst du dort Spuren?«, fragte Berna neugierig.

»Du hast wohl einige Federn gelassen!«, entgegnete Jelais. Behutsam hob sie mit einem Fingernagel eine längliche Faser an, deren Form ihr vertraut vorkam. Ein Staubblatt! Es gehörte zu der großkelchigen Blüte einer Lotospflanze, die gewiss nicht zu dieser Jahreszeit gedieh. Das winzige Blütenfragment war fast unversehrt, hatte allerdings jede Farbe verloren und war grau mit schwarzen Flecken. Sorgsam legte die Elfe es auf einen vorstehenden Teil der Laterne, wo es gut ausgeleuchtet wurde. Angespannt konzentrierte sie sich auf die Einzelheiten, legte die Hände an den Kopf, um unerwünschte Eindrücke auszuschalten, und erfasste die Pflanze mit ihren Elfensinnen.

Ihr Verdacht bestätigte sich.

Das Staubblatt war kein getrockneter Blütenrest aus dem letzten Sommer. Fast schien es, als hätte eine unheilvolle Krankheit sämtliche Säfte der Pflanze vergiftet. Die graue Färbung verriet bei näherem Hinsehen eine schorfige Oberfläche, die an Ausschlag erinnerte. Die schwarzen Flecken waren wie winzige Geschwüre. Angewidert hielt Jelais die Finger, mit denen sie das Staubblatt berührt hatte, vom Körper fern.

Dann, als würde es sich der genauen Betrachtung widersetzen, zerfiel das winzige Objekt in noch kleinere Krumen, die der leichte Luftzug im Treppenhaus sogleich von der Lampe wehte.

Jelais' Blick folgte den Überresten. Ihre geschärften Elfensinne nahmen weitere Einzelheiten wahr: Überall auf dem Boden lagen Pflanzenteile, ähnlich entstellt wie das Blütenfragment. Die Elfe erkannte Staub- und Fruchtblätter, vom Lotos wie auch viel feinere von der Glanzbeere. Sie sah die Überreste winziger Blüten, halb zu Asche zerfallen und kaum noch sichtbar.

All diese Blütenreste wirkten gleichermaßen farblos und vergiftet und sie zerfielen unter dem kleinsten Lufthauch zu feinstem Staub. Entsetzt richtete Jelais sich auf, ging zu einem Putzeimer und wusch sorgfältig ihre Hände darin.

»Was hast du gefunden?«, fragte Berna, der das seltsame Gebaren ihrer Gefährtin nicht entgangen war.

»Unrat«, gab die Elfe zurück. Sie ergriff das Putzgerät und säuberte sorgsam den Boden im Erdgeschoss. Sie wusste mit ihrer Entdeckung nichts anzufangen. Aber es ekelte sie bereits der Gedanke, dass sie mit bloßen Füßen durch diesen Staub geschritten war.

Als sie fertig war, blickte sie hinaus in den Garten. Die Elfe musste nicht lange nach Spuren suchen: Eine deutliche Fährte zog sich von der Hintertür über Oswins Kräuterbeet bis zur hölzernen Einfriedung. Dort war der Einbrecher entlanggelaufen, ohne innezuhalten, war über den Zaun gestiegen und verschwunden. Hinter dem Haus trennten ihn bloß ein Gebäudeblock und eine Hauptstraße vom großen Park und von dort aus konnte er in jede Richtung entfliehen.

Im Hausflur öffnete sich derweil die Tür und Marwan trat ein. Er sah weniger beeindruckend aus, als Jelais ihn in Erinnerung hatte. Jetzt wirkte er tatsächlich wie ein ausstaffierter Stutzer, bei dem Person und Kleidung nicht recht zusammenspielten. Der Illusionist ließ sorgsam den Riegel in die Führung gleiten, ehe er sich schwer atmend an das Holz lehnte und langsam zu Boden glitt.

»Aufgepasst!«, warnte Berna. »Der Boden ist feucht – Jelais hat gewischt.«

Marwan achtete nicht darauf. Er hatte es geschafft und einen wahrhaft großen Auftritt ganz abseits der Schaubühne vollführt. Jetzt fühlte er sich ausgelaugt.

»Niemals wieder«, stöhnte er. »Niemals wieder lasse ich mich von dir in eine solche Lage drängen!«

»Aber, aber, Meister Regenbogenlicht«, stichelte Jelais aufmunternd von der Hintertür her. »Das war doch kaum eine Herausforderung für einen Darsteller mit Euren Qualitäten! Wo habt Ihr so rasch eine derart überzeugend falsche Persönlichkeit hervorgezaubert?«

»Mein Vater trat unter diesem Namen auf«, entgegnete Marwan. Mehr sagte er nicht zu diesem Thema.

»Was für Geheimnisse teilt ihr?« Berna kam die Treppe herunter und gesellte sich zu den beiden anderen. Nachdem der Zauberer ein wenig verschnauft hatte, traten sie gemeinsam in das Kaminzimmer und tauschten ihre Erfahrungen aus.

Berna spielte fasziniert mit dem Zauberstab des Illusionisten. Die Kristallkugel in der Spitze war weiterhin golden illuminiert, was die beiden Frauen zum ersten Mal sahen – aber Marwan wischte diesen Umstand mit einer Handbewegung vom Tisch.

»Ein bisschen Jahrmarktszauberei. Und was den Rest betrifft: Ich besitze durchaus ein wenig astrale Kraft, um meine Ausstrahlung zu unterstreichen. Doch, beim Gott der Diebe und Täuscher, ich hatte die ganze Zeit Angst, dass die Kraft des Zaubers erlahmt, bevor ich fort komme!«

Nach dem kurzen Gespräch wurde der Illusionist zunehmend ungeduldig: »Werte Damen, ich habe einen nassen Hintern und für heute Nacht rufen die Federn nach mir. Ich hoffe, ich habe mir meinen Mantel nicht ruiniert in deinem Putzwasser!«

Er zögerte, schnippte dann mit den Fingern und zog seinen verknoteten Handschuh aus der Tasche. »Eine Sache bleibt noch zu examinieren!«, erklärte er.

Aus einem Krug goss er Wasser in einen Becher und schüttete die Scherben aus braunem Bleiglas hinzu, die er in seinem Handschuh gesammelt hatte: daumennagelgroße Splitter bis hin zu solchen, die nicht größer als Sandkörner waren. Während Marwan den Becher kreisen ließ und die beiden Frauen neugierig zusahen, lösten sich einige der Körner auf.

Jelais bemerkte es zuerst: »Das Glas löst sich ja im Wasser!«

»Nicht alles«, gab der Illusionist zurück. »Warte ab!«

Das Wasser im Becher kam allmählich zur Ruhe, die verbliebenen Scherben sanken auf den Grund. Marwan wartete, bis das Glas sich abgesetzt hatte, dann nahm er vorsichtig einen Schluck, den er gleich darauf ins Kaminfeuer spuckte.

»Das Wasser schmeckt süß!«, verkündete er. »Also waren tatsächlich Zuckerkrümel zwischen den Glasscherben vom Fenster. Wünscht ihr zu kosten?«

Berna winkte ab: »Nein, danke, keine Glassplitter im Wasser. Ich bin zwar Akrobatin, doch als Schwertschluckerin trete ich niemals auf.«

Jelais prüfte das Wasser zumindest mit der Zunge.

»Zucker!«, verkündete sie nachdenklich. »Und Mehl … Wollte der entflohene Geisteskranke eine Backstube aufmachen?«

4. Kapitel

Die Gaukler sammeln Gerüchte

Trotz der langen Nacht waren Oswins Gäste am nächsten Morgen früh auf den Beinen. Der alte Gelehrte schlief hingegen erschöpft weiter, auch als alle drei Besucher nacheinander in seinem Zimmer nach dem Rechten sahen.

»Bist du wahrhaft der Ansicht, alles steht zum Besten mit ihm?«, fragte Marwan die Elfe beunruhigt.

Jelais zuckte mit den Schultern. Sie weckten den Kranken kurz, um ihn nach seinem Befinden zu fragen. Aber Oswin wollte schlafen und war ungehalten über jede Störung.

»Wir sollten ihn untersuchen lassen«, befand Jelais, als sie wieder im Flur standen.

Da Marwan sich als Einziger der drei in der Stadt auskannte, holte er einen Medicus. Berna und Jelais kümmerten sich derweil um das Essen. In den zurückliegenden Monden hatte Oswin selbst das Frühstück bereitet, denn in Küchenbelangen waren seine Gäste allesamt nicht bewandert. Als der Zauberer zurückkehrte, stritten die beiden Frauen immer noch darüber, wer zum Bäcker gehen sollte.

»Ich habe ihn wissen lassen, dass Oswin auf Grund eines Einbruchs in der vergangenen Nacht einen Schwächeanfall erlitt«, flüsterte der Zauberer und seine beiden Mitbewohnerinnen nickten. Niemand im Haus wollte eine wilde Geschichte von magischen Übergriffen an die Öffentlichkeit dringen lassen, jeder aus eigenen Gründen.

Begleitet von Schimpftiraden des Hausbesitzers kam der Medicus wieder die Treppe hinab. »Ich konnte bei dem Herrn kein Leiden diagnostizieren«, verkündete er würdevoll. »Es handelt sich lediglich um eine Exhaustion ...«

»Bei Peraine! Was meint Ihr damit?«, unterbrach ihn Berna erschrocken.

»... eine gewisse Erschöpfung, die sich bei hinreichender Ruhe von selbst geben wird«, fuhr der Heilkundige ungerührt fort. »Dies ist im Übrigen auch die Ansicht des Kranken.«

Endlich saßen sie beim Frühstück zusammen und das war in erster Linie Marwans Verdienst. Der Illusionist war in der Küche zwar nicht geschickt, aber eifrig gewesen.

»Du bist ein Mann mit vielen Talenten, Meister Regenbogenlicht«, neckte Berna.

Marwan zwinkerte, lächelte gequält und erklärte: »Nein, Meister Regenbogenlicht bin ich nicht. Es ist mein Vater, der unter diesem Namen auftritt, wenngleich nicht in dieser Region. Er ist ein Illusionist und kann die zauberhaftesten Trugbilder erschaffen – ein Gebiet, auf dem ich niemals große Virtuosität erlangt habe.«

»Ich habe etwas anderes gesehen«, warf Jelais ein. »Was war mit der Lotosblüte aus Licht?«

Marwan griff in eine Tasche und brachte einen kleinen Kristall zum Vorschein. »Das war nicht meine Fertigkeit«, sagte er dazu. »Mein Vater vermag Kristalle so zu schneiden und zu schleifen, dass das Licht, wenn es hindurchfällt, zu bunten und prächtigen Bildern gebogen wird. Die Herstellung dieser Steine ist eine Kunstfertigkeit, die ich nicht beherrsche. Diese Lotosblüte schenkte mein Vater mir zum Abschied, den kleinen Zauberstab bekam ich von ihm zum sechsten Tsafest.

Damals war er für mich so lang wie der Stab eines Magiers …«

Nach einer kurzen Pause redete Marwan weiter. Seine Stimme klang gleichförmig und seine Gedanken waren weit entfernt: »Mein Vater hat damals erkannt, dass ich die Gabe besitze. Anstatt mich auf eine Akademie zu schicken, wollte er mich zu seinem Nachfolger heranbilden. Aber auch da bin ich auf halbem Weg stecken geblieben – kein Magier, aber auch kein besonders unterhaltsamer Marktzauberer, fürchte ich. Seit ich allein unterwegs bin, habe ich an jeder Akademie vorgesprochen, die Scharlatanen Einlass gewährt, in der Hoffnung auf ein wenig echtes Wissen.«

»Da musst du genauer suchen!«, unterbrach ihn Berna frech. Die Gauklerin versuchte vergebens, die plötzlich so schwermütige Stimmung aufzulockern. »Ein Magier braucht Gelehrsamkeit und magische Worte – nicht nur gelehrte Worte, um die Zuhörer zu beeindrucken.«

Marwan antwortete ruhig und mit einer Spur von Traurigkeit in der Stimme. »Vielleicht hast du Recht. Ich trete gern gelehrt auf, aber ich weiß sehr gut, dass ich damit häufig den Ton des Publikums verfehle. Ihr seht, Bernika, Jelais, ihr könnt euch euren Spott sparen. Das Leben der Menschen verläuft nicht immer so geradlinig wie das der Elfen …«

»Ich bin kein simples Gemüt, nur weil ich gern Scherze mache!«, fuhr Jelais empört auf. »Immerhin habe auch ich mein Zuhause verlassen – meinst du, das ist üblich bei meinem Volk? Die Elfen in Qui… Kvirasim sind so genügsam und bedächtig, dass ich mich lieber meiner Tante anschließe. Die hat schon viel von der Welt gesehen!«

»Und wo hat deine Tante ihren Wohnsitz?«, fragte Marwan.

Die Elfe verstummte und fuhr dann nach einer Weile

fort: »Sie ging als Bardin unter die Menschen. Ich habe sie seit meiner Kindheit nicht gesehen, sie wanderte in den Süden wie ich jetzt. Manchmal finde ich jemanden, der sich an sie erinnert. Und irgendwann werde ich auch sie selbst finden.«

»Ich habe einmal vernommen«, warf der Illusionist ein, »ihr Elfen hättet magische Wege, vom Verbleib eurer Lieben zu erfahren. Da überrascht es mich, dass du eine so unsichere Suche auf dich nehmen musst.«

»Es gibt sie, ja, ich habe schon in meinen Liedern nach ihr geforscht«, stotterte Jelais und sah auf den Esstisch hinab. »Aber meine Empfindung ... ich meine, es gab keine eindeutige Antwort. Gewiss ist sie zu weit weg.«

Eine Weile herrschte unbehagliche Stille. Berna beugte sich zum Illusionisten und hauchte ihm kaum vernehmbar ins Ohr: »Unsicherheit ist manchmal besser als Antworten, die man nicht hören will. Dräng sie nicht so!« Dann wechselte sie das Thema und sagte laut zu ihm: »Du hast gestern Abend viel erfahren. Machen wir was aus deinen Erkenntnissen!«

»Gut«, beschloss Marwan. »Aber ich lasse mich auf keine Unternehmung mehr ein, die gefahrvoll oder dem Gesetz zuwider ist. Sollten wir uns weiteren perikulösen Geschehnissen gegenüber sehen, müssen wir uns an die Magistrate wenden!«

»Was haben wir bis jetzt ...«, überlegte Jelais. »Eigentlich sind es zwei Rätsel: ein Verwirrter, der diesen Noioniten entflohen ist. Und irgendwelche Magie, bösartige Magie, ganz offensichtlich. Wie fügt sich das zusammen?«

Die beiden anderen schüttelten den Kopf, dann schlug Berna vor: »Suchen wir zuerst den Verrückten. Dann ergibt sich alles andere schon. Ich meine, er muss doch jemandem aufgefallen sein. Lasst uns in der Stadt auf Gerüchte horchen!«

»Treten wir gemeinsam auf dem Marktplatz auf!«, fiel Jelais begeistert ein, dankbar für die Ablenkung. »Der Markt ist nicht weit von hier und vom Park entfernt und dort kommen alle Leute zusammen. Wenn etwas in der vergangenen Nacht Aufsehen erregt hat, dann werden wir davon erfahren.«

Fast jeder Tag war ein Markttag in Wehrheim, aber zu dieser Jahreszeit war der große Platz kaum belebt. Die Bauern blieben der Stadt fern, bloß einige Händler boten armseliges Wintergemüse und verschrumpeltes Obst feil. Auch den Käufern fror in den kalten Monden schier das Geld in den Taschen fest und allein die Verkäufer gerösteter Speisen und angewärmter Punschgetränke kamen auf ihre Kosten.

Unschlüssig standen Jelais, Berna und Marwan einige Zeit herum, ehe sie etwas unternahmen. Gaukler hatten gleichfalls einen schweren Stand unter Firuns Herrschaft, denn wer setzte sich schon dem Frosthauch des Wintergottes aus, um bei einer Darbietung zu verweilen?

Die wuchtige Kuppel des Praiostempels, die den Platz beherrschte, verbesserte ihre Stimmung nicht: An diesem kalten, klammen Tag, wo die Feuchtigkeit wie ein unsichtbarer Nebelhauch über Wehrheim lag, strahlte selbst das Haus des Sonnengottes keine Wärme aus, sondern blickte missmutig und bedrohlich auf die Menschen herab.

»Hört mal zu!«, entschied Jelais. »Ich stelle mich jetzt dort drüben auf und improvisiere ein Lied. Darin beschreibe ich einen, der unserem Gesuchten ähnelt und vom Wahn befallen durch Wehrheims nächtliche Straßen hastet. Ihr lasst ein wenig Zeit verstreichen und mischt euch dann unter die Zuhörer. Fühlt sich jemand durch dieses Lied angesprochen, der in der letzten Nacht etwas beobachtet hat, so kommt ihr mit ihm ins Gespräch.«

Entschlossen stapfte Jelais davon, Berna und Marwan folgten langsamer.

Von der trostlosen Leere abgesehen, bot Wehrheims Markt auch in anderer Hinsicht keinen schönen Anblick: Die Pflastersteine waren mit Schneematsch und Unrat bedeckt. Zwar legte die Stadt Wert auf Sauberkeit, aber bei Temperaturen nahe der Frostschwelle kamen die Markthelfer mit dem Kehren nicht nach.

Endlich hatte Jelais die ausgewählte Stelle erreicht und deckte die Handharfe auf. Sie hatte das Instrument für den Weg in ein dünnes Tuch geschlagen, damit sich das Holz und die Saiten allmählich an die Feuchtigkeit und Kälte gewöhnen konnten. Jetzt stimmte die Bardin ihre Harfe und warf sich dann in Positur:

Wer ist erwacht in Wehrheims Nacht
Im Hemde nur, ohn' Ziel und Spur?
Ein Irrer läuft im Eiseshauch.
Kennt er dich wohl – und du ihn auch?

Die erste Strophe des Liedes lockte nicht viele Zuhörer an. Zwei dicht vermummte Gestalten huschten vorüber, ohne innezuhalten, und zwei weitere Fußgänger schlenderten heran. Ihre bunten, an Uniformen gemahnende Joppen und die kaum armlangen Stäbe in ihren Händen wiesen sie als Marktwächter aus und zumindest sie hatten dem Vortrag der Bardin gelauscht.

Als Jelais den zweiten Vers anstimmen wollte, legte einer der Männer seine Hand auf ihre Schulter. »Bitte«, forderte er mit gesenkter Stimme. »Habt Ihr keine unterhaltsameren Stücke auf Lager?«

»Ja«, setzte der andere gröber hinzu. »Was erzählt Ihr von Besessenen und Rasenden auf den Straßen Wehrheims? Wollt Ihr das Volk aufbringen?«

»Diese Worte habe ich nicht gebraucht!«, verteidigte sich die Bardin.

»Habt Ihr überhaupt die Gebühr für Euren Standplatz entrichtet?«, fragte der zweite Wächter in harschem Tonfall weiter.

Jelais war empört: »Muss man hier etwa *bezahlen*, wenn man ein Lied anstimmt?«

»Bitte, keine weitere Unruhe«, beschwichtigte der erste Mann. Die Szene hatte mittlerweile mehr Schaulustige angelockt als der Auftritt der Bardin. »Folgt uns an den Rand des Marktes, dort können wir diese Missverständnisse aufklären!«

Die beiden Wachen begleiteten Jelais hinter die Verkaufsstände. Der Elfe verschlug es vor Empörung fast die Sprache. Weitere Unruhe! Wie kamen diese ungehörigen Stierschädel auf einen solchen Vorwurf? Die einzige Unruhe auf dem Platz war gewiss nicht von ihr verursacht worden …

Nahebei tauschten Berna und Marwan kurze Blicke und folgten wie beiläufig ihrer Gefährtin.

»Sei ohne Sorge«, beruhigte der Illusionist seine Begleiterin. »Jelais wird nichts geschehen. Die Menschen in den Städten zeigen meist Verständnis, wenn Elfen den Sitten zuwider handeln.«

»Ich weiß«, gab Berna zurück. »Meine Familie wäre für diesen Vorzug oftmals dankbar gewesen.«

Tatsächlich dauerte es nicht lange, bis Jelais wieder zu ihnen stieß.

»Jetzt weiß ich, weshalb diese Stadt als wohl geordnet gilt«, stieß die Bardin zornig aus. »Hier finden selbst die Beutelschneider eine ordentliche Anstellung bei der Marktverwaltung!«

»Was ist dir geschehen?«, fragte Berna mit gespieltem Mitleid, konnte aber ein kleines, schadenfrohes Grinsen nur schwer unterdrücken.

»Die beiden grobschlächtigen Banausen wollten Geld für meinen Auftritt haben! Darauf können auch nur Menschen kommen, aber wenn das hier so üblich ist:

Ich habe für uns drei einen Platz für diesen Markttag gemietet. Zum Glück habe ich genug von euren Münzen gesammelt, ehe ich in diesen Ort kam!«

»Die müssen wir uns wohl zurückholen!«, seufzte Berna. Obwohl Jelais schon das ganze letzte Jahr unter Menschen verbracht hatte, blieb Geld ein Mysterium für sie. Sie bewertete ihre Einnahmen und Ausgaben mehr nach dem Gefühl als nach dem Wert. So sah sich Berna zu ihrer Überraschung in die Rolle der besonnenen Ratgeberin gedrängt, seitdem sie der Bardin begegnet war.

»Die Götter werden es mir lohnen«, murmelte sie.

»Was?«, fragte Jelais neugierig, aber die Gauklerin sprach nicht weiter darüber.

Frierend standen sie bald am zugewiesenen Platz. Sie hatten Nachforschungen anstellen wollen, stattdessen lagen Auftritte unter besonders unerfreulichen Umständen vor ihnen – Gaukelspiele und Sangeskunst passten gut zu einem trockenen Frühsommertag oder in eine wohl beheizte Schankstube, hier jedoch machten sich die drei allein durch ihre Gegenwart zum Narren. Immerhin mussten sie nicht gegen Konkurrenz anspielen – genau genommen traten zu dieser Stunde und an diesem Ort nur die ärmsten und armseligsten Unterhaltungskünstler auf, die für jeden Kreuzer dankbar sein mussten.

Das ist unter meiner Würde, dachte Marwan.

»Mir mangelt es an den notwendigsten Utensilien für meinen Auftritt«, murrte er laut.

»Ach komm, mach das Beste draus!«, lächelte Berna schon wieder gut gelaunt. Sie lockerte ihre Muskeln und machte sich mit einigen Übungen warm. Im Gegensatz zu ihren beiden Gefährten blieb die Gauklerin bei ihrer Kunst in Bewegung.

»Locken wir erst mal die Zuschauer an, dann können wir uns nach Gerüchten umhören!« Jelais wollte die Hoffnung nicht aufgeben.

»Verschaff uns erst mal die Aufmerksamkeit dieser Zuschauer!«, warf Marwan griesgrämig ein. Und Jelais nahm die Herausforderung an.

»Dann, Rosenohr, spitz mal dieselbigen!«, wagte die spitzohrige Elfe ein Wortspiel. Marwan wartete gespannt, aber Jelais ließ sich einfach auf dem Pflaster nieder und schien in sich selbst zu versinken. Unschlüssig stand der Illusionist einen Augenblick lang herum, ehe er zu Berna hinüberschlenderte. Diese Elfen sollte jemand verstehen!

Jelais blieb indes unbeachtet im Schatten der leer stehenden Marktbude zurück, die ihnen als Windschutz diente. Keine Marktbesucher waren in der Nähe und Schritt um Schritt drängte die Bardin die spärlichen Geräusche aus ihrem Geist, die von einigen entfernten, belebteren Ständen herüberdrangen.

»Hat sie schon häufiger ein derartiges Gebaren an den Tag gelegt?«, fragte Marwan. Berna schüttelte den Kopf.

»Vielleicht hast du sie gekränkt?«, mutmaßte sie.

Beide ließen die Elfe in Ruhe.

Jelais blieb eine ganze Weile am Boden sitzen und achtete nicht auf die beißende Kälte, die ihren Körper hinaufkroch. Endlich richtete sie sich langsam auf und schlug einige Saiten an. Erst spielte sie auf ihrem Instrument, dann ließ sie dazu ihre Stimme erklingen – eine elfische Weise, deren Worte den Menschen unverständlich blieb, deren Melodie aber die Sinne der Zuhörer an sich zog. Einige Takte später schloss sich eine zweite Singstimme an, denn die Elfen beherrschten die Kunst des zweistimmigen Gesangs. Der Illusionist hörte zum ersten Mal ein solches Lied und ließ sich vom Zauber der fremdartig verwobenen Melodien einfangen.

»Kannst du das nur mit elfischen oder auch mit verständlichen Worten?«, warf Berna respektlos ein. »Trag auf diese Weise eine anständige Ballade vor, das lässt sich versilbern!«

Sie zupfte Marwan den Hut vom Kopf und legte ihn vor Jelais auf den Boden.

»Warte mal! Der ist nicht dafür gedacht«, protestierte der überraschte Zauberer. Dann ließ er seine Kopfbedeckung doch auf dem Pflaster liegen, schob sie allerdings sorgsam von den feuchteren Stellen fort.

Die Bardin ließ sich nicht stören. Je länger ihr Vortrag andauerte, umso mehr wuchs der Zauber ihrer Stimme. Und jetzt lenkte sie wirklich die Aufmerksamkeit der Marktbesucher auf sich.

Immer mehr Menschen traten heran und lauschten reglos dem elfischen Lied, ungeachtet der Kälte. Ungläubig schüttelte Marwan den Kopf, denn das hatte er nicht erwartet. Er wollte Bernika ansprechen, sie war jedoch auch in den Bann der elfischen Musik geraten.

Marwan stieß sie an. »Nicht einschlafen! Dein großer Auftritt steht kurz bevor«, neckte er sie.

Berna hob den Kopf – sie blinzelte, als erwachte sie eben aus einem Traum.

Auch die Elfe war wie entrückt und so erging es den meisten der Umstehenden. Die Menschen verstanden kein Wort vom Text der Lieder, sie lauschten einfach der Melodie. Immer neue Zuhörer strömten herbei, doch keiner machte Anstalten, seinen Beutel zu zücken.

Marwan, der sich dem Zauber der Musik entzogen hatte, fröstelte. Unruhig trat er von einem Bein auf das andere. Er tat einige Schritte zwischen die Menge. Jetzt war womöglich der Augenblick für einige beiläufige Gespräche gekommen … Nein, niemand reagierte auf seine Ansprache. Im Gegenteil, mit einem unwilligen Zischen forderten einige Passanten sein Schweigen ein. Lag Magie im Lied der Elfe? Der Gedanke beunruhigte den Illusionisten, denn wenn einer der Priester im nahe gelegenen Praiostempel auf diese Idee käme, konnten sie hier in ernsthafte Schwierigkeiten geraten. Magische Beeinflussung galt in Wehrheim als schweres Verbrechen.

»Genug gespielt«, flüsterte Marwan ungeduldig in Jelais' Richtung. Dann schob er sich etwas näher an die Elfe und stupste sie leicht in den Rücken. »Jetzt leite auf Bernika über!«, flüsterte er.

Es gab einen Missklang, als die Bardin eine falsche Saite anschlug, dann musste Jelais husten und ihre Stimme verklang. Die Zuhörer blickten auf. Einige wandten sich zum Gehen, als hätten sie die Zeit vergessen, andere bekundeten zögernd ihren Beifall. Da drängte sich Marwan vor, nahm seinen Hut und ließ ihn durch die Reihen wandern. Mit wohl geübter Stimme verkündete er: »Hoch geschätzte Damen und Herren! Jelais, die Elfenbardin aus dem fernen Norden, bekundet ihren Dank für den Feinsinn, mit dem das werte Publikum den Weisen ihres Volkes lauschte. Wenn Euer Ohr angenehm von dem Wohlklang berührt wurde, so unterstützt diese Sangeskunst mit mäzenatischen Zuwendungen!«

Der Illusionist nickte befriedigt. Manchen Zuschauer vertrieb er mit seiner Rede, aber endlich waren die Menschen aufgewacht und ansprechbar. Und jede Münze, die sie für den Frühling zurücklegen konnten, half ihnen auf dem weiteren Weg. Zum ersten Mal an diesem Vormittag schüttelte Marwan sein Unbehagen ab – hier war eine Rolle, die er aus dem Stand beherrschte.

»Doch lasst Eure Aufmerksamkeit nicht ermüden: Der vorangegangene Ohrenschmaus war bloß das Vorspiel für die kommenden Darbietungen, die all Eure Sinne erfreuen werden. Kommt heran, edle Herrschaften, und versäumt nicht die atemberaubenden Kunststücke, mit denen die Artistin Bernika Euch verzaubern wird!«

Marwan lenkte die Aufmerksamkeit auf seine andere Begleiterin und Bernika legte sich auch schon ins Zeug: Obgleich sie außer ihrem langen Stab kein weiteres Hilfsmittel mit sich führte, keine Gerüste aufstellen oder Taue spannen konnte, hatte sie ansehnliche Kunststücke auf Lager. Mit beiden Händen umfasste die Artistin ihren Stab, stellte ihn senkrecht auf den Boden und schob die ausgestreckten Beine nach vorne. Dann zog sie sich Hand über Hand zur Spitze empor. Ihr ganzes Gewicht ruhte auf dem dünnen Ende der festen, metallbeschlagenen Stange, während sie Beine und Oberkörper zitternd im Gleichgewicht hielt. Dann, auf der Spitze des Stabes, drehte sie geschmeidig ihren Körper empor – eine Bewegung, die sie gekonnt in die Länge zog, wobei sie die Stange ein wenig ins Schwanken brachte und so die Spannung der Zuschauer weiter anstachelte – bis sie endlich für einen Wimpernschlag im Handstand auf der senkrechten Stange verharrte.

Diese Übung verschaffte Jelais Zeit, denn das eindringliche Lied und die plötzliche Unterbrechung hatten an den inneren Kräften der Elfe gezehrt. Wieder musste sie husten und ihr Körper schmerzte. Sie war deutlich unterkühlt.

Es wurde still. Bernas Vorführung hatte einen Punkt erreicht, wo die Zuschauer den Atem anhielten – Jelais vernahm in der Stille selbst das leise Knacken in den Schultergelenken der Akrobatin. Dann schwang sich Berna mit einem Überschlag zurück auf den Boden und landete sicher genug, um ihre Stange noch vor dem Umfallen mit einer Hand zu ergreifen.

Obwohl damit die Möglichkeiten der merkwürdigen Gaukeltruppe ihren Höhepunkt überschritten hatten, blieb ihnen für längere Zeit ein aufmerksames Publikum erhalten. Berna führte weitere Kunststücke vor und Jelais versuchte sich an konventionellen Liedern – die ihr allesamt grässlich misslangen. Einige Male verhaspelte sie sich im Text, einmal überschlug sich gar die plötzlich heiser gewordene Stimme der Bardin und zu guter Letzt riss eine zu hart angeschlagene Saite.

Das kommentierte Marwan mit den Worten: »Möglicherweise hättest du das Instrument nicht dieser Witterung aussetzen sollen. Die Kälte macht die Saiten spröde!«

»Wenn es mir einmal auf meinen Reisen begegnen sollte, dass ein Ratgeber gesucht wird, der seinen Herrschaften im Nachhinein sagt, was sie hätten tun sollen – dann werde ich dich weiterempfehlen! Vielleicht findest du so ja mal eine passende, ehrenvolle Anstellung«, zischte Jelais gereizt.

Die Zuhörer nahmen den Kontrast zur ersten Darbietung der Elfe mit Humor und fanden Gefallen an dieser Wendung, umso mehr, als Jelais endlich rot anlief, unbeherrscht mit einem Fuß aufstampfte und mit ihrer Harfe nach einem besonders vorwitzigen Lacher schlug. Dieser abschließende Wutanfall rief allerdings die beiden aufmerksamen Wächter auf den Plan. Marwan sah sie heranschreiten und eilte rasch an Jelais' Seite, um sie fortzugeleiten. Berna folgte ihnen und die letzten Zuschauer zerstreuten sich.

Erschöpft, durchgefroren, aber irgendwie heiter gestimmt wanderten die drei Gefährten zu Oswins Haus zurück – Praios' leuchtender Schild hatte noch immer nicht seinen höchsten Stand erreicht.

»Du hast dich ja fein zurückgehalten!«, schimpfte Jelais.

»Ich bin unserem Plan gefolgt und habe mit den Zuschauern geredet«, verteidigte sich der Illusionist. Tatsächlich war Marwan glücklich darüber, dass er selbst um einen Auftritt herumgekommen war. Ohne seine kleine Truhe mit arkanen Utensilien kam er sich unzulänglich vor. Sein Vater hatte sogar einen großen Wagen voller wunderbarer Dinge besessen, aber seitdem Marwan auf eigenen Füßen stand, musste er bescheidener auftreten.

»Deine komischen Nummern kamen eben zum rechten Zeitpunkt!«, warf Berna ein, um Jelais zu necken.

Deren Zornesausbruch ließ nicht auf sich warten: »Das war nicht komisch! Bei mir ging am Ende alles durcheinander, und die grobschlächtigen Wilden haben schon gelacht, kaum dass ich den ersten falschen Ton anschlug! Außerdem habe ich mich verkühlt, dieser faule Feiertagszauberer hat mich zu lange auf dem nassen Pflaster sitzen lassen ...«

Marwan unterbrach ihre Tirade. »Um auf den eigentlichen Zweck unseres Marktbesuches zu kommen: Ich habe mit einigen Leuten aus verschiedenen Stadtvierteln reden können. Niemand hat von einem verwirrten Spaziergänger gehört, welcher der Beschreibung dieses Lechdan entsprach. Und nach einem magischen Giftnebel wollte ich gewiss nicht fragen.«

Schweigend gingen sie eine Weile lang nebeneinander her.

»Einige Leute in unserem Viertel leisten heilige Eide darauf, dass sie von einem einzelnen Donnerschlag geweckt wurden«, fuhr Marwan fort. »Im Rondratempel war er selbst durch die dicken Mauern zu vernehmen, und das würde ich von einem fallenden Fenstergitter oder einer platzenden Scheibe kaum erwarten.«

»Es wäre von Vorteil, wenn wir häufiger das Publikum mit unseren Darbietungen erfreuen könnten«, sinnierte Marwan beim verspäteten Mittagsmahl. »Wenn man so ein gesichertes Winterquartier hat und der Gastgeber nicht mehr von einem erwartet als abendliche Plaudereien, dann schleicht sich allzu leicht Langeweile ein. Wäre dem nicht so, würden wir keinen gefährlichen Hirngespinsten nachjagen!«

»Meiner Ansicht nach ist es eher auf ein träges und

furchtsames Gemüt zurückzuführen, wenn man geheimnisvolle Vorgänge an sich vorüberziehen lässt und die Aufklärung rätselhafter Verwicklungen in die Hände von Stadtwachen legt«, hielt Jelais in betont gleichmütigem und geziertem Tonfall dagegen. »Von uns dreien hast du bisher am meisten Einwände gegen unsere Nachforschungen vorgebracht und dabei zugleich den geringsten Anteil an unserem Auftritt auf dem Markt gehabt.«

Der Illusionist schwieg daraufhin beleidigt und eine Weile widmeten sich die Freunde stumm ihrem Essen. Der Nachmittag war bereits zur Hälfte verstrichen. Nach ihrer Rückkehr vom Markt hatten sie sich zur Ruhe begeben, um sich von den Anstrengungen des Auftritts und den Aufregungen der vergangenen Nacht zu erholen. Zu ihrer aller Überraschung war ausgerechnet Berna am meisten erschöpft gewesen. Obwohl die Gauklerin am Vormittag die Munterste gewesen war und wenig unter der Kälte gelitten hatte, hatte sie bei der Heimkehr beinahe gewankt und die Treppe kaum ohne fremde Hilfe bewältigen können. Sie hatte am ganzen Körper gezittert und ihre Lippen hatten einen blauen Schimmer gehabt, während ihren beiden Begleitern unterwegs wärmer geworden war. Doch gegen einen kleinen Mittagsschlaf hatte niemand einen Einwand vorgebracht.

Als sie nun so dasaßen und kauten und die Schatten immer länger wurden, fasste Jelais die Lage zusammen: »Wie es scheint, verschwand der Verrückte nach seiner Flucht spurlos oder hat zumindest kein großes Aufsehen erregt. Wollen wir mehr herausfinden, müssen wir gezielter nachfragen. Möglicherweise können wir etwas über die anderen rätselhaften Umstände des nächtlichen Einbruchs erfahren.«

»Wir … wir!«, warf der Illusionist spitz ein. »Was die Nachfragen betrifft, habe ich bislang die Hauptlast getragen. Du solltest dein Augenmerk nicht allein auf die Verteilung der Aufgaben lenken, sondern auch selbst welche übernehmen!«

Jelais hustete und klang dabei ein wenig kränker, als sie sich in Wahrheit fühlte. »Eigentlich«, erklärte sie, »hatte ich ja gehofft, du könntest nochmals bei den Noioniten …«

»Nein – nein, nein, nein!« Marwan sprang auf, zupfte die Serviette aus seinem Kragen und warf sie demonstrativ auf den Teller. »In diesem Anwesen werde ich mich nicht mehr sehen lassen. Ich bin froh, dass ich in der letzten Nacht davongekommen bin, ohne selbst Gegenstand von Fragen zu werden. Ich habe es gestern bereits klar und deutlich zum Ausdruck gebracht: niemals wieder!«

Berna legte begütigend eine Hand auf seinen Arm.

»Du bist doch jetzt bei der Dame Vorsteherin bestens eingeführt«, säuselte sie.

»Nein«, verkündete Jelais entschlossen. »Marwan hat Recht. Wir dürfen ihn nicht dazu drängen. Ich denke sogar, heute kann ich es schaffen – wenn ich an den Ruhm des großen Meisters Regenbogenlicht anknüpfe!«

Sie lächelte, der Illusionist nahm wieder Platz und erwiderte das Lächeln mit gequälter Miene. »Lass bitte Zurückhaltung walten! Mein Auftritt kann mich immer noch in Schwierigkeiten bringen«, bat er einlenkend.

»Gut, dann versuche ich mein Glück bei den Noioniten. Marwan lässt inzwischen seine Beziehungen zu dem Offizier der Nachtwache spielen …«

»Nein!«

Der Illusionist sprang ein zweites Mal vom Tisch auf und zeterte: »Du kannst dir doch denken, dass ich dazu erst recht nicht bereit bin! Ich werde kein zweites Mal verkleidet den Soldaten gegenübertreten. Außerdem handelte es sich nicht um einen Offizier, sondern nur um einen Weibel …«

»Ich verlange überhaupt nichts Gefährliches von dir«, erläuterte die Elfe. »Du sollst weder in den Bereitschaftsraum der Nachtwache einbrechen noch sollst du versuchen, das Kommando über eine ganze Schar an dich zu reißen. Du sollst bloß heute Nachmittag beim Wachhabenden als Anwohner vorsprechen. Erzähle einfach, was jeder hier in der Straße erlebt hat: Ein Gemütskranker ist den Noioniten entlaufen und du möchtest wissen, ob die Nachtwache ihn auffinden konnte.«

»Und wenn der Kerl nicht auskunftswillig ist, verweist du einfach auf deine gute Freundschaft zum Weibel Korber!«, setzte Berna übermütig hinzu.

Jelais widersprach: »Das wird nicht nötig sein. Ich weiß ja nicht, worauf Menschen alles kommen können – aber die Wache wird doch einen besorgten Bürger nicht abweisen? Sag einfach, du machst dir Sorgen, dass der arme Verwirrte in der kalten Nacht den Tod gefunden haben könnte!«

»Weshalb spricht kein anderer bei der Wache vor, wenn es so einfach ist?«, fragte Marwan misstrauisch.

Berna warf mit unschuldiger Miene ein: »Du siehst selbst ohne Verkleidung ehrenwerter aus als wir anderen. Oder soll *ich* etwa gehen?«

Der Illusionist musterte die Gauklerin. Bernika trug zwar nicht mehr ihr knapp geschnittenes, vielfarbiges Kostüm wie bei ihren Auftritten, sondern stattdessen einen langen Rock. Aber dazu hatte sie nach wie vor zahlreiche bunte Bänder in ihre roten Haare geflochten, was zusammen mit ihrem spöttischen Grinsen nicht eben seriös wirkte.

»Nein«, gab er entmutigt zu. »Da nehme lieber ich mich der Sache an.«

5. Kapitel

Bei Licht betrachtet

Jelais betätigte den Türklopfer, einen schmucklosen Messingring, und wartete ab.

Ihr Blick wanderte die Fassade entlang. Das Gitter und die Scherben waren von der Straße geräumt worden und die leere Fensteröffnung wurde mit einem vorgelegten Laden geschützt. Direkt gegenüber war Oswins zerschlagenes Fenster mit einem ähnlichen hölzernen Provisorium versehen und die Elfe wunderte sich ein wenig, dass dieser merkwürdige Zufall keine Neugierde geweckt hatte. Andererseits: Oswins Fenster bot bereits seit über einer Woche einen derartigen Anblick. Wahrscheinlich hatten die Nachbarn gar nicht bemerkt, dass es für einen kurzen Nachmittag anders gewesen war.

Die Tür öffnete sich und ein braun gekleideter Noionit stand Jelais gegenüber, ein junger Mann mit rundlichem Gesicht und kurz geschnittenen schwarzen Haaren. Er murmelte etwas, das ein Gruß sein mochte.

Einsilbig ist bei diesem Burschen wohl wörtlich zu verstehen, dachte die Bardin. Laut sagte sie: »Ich würde gern mit Eurer Vorsteherin, der Dame Marnion, sprechen. Ich bin vertraut mit Meister Regenbogenlicht, der in der letzten Nacht seine Hilfe angeboten hat.«

Der Noionit nickte und die Bardin verstand die Geste als Einladung. Sie folgte dem Mann ins Haus, zog die Tür hinter sich zu und stand in einem lang gezogenen Torbogen. Dieser führte in die große Empfangshalle, die Marwan beschrieben hatte. Dort fiel durch das Glasdach Tageslicht ein.

In der Eingangshalle hielt Jelais inne und berührte die Pflanzen, die auch im Winter in vollem Grün standen. Wenngleich die domestizierten Ranken etwas Unnatürliches an sich hatten, freute die Elfe sich über das Leben in diesem Saal. Gedankenverloren strich sie über die Blätter und folgte mit den Fingern den biegsamen Zweigen, dann führte der Noionit sie zum Kontor im ersten Stockwerk, wo er die Besucherin anmeldete.

»Ihr seid eine Bekannte von Meister Regenbogenlicht?«, begrüßte die Vorsteherin Jelais freundlich. »Mein Name ist Vana Marnion.«

»Jelais«, antworte die Elfe einfach. Weshalb sollte sie ihren vollen Namen einem Menschen nennen, der die Bedeutung nicht verstand? Die Dame zögerte und schien auf eine weitere Erklärung zu warten. Jelais erinnerte sich daran, dass die Elfen unter den Menschen ihre Namen meist übersetzten. Die Bardin konnte sich nicht dazu überwinden – »Schneewind« wäre eine mögliche Übersetzung gewesen, aber das Wort gab die Bedeutung ihres Vornamens nur unzureichend wieder und kam einer Verstümmelung gleich.

»Meister Regenbogenlicht möchte sich also weiterhin unseres verschwundenen Pfleglings annehmen?«, sprach die Frau endlich weiter. Sie lächelte geschäftsmäßig kühl. Nach der Begegnung in der letzten Nacht brachte sie Marwan – oder der falschen Persönlichkeit, unter der er aufgetreten war – Respekt entgegen, erwartete jedoch keine wirkliche Hilfe von ihm.

»Der Meister nimmt Anteil am Schicksal des Verschwundenen«, erklärte die Bardin vorsichtig. »Obgleich er selbst nicht viel Zeit auf die Angelegenheit verwenden kann. Wenn der Entflohene in der letzten Nacht nicht gefunden wurde, würde ich mich gern hier umsehen und mit Euren Mitarbeitern sprechen. Vielleicht gab es Hinweise, die seine Flucht ankündigten und uns auf seine Spur bringen können.«

»Nein, von Lechdan gibt es bislang keine Spur. Er kann die Nacht im Freien wohl kaum überlebt haben, aber da kein erfrorener Leichnam gemeldet wurde, muss er auf einen Unterschlupf gestoßen sein.«

Die Vorsteherin verharrte einen Augenblick und seufzte, ehe sie weitersprach: »Ich verlasse mich auf die Diskretion eines jeden, mit dem wir bei der Suche zusammenarbeiten. Die Familie des Patienten ist natürlich in Kenntnis gesetzt worden. Offen gesagt, für uns sind die Vorgänge ein Rätsel. Lechdan war einfach nicht in einem Zustand, der es ihm erlaubt hätte, unauffällig in der Stadt unterzutauchen.«

»In welch einem Zustand war er denn?«

»Nun«, erklärte Marnion zögernd, fast widerwillig. »Es gab durchaus Hinweise vor seiner Flucht – zumindest legte unser Schützling in der letzten Woche ein ganz anderes Gebaren an den Tag als üblich. Ich spreche nicht gern vor Fremden über unsere Gäste, doch möglicherweise hat es etwas zu bedeuten ...«

Jelais befand, dass es mit der Gastlichkeit in diesem Hause nicht zum Besten stand: Sie hätte unter vergleichbaren Umständen dem Besucher gewiss einen Becher aufgebrühter Kräuter angeboten.

»Es begann mit der Neumondnacht vor zwei Wochen, der Nacht des großen Unwetters. Lechdan hatte sich in den Tagen zuvor still verhalten und so hatten wir ihn in ein Zimmer zur Straße hin gebracht. Wenn man den Patienten dann und wann eine Anregung bietet, fördert das mitunter die Genesung«, erklärte die Seelenheilkundige.

»In dieser Nacht jedenfalls wurde das Haus von einem Donnerschlag geweckt, der Blitz hatte eingeschlagen ...«

»Ich erinnere mich!«, rief Jelais aus.

Die Dame Marnion blickte sie überrascht an und die Elfe fügte hinzu: »Der Schlag war auch im Wohnsitz des Herrn von Beregren zu vernehmen. Unser Gastgeber hat bei dem Sturm ein Fenster eingebüßt.«

»Ja«, nickte die Gelehrte. »Auch bei uns wurde ein Fenster beschädigt. Das gleiche wie in der letzten Nacht, was abergläubische Naturen als Omen deuten mögen. Doch zurück zu dem Unwetter: Hier weckte uns nicht allein der Blitzschlag, sondern zugleich ein lauter Aufschrei aus der Kammer des Lechdan Babek. Wir haben immer einen Pfleger in der großen Halle postiert, der alles genau vernimmt.

Wir versammelten uns in Windeseile – ich habe einen Schlafraum hier, der nicht weit entfernt liegt. Zu diesem Zeitpunkt waren meine Helfer und ich davon überzeugt, der Blitz habe den unglücklichen Lechdan erschlagen. Wir rätselten, ob wir es wagen könnten, die Tür zu seinem Zimmer aufzuschließen, oder ob wir erst von der Straße her Ausschau nach einem Brand halten sollten. Womöglich hätten wir rascher zur Hilfe eilen können, aber wir tragen auch Verantwortung für unsere anderen Schutzbefohlenen«, entschuldigte sich die Vorsteherin.

»Doch da – das Unwetter hatte im selben Moment an Heftigkeit verloren – hörte ich aus der Kammer eine Stimme. Lechdan sprach zu sich selbst, sprach zum ersten Mal in den ganzen Jahren, seit wir ihn bei uns aufgenommen haben! Ich wollte dieses Ereignis nicht unterbrechen und so lauschten wir. Lechdan war kaum zu verstehen. Er sprach erst hastig und atemlos, leise und zischend, später wurden einzelne Worte und abgehackte Sätze vernehmbar. Ich hoffte auf verständliche Aussagen, doch am Ende wiederholte der Patient immer nur ein Wort. Das murmelte er auch vor sich hin, als wir endlich sein Zimmer betraten: ›Nein, nein, nein …‹ Er war völlig verwirrt und von plötzlicher Genesung konnte keine Rede sein.« Die Dame seufzte. »Dabei blieb es dann. Das Fenster im Raum war beschädigt, ein kleiner Sprung in der Scheibe. Ansonsten war alles unversehrt, auch Lechdan selbst zeigte keine Verletzungen, als ich ihn untersuchte. Vielleicht hat ihn ein schwacher Blitz getroffen und aus seinem Wahnsinn aufgeschreckt? Geheilt hat er ihn jedenfalls nicht, denn seine Litanei verstummte schließlich. In den letzten Tagen, die Lechdan in unserer Obhut verbrachte, hat er kein weiteres Wort mehr gesprochen.«

Jelais lauschte. Ihr fröstelte, obwohl der Raum der Vorsteherin gut beheizt war. Nahm man alle Umstände hinzu, die Auswirkungen des Unwetters wie den giftigen Nebelhauch der letzten Nacht, so war mehr dahinter zu vermuten als ein einfacher Blitz. Eine düstere Geistergeschichte vielleicht? Für die Frau hinter dem Schreibtisch war allein das von Belang, was ihre Form der Heilkunde betraf. Oder wollte sie nichts anderes sehen?

»Das war das auffallende Ereignis vor Lechdans Flucht«, schloss die Dame Marnion ihre Ausführungen. »Lechdan zeigte sich seither verändert. Er war plötzlich an Dingen interessiert, wollte im Haus umherwandern, betrachtete Einzelheiten und nahm sogar Kleinigkeiten mit in sein Zimmer. Ich ließ ihn gewähren, wo ich konnte. Er hatte alle Freiheit, die seinem Zustand angemessen war, und wir gaben uns große Mühe, ihn wieder an die Welt zu gewöhnen. Dass er an Flucht denken könnte, wäre mir nie in den Sinn gekommen.«

»Ob er entführt wurde?«, spekulierte die Bardin.

»Ein plausibler Gedanke«, stimmte die Vorsteherin zu. »Dann würde sich bald jemand an die Familie unseres Pfleglings wenden und der Fall würde sich zumindest in gewisser Weise aufklären. Es wäre unangenehm für uns, aber ich wäre geradezu dankbar für eine so nahe liegende Auflösung.«

Vana Marnion erhob sich von ihrem Sitz und kam um den Schreibtisch auf Jelais zu. Vertraulich beugte sie sich zu der Elfe hinab und sprach hastig weiter, gedämpft und mit einem fast hilflosen Klang in der Stimme. »Ich bin durchaus ein aufmerksamer Beobachter und eine Entführung habe ich bislang aus gutem Grund nicht angesprochen: Hätte nämlich jemand von außen das Gitter ausgerissen und das Fenster zerbrochen, hätten die Scherben zum Großteil im Inneren des Zimmers liegen müssen. Stattdessen waren sie gleichmäßig in beide Richtungen verteilt.«

Die Dame zog sich wieder an ihren Platz zurück. »Ich möchte nicht wild fabulieren. Wir haben die Asche gefunden und das deutet auf folgenden Vorgang hin: Lechdan setzte Dinge, die er zuvor im Haus gesammelt hatte, leichtfertig in Brand. Das Feuer brachte die Scheibe zum Bersten und löste unglückseligerweise auch das Gitter. Darauf sprang der Kranke einer Eingebung folgend auf die Straße und lief davon. Das Rätsel ist nur: Wo kann er sich versteckt haben?«

Jelais schüttelte zweifelnd den Kopf. »Was für ein Feuer kann denn Bruchstein mürbe machen?«

Darauf wusste die Vorsteherin keine Antwort. Nach einigen Augenblicken unbehaglichen Schweigens fragte die Elfe weiter: »Könnt Ihr mir die Orte zeigen, an denen Euer Schutzbefohlener in der vergangenen Woche Interesse zeigte? Haben Mitarbeiter Eurer Einrichtung etwas zu berichten?«

Vana Marnion zuckte mit den Achseln: »Ich führe Euch gern durch unsere Räumlichkeiten. Versteht mich nicht falsch: Wir sind für jede Hilfe dankbar. Wenn Ihr aber diesen Fall aufbauschen oder gar unser Haus ins Gerede bringen wollt, findet Ihr hier keine Freunde.«

»Wir möchten dem armen Verwirrten helfen!«, behauptete Jelais geistesgegenwärtig. In ihrem Innersten war die Elfe empört über den Menschendünkel. Wenn etwas im Argen lag, dann war es umso besser, je mehr Leute schnell davon erfuhren.

Aber auf dem Weg aus dem Kontor dachte sie an den kranken Oswin, an den Einbruch und den magischen Nebel, von dem sie niemandem erzählt hatten. Sie sollte nicht zornig sein auf diese Frau, wenn sie die Gründe für ihre Geheimniskrämerei nicht verstand. Immerhin hielt sie selbst Informationen zurück und forschte im Verborgenen nach der Wahrheit. Und weshalb folgten ihr Berna und Marwan auf diesem Weg?

Wenn sie diese Fragen ansprach und lösen konnte, lernte sie vermutlich mehr über die Menschen und für ihre Lieder, als ein verschwundener Verrückter ihr beibringen konnte …

Die beiden Frauen erreichten die Wirtschaftsräume des Asyls und Jelais' kurze Aufwallung philosophischen Sinnierens legte sich wieder. Von der Eingangshalle aus führte ein Flur in den hinteren Teil des Hauses, verborgen hinter zwei dicht herangerückten Pflanzenschalen und herabhängenden Ranken. In dem Gang führten je zwei einfache Türen nach rechts und links, eine größere, zweiflügelige Türe schloss den Gang ab. Der Flur war dunkel, denn zwischen den Pflanzen drang wenig Licht von der Halle herein.

»Hier konnte Lechdan sich in den letzten Tagen frei bewegen«, erläuterte Jelais' Begleiterin. »Die Türen zu beiden Seiten führen in Vorratskammern, am Ende des Flurs liegt die Küche. Im ersten Stockwerk befinden sich die Pflege- und Schlafräume, da ist der Zugang natürlich eingeschränkt.«

Jelais drückte eine Klinke nieder, aber die Tür war verschlossen.

»Auch hier ist der Zugang eingeschränkt«, merkte sie an. Die Dame Marnion blickte auf.

»Hinter dieser Tür führt die Kellertreppe hinab. Auch dieser Teil des Hauses steht unter Verschluss …«

Unvermittelt knackte die bezeichnete Tür und öffnete sich. Die Bardin tat erschrocken einen Schritt zurück, als ein kleiner, gebeugter Mann mit schütterem grauem Haar in den Flur trat.

»Ha, wer fuhrwerkelt da an den Türgriffen rum?«, krächzte er. Als er die Vorsteherin erkannte, nahm er die formlose Filzkappe ab, die er auf dem Hinterkopf getragen hatte.

»Das ist Goswin, unser Faktotum«, stellte Vana den Alten vor und fügte an den Mann gewandt hinzu: »Die Elfe Jelais hilft uns bei der Suche nach Lechdan.«

»Wolln wir den wiederfinden?«, knurrte der Alte. »Unordnung hat der gemacht, dass man ihn nur wieder in den Keller sperren kann …«

»Goswin!«, mahnte seine Herrin, und der Hausmeister katzbuckelte vor Jelais, ehe er grummelnd in den Raum zurücktrat. Hinter ihm erkannte Jelais baufällige, leere Regale, eine Kiste auf dem Boden und nackte Bruchsteinwände. Von einer Kellertreppe war nichts zu erkennen.

»Ein eigenwilliges Original«, kommentierte die Vorsteherin. »Aber er hilft uns sehr.«

Die beiden Frauen gingen weiter. Jelais blickte hinter die drei anderen Türen und die Dame Marnion erklärte: »Lechdan hielt sich am liebsten hier auf – er stöberte gern in den Vorratsräumen herum, wie ein Kind. Natürlich immer unter Beobachtung eines Pflegers.«

Jelais trat jeweils kurz in die Zimmer. Kleine, trübe Seitenfenster ließen wenig Licht ein. Die Regale hier waren besser gefüllt, in dem einen Raum lagerten Geschirr, Küchengeräte und Tischtücher, außerdem einige verschlossene Packen und Kistchen. In den beiden anderen Kammern wurden Lebensmittel aufbewahrt, Krüge, Fässer, Säcke, Käselaibe. Von der Decke hingen einige Dauerwürste.

Dann gelangten die beiden Frauen durch die zweiflügelige Tür in die Küche – ein riesiger Raum, aus dem der Elfe feuchter Dunst entgegenschlug. Zwar wehte aus irgendeinem Winkel ein kühler Luftzug, doch ansonsten wurde die Küche von zwei reichlich befeuerten Herden und einer Kesselfeuerstelle für Spülwasser fast überheizt. Es roch säuerlich, Küchengeräte, Essensreste und halb fertige Speisen lagen ohne erkennbare Ordnung auf den Ablagen und auf dem großen Tisch in der Raummitte.

Hier halfen zwei der Kutten tragenden Ordensleute aus, ein junges Mädchen schaufelte Kohlen in einen der Herde und eine hoch gewachsene, hagere Frau, offenbar die Köchin, wühlte in einem Schrank, dessen Inhalt schon zur Hälfte ausgeräumt neben ihr lag. Kopfschüttelnd trat die Vorsteherin einen Schritt nach vorne, wo sie auf einem angefaulten Apfelstück ausrutschte und mit rudernden Armen nach hinten kippte.

Jelais stützte sie, ehe sie vollends den Halt verlor.

»Was ist denn das hier?«, rief Vana mit erstaunlich lauter Stimme, die sich beim letzten Wort aber überschlug, was den Eindruck zunichte machte. Die Noioniten unterbrachen, womit auch immer sie gerade beschäftigt waren, das Mädchen verstreute eine Schaufel Kohlen über den Boden und die Frau am Schrank fuhr herum, wobei sie kleine Messbecher klirrend über den Küchenboden verteilte.

»Verzeiht, Herrin, wir bereiten gerade das Abendmahl!«, stotterte die Köchin.

»Ich bin zwar selten in der Küche«, gab die Dame zurück. »Aber ich kann mich nicht erinnern, dass Malzan jemals ein solches Durcheinander hinterlassen hat!«

»Malzan hinterließ das Durcheinander in seinen Schränken!«, entgegnete die Köchin missmutig. »Ich finde hier nichts, und weil ich suche, bleiben andere Sachen liegen. Ich habe einen halb fertigen Pudding, der müsste längst gewürzt sein …«

Die Vorsteherin schüttelte den Kopf, dann ging sie zu einem der schweigend dabeistehenden Noioniten und sprach leise mit ihm. »Bitte sorgt doch dafür, dass der Küchendienst auch auf den Ablauf achtet. Ihr müsst der Neuen sagen, wo sie was findet – ihr habt doch immer mit Malzan gearbeitet! Und lasst das Mädchen nicht den ganzen Kohlevorrat verheizen!«

Der Noionit nickte und gab flüsternd zurück: »Aber wir pflegen die Kranken und haben in der Küche bloß ausgeholfen. Der Koch hat uns einzuweisen!«

Unterdessen brodelte hinter ihm das Wasser aus dem Spülwasserkessel und der warme Dunst in dem Raum verdichtete sich.

»Pflegt einfach die neue Köchin ein wenig mit!«, seufzte die Dame und verließ die Küche eiligen Schrittes. Jelais ging unschlüssig durch den Raum, von den vier Anwesenden befremdet beobachtet. Endlich, um wenigstens etwas Sinnvolles zu tun, blieb die Elfe kurz vor der Köchin stehen und fragte: »War der Gemütskranke auch hier bei Euch?«

Die hagere Frau strich sich eine feuchte Haarsträhne vom Wangenknochen zurück unter ihre Haube. »Wer? Bei mir?«

»Der Kranke, der in der letzten Nacht entfloh«, führte Jelais genauer aus.

»Ach der, ich erinnere mich. Aber nachts bin ich nicht hier, ich gehe jeden Abend nach Hause. Ich wohne in der Stadt.«

»War der Mann vielleicht tagsüber mal in der Küche?«

»Ja, jeden Tag«, sagte die Köchin. »Jeden Tag, so lange ich hier bin, außer gestern. Also eigentlich an zwei Tagen, denn gestern war mein dritter Tag. Ich weiß nicht, ja, er kam mehrmals am Tag in die Küche und guckte in die Töpfe und Schränke.«

»Nicht, solange Malzan da war!«, krähte das Küchenmädchen von der Seite. »Der hat ihn immer angebrüllt und ihn rausgeschmissen. Der mochte es nicht, wenn jemand seine Küche in Unordnung brachte!«

»Was soll das heißen, du vorlautes Gör?«, fuhr die Köchin auf und Jelais beschwichtigte gleich: »Das war sicher nicht gegen Euch gerichtet – danke, Mädchen, mich interessiert alles, was hier geschehen ist.«

»Ich bin Livia!«, stellte die Magd sich eifrig vor, aber Jelais beeilte sich, der Vorsteherin aus der Küche hinaus zu folgen. Die Stimmung war gereizt, und sie hatte Angst, etwas Falsches zu sagen. Draußen auf dem Flur war die Dame Marnion damit beschäftigt, ihr Kleid zu glätten und die Füße abzustreifen.

»Ich muss mich entschuldigen!«, meinte sie. »Dieser Raum ist zu den Niederhöllen unseres Asylums geworden, seitdem unser alter Koch erkrankt ist … wiewohl ich solche Worte nicht aussprechen sollte, sonst vertreibe ich noch meine Noioniten.«

Sie lachte und lehnte sich gegen eine Wand, als läge ein gefährliches Abenteuer glücklich hinter ihr. Die Elfe blickte verständnislos drein und die Vorsteherin schob eine Erklärung nach. »Vor vier Tagen ging unser Koch Malzan schon früher nach Hause, weil er sich kränklich fühlte. Am folgenden Morgen kam seine Frau hierher, und ich schickte einen Pfleger, um nach ihm zu sehen. Malzahn lag ernsthaft krank darnieder. Wir wissen nicht, wann er zurückkehrt, und leider konnten wir bisher keinen qualifizierten Ersatz auftreiben. Wisst Ihr, Elfe Jelais, bei der Pflege der Kranken stehen mir zwar Noioniten zur Seite, doch für einige Hilfsdienste beschäftigen wir Personal aus der Stadt.«

Sie ergriff Jelais beim Arm und führte sie zurück in die Empfangshalle. Erst hier begann offenbar wieder das Reich der Vana Marnion, denn plötzlich ging ihr Atem freier und unbeschwerter.

»Jetzt habt Ihr die Orte gesehen, denen Lechdans aufflackerndes Interesse galt. Darüber hinaus gab es zwei weitere Plätze, an denen er sich vor seiner Flucht aufhielt …«

Zunächst führte die Vorsteherin die Elfe vom Empfangssaal durch eine kleine Pforte in den Garten. Der war von hohen Mauern umgeben und machte jetzt im Winter einen trostlosen Eindruck.

»Wir haben noch ein kleines Grundstück auf der anderen Seite des Hauses«, erklärte Vana Marnion. »Dort lagern wir Holz und Kohlen in einem Verschlag. Aber hier führen wir die Kranken spazieren, wenn frische Luft erforderlich ist.«

Jelais blickte sich um. Der Garten war leer bis auf zwei kleine Bäume, die ihre kahlen Zweige wie flehende Hände zum milchig weiß verhangenen Himmel emporreckten. Von Menschen herangezogene Obstbäume, wie die Elfe erkannte, die einen wenig gesunden Eindruck machten. Allein die gut gemeinte menschliche Fürsorge hielt die Pflanzen hier am Leben.

Die Elfe empfand einen stechenden Schmerz und kehrte rasch in die Halle zurück, deren Schlingpflanzen zwar fremdartig waren, aber insgesamt einen lebendigeren Eindruck machten.

»Was war der andere Platz?«, fragte sie.

Die Dame Marnion führte Jelais über die Freitreppe bis hinauf in das Dachgeschoss. Durch eine lange Halle, in der allerhand verhängte Möbel in Umrissen zu erahnen waren, kamen sie zu einer unscheinbaren Tür, die mit einem Vorhängeschloss gesichert war. Die Gelehrte nestelte einen winzigen Schlüssel hervor und steckte ihn ins Schloss. Die Wand, durch welche die Tür führte, war überraschend dick. Ein doppeltes Glasdach wölbte sich dahinter über einen kleinen Erker, den die Vorsteherin als Gewächshaus nutzte. Es war warm hier, feuchtwarm, doch angenehmer als in der überheizten Küche.

Jelais' Begleiterin nutzte die Gelegenheit, um einige sorgsam geschnittene Scheite in ein kunstvoll konstruiertes Öfchen zu stecken, wo sie nach Bedarf nachrutschen würden. Dabei erklärte sie der Elfe: »In diesem Gewächshaus baue ich einige südländische Kräuter an. Damit kann ich sogar Rezepte zubereiten, die aus dem Stammhaus der Noioniten in Selem stammen. Aber ich pflege hier auch andere schöne und wirksame Pflanzen aus allen Teilen Aventuriens, die ich außerhalb ihrer Zeit erblühen lassen kann. Einmal habe ich Lechdan diesen Ort gezeigt. Er hat die Pflanzen interessiert betrachtet, wie die Löffel in der Küche oder eine Rübe, aber eine größere Wirkung entfaltete ihre Schönheit nicht auf ihn.«

Jelais sog die wirbelnden Düfte ein, die in der Luft hingen, dann schritt sie langsam durch die kleine Kammer. Es war wie ein Traum, ein seltsamer Elfen-Traum: So viel Leben vermischte sich, das nicht zueinander passte und keine Einheit bildete. Ein stetes Fließen von süßlichen und frischen Gerüchen, von Farben und verschlungenen Formen, ein Ineinander, kein Miteinander, die Sinne verwirrend.

Etwas Vertrautes stach aus der Blütenvielfalt und Jelais fand ihre Aufmerksamkeit wieder. In den Schalen eines zierlichen Brunnens, halb zugewachsen von der Vielfalt des Gewächshauses, trieben dunkle Lotospflanzen und standen in voller Blüte! Die Elfe kannte die Art nicht, obwohl diese gezüchteten Exemplare kleiner wirkten, als es ihre Natur war. Jelais zweifelte nicht daran: Hier kamen die krankhaft verzogenen Staubblätter her, die sie in Oswins Haus gefunden hatte!

Auch Glanzbeeren blühten hier, die giftigen Geschwister der vierblättrigen Einbeere. Jelais warf unauffällig einen Blick in die Blütenkelche. Wenn Vana Marnion die Pflanze pflegte, um aus der schädlichen Frucht eine heilkräftige Substanz zu destillieren, dann wartete sie in diesem Jahr vergebens auf die Ernte: Zwischen den Blütenblättern fehlten alle Keimgefäße. Die Elfe sah auch andere vertraute Gewächse und zweifelte nicht daran, dass dort ebenfalls verschiedene Teile fehlten.

Einige scheinbar willkürlich gepflückte Fragmente wirkkräftiger Pflanzen – das war keine Erklärung für die Ereignisse der letzten Nacht. Aber eines war sicher: Es gab ein Muster, eine Linie, eine Abfolge von Zusammenhängen. Sie führte vom Asyl bis in Oswins Haus und es hatte mit Lechdans Erlebnissen der letzten Wochen zu tun. Der entflohene Verrückte und der magische Nebel waren zwei Seiten desselben Blattes, davon war Jelais jetzt überzeugt ...

»Lasst uns nach unten gehen«, bat sie ihre Begleiterin. »Die Luft hier steigt mir zu Kopfe!«

Tatsächlich schwindelte ihr.

Gemeinsam gingen sie bis vor das Kontor der Vorsteherin.

»Ihr habt alles gesehen?«, fragte diese, doch es war mehr eine Feststellung.

»Orte verraten nicht so viel wie Elf... Menschen«, gab Jelais zu bedenken. »Wenn Ihr mich noch dem Pfleger vorstellen könntet, der Lechdan im Haus begleitet hat ...«

»*Der* Pfleger?«, fragte die Dame verwirrt. »Natürlich stand ihm nicht immer derselbe Pfleger zur Seite, sondern die Noioniten haben sich abgewechselt. Ihr könnt mit allen sprechen, aber ich habe mir bereits ausführlich Bericht erstatten lassen. In der letzten Woche schon, unmittelbar nach den Wanderungen durchs Haus. Ihr könntet nicht mehr erfahren, als ich Euch erzählt habe.«

Mit einer einlenkenden Geste trat Jelais zurück. Als Bardin wusste sie, was von Informationen aus dritter Hand zu halten war. Dennoch wollte sie die Vorsteherin nicht allzu sehr bedrängen und dadurch beleidigen, da sie aus dieser Informationsquelle auch in Zukunft noch zu schöpfen hoffte. Zudem hatte sie einen Plan, den sie am besten von außen ausführen konnte.

»Dann verabschiede ich mich jetzt. Wenn ich etwas in Erfahrung bringe oder Fragen aufkommen – kann ich Euch ansprechen?«

»Sicher«, meinte Vana Marnion abwesend. »Aber jetzt muss ich mich meinen anderen Pflichten zuwenden. Ich bin durch diese Sache weit in Rückstand geraten … Cella!«

Eine Noionitin schritt heran, die auf der Galerie gegenüber gewartet und die Halle im Auge behalten hatte, eine rundliche, rotwangige Frau mit krausen, graublonden Haaren. Jelais schätzte sie auf das fünfzigste Jahr. Die Ordensschwester strahlte eine Lebensfreude aus, die wenig zu der Stimmung im Hause passte.

»Begleite unsere Besucherin zur Tür – und gib deinen Brüdern und Schwestern Bescheid, dass die Elfe Jelais und Meister Regenbogenlicht, den ihr gestern Abend bereits kennen gelernt habt, uns bei der Suche nach dem unglücklichen Lechdan behilflich sein wollen. Wenn nötig, können sie gern in diesem Haus vorsprechen.«

Cella nickte und bedeutete Jelais, ihr zu folgen. Ehe sie die Treppe erreicht hatten, warf die ältere Frau ein: »Euch habe ich gestern Abend schon gesehen. Auf der Straße, hinter dem Herrn von gegenüber.«

»Ich habe mich umgeschaut«, gab Jelais zurück. »Ach«, fiel ihr ein, »daran hatte ich gar nicht mehr gedacht: Können wir noch einen Blick in die Kammer des Verschwundenen werfen?«

»Gewiss«, merkte Cella an, »aber die Kammer wird Euch nicht mehr weiterhelfen. Wir haben aufgeräumt und geputzt. Es haben sich schon alle darin umgesehen: Euer Meister, die Stadtwache und auch wir selbst …«

»Oh«, wusste die Elfe nur zu antworten.

Im Torbogen angekommen, stellte Jelais eine weitere

Frage. Immerhin wirkte diese Frau zugänglicher als alle anderen Noioniten, die ihr bisher im Haus begegnet waren.

»Habt Ihr den Kranken in der letzten Woche auf seinen Spaziergängen begleitet?«

Die beiden Frauen blieben vor der Tür im schattigen Flur stehen. Bereitwillig antwortete die ältere Noionitin: »Ja, sicher, auch … Wir waren alle sehr eifrig. Wisst Ihr, wir hatten große Hoffnung in diesen Kranken gesetzt!«

»Weil er plötzlich Interesse an der Welt zeigte?«

»Nein«, lächelte Cella breit. »Das ist eher Vanas Methode. Wir hatten Hoffnung, weil er Interesse an den Dingen jenseits unserer Welt zeigte und sogar unseren Herrn, den Gott Boron, ehrte.«

»Und wie konnte er das ohne Worte?«

Cella lachte, und es war das erste Lachen, das Jelais je von den stummen Ordensleuten vernommen hatte. »Elfe, es braucht nicht viele Worte, um Boron zu ehren – aber da liegen unsere Pfade wohl weitab voneinander. Dennoch hat Lechdan seine Hinwendung zu den Göttern keinesfalls wortlos bekundet! Schon am ersten Morgen, nachdem der Blitz seinen Geist erweckt hatte, fand Alrik den Kranken kniend vor seinem Tisch, als wäre dieser ein Altar. Er murmelte etwas. Alrik verstand die Worte nicht, aber er hielt es gleich für ein Gebet.«

»Und dann wolltet Ihr ihn vollends bekehren?«, fuhr Jelais auf und bereute sogleich ihre Unbeherrschtheit.

Die Noionitin ging nicht auf den herausfordernden Ton ein, sondern antwortete ruhig: »Nein, wir pflegen nur und bieten Hilfe. Aber mehr mussten wir nicht tun, denn in seinem Inneren war die unglückliche Seele schon in wundersamer Weise auf dem rechten Weg. Lechdan hat mich sogar selbst nach dem Vogel Borons gefragt, als ich mit ihm durch das Haus ging. ›Einen Vogel brauche ich‹, sagte er. ›Einen schwarzen Vogel, einen Rabenvogel. Gibst du mir einen?‹«

»Er hat so deutlich gesprochen?«, hakte Jelais überrascht nach. »Die Vorsteherin meinte, er hätte nach der Gewitternacht kein Wort mehr gesagt.«

»Meint Vana das? Er war nicht eben redselig und die Dame wird die wenigen Gelegenheiten nicht mitbekommen haben …«

»Sie sagte mir, sie habe sich von den Pflegern alles über Lechdan berichten lassen.«

»Sie fragte uns, was er tagsüber getan hatte«, verteidigte Cella sich. »Sie fragte nicht nach seinen Worten. Worte sind nicht so bedeutsam, und was er sprach, war meist irgendwie auf Boron bezogen. Es hat eher uns berührt – wie Ihr wisst, ist Vana bloß eine Gelehrte und dem Orden nie beigetreten.«

Die Frau griff nach dem Kettchen, das um ihren Hals hing, und zog einen kleinen Anhänger unter der Kutte hervor. Unruhig spielte sie mit dem silbernen Abbild einer Waage.

»Was hat der Kranke noch gesagt?«, drängte Jelais.

»Seine Worte zielten nicht auf diese Welt«, betonte Cella. »Nachdem er mich nach dem Boronsymbol gefragt hatte, verlor er bereits wieder seinen klaren Geist und stimmte einen murmelnden Singsang an: ›Einen Raben. Keinen Raben. Ihren Raben. Ich brauche sie! Der schwarze Vogel fliegt fern von hier …‹« Mit diesen Worten öffnete Cella die Tür. Nachdenklich trat Jelais auf die Straße. Womöglich hatten die anderen Noioniten weiteres zu erzählen, aber sie konnte jetzt unmöglich zurück ins Haus gehen. Sie würde morgen wiederkommen, doch eines blieb heute noch zu tun …

Durch die inzwischen tief im Schatten liegende Straße ging sie zur nächsten Ecke und am Rondratempel vorbei die Querstraße entlang. Wenn es hinter der Küche einen zweiten Hof mit Brennholzlager gab, dann befand sich dort auch eine Hintertür.

Durch eine schmale Gasse zwischen zwei Häusern

gelangte die Elfenbardin an eine Hofmauer. Das musste der richtige Ort sein! Hier war nicht allein eine Pforte in der Mauer, sondern sogar der Kettenzug einer Glocke, an dem Jelais beherzt zog.

Ein dumpfes Klingen ertönte auf der anderen Seite.

Eine Weile Stille und Warten.

Dann hörte die Elfe, wie vom Hof her ein Riegel bewegt wurde, und die Küchenmagd stand vor ihr. Jelais begrüßte Livia und lächelte. Sie war froh, dass sie sich an den Namen des Mädchens erinnerte.

»Boron zum Gruße«, antwortete das Mädchen und blickte ihr Gegenüber neugierig an. »Du bist eine Elfe. Und du kommst nicht aus Wehrheim!«

»Das ist wahr. Woher weißt du das?«, plauderte Jelais freundlich weiter.

»Ich merke das. Ich bekomme nämlich viel mit«, behauptete Livia stolz.

»Hör mal, Livia«, setzte die Elfe an. »Kannst du mir vielleicht Goswin holen? Ich wollte hier im Hof in Ruhe mit ihm reden.«

Hausknechte erfuhren allerhand, auch wenn sie nicht immer als zugänglich galten. So war es zumindest in den menschlichen Schwänken, die sie im letzten Jahr auf ihrer Reise vernommen hatte. Vielleicht wusste Goswin etwas, das Noioniten und Gelehrte nicht zur Kenntnis nähmen …

»Über den Verrückten!«, schlussfolgerte das Mädchen. »Ich habe nämlich auch etwas über den Verrückten zu sagen«, fuhr Livia fort und wartete nicht, bis Jelais nachfragte. »Als Malzan ihn mal aus der Küche warf, da schlurfte er erst mit hängenden Schultern davon. Aber plötzlich blieb er stehen und rief aus: ›Das Haus mit dem Rabentor!‹ Da hörte er sich gar nicht verrückt an, sondern wie einer, dem eben was eingefallen ist!«

»Hast du ihm nachspioniert?«, fragte Jelais. Das wäre zu schön, um wahr zu sein, dachte sie.

»Nein, ich darf ja gar nicht überall herumlaufen. Aber nachgeblickt habe ich dem Irren schon! Er war nämlich sehr seltsam. Und er hat geklaut, deshalb mochte Malzan ihn nicht leiden.«

»Geklaut?«, horchte Jelais auf. Lechdan hatte verschiedene Dinge auf sein Zimmer geschafft, wie die Dame Marnion ihr berichtet hatte. Das war wohl nicht so einvernehmlich verlaufen, wie es sich angehört hatte.

»Ja, so sinnloses Zeug«, erläuterte Livia. »Er hat nämlich Mehl mitgenommen und Zucker, dabei kann er sich damit gar nichts zubereiten in seinem Zimmer! Messbecher. Ein Fläschchen Premer Feuer ist verschwunden, aber nicht das echte. Und dann klaubte er sogar den Kohlenstaub vom Herd und griff nach dem Schwefel, mit dem Malzan die Speisen haltbarer macht. Aber das durfte er erst, als die Neue da war ... Ich suche jetzt nach Goswin, auch wenn das sehr gefährlich ist. Die Neue will mich nämlich nicht aus der Küche lassen, und Goswin mag es auch nicht, wenn man von seiner Arbeit wegläuft!«

Und schon machte das Mädchen auf dem Absatz kehrt und lief in die Küche.

Jelais trat ganz auf den Hof und verriegelte die Tür hinter sich. Einstmals war der Platz gepflastert gewesen, zwischen Gras und Unkraut waren noch die Steine zu erahnen. Schlamm und lose Erde bildeten eine dünne, glatte Schicht darüber und vor dem Verschlag war der Boden schwarz von Kohlenstaub. Im Vergleich zum Hof war der Garten auf der anderen Seite ein idyllisches Fleckchen.

Unbehaglich wartete die Elfe in einem Winkel und fragte sich, was die Vorsteherin von ihr denken würde, wenn sie entgegen ihrer Gewohnheit in der Küche vorbeischaute. An die Noioniten, die dort aushalfen, verschwendete Jelais kaum einen Gedanken. Sie wirkten wenig redselig und würden vom zweiten Besuch der Bardin sicher nichts erzählen.

Nach einer Weile trat Goswin durch die Küchentür auf den Platz. Der kleine Mann trottete auf die Elfe zu, blickte zu ihr auf und griff nach seiner Mütze – aber nur, um sie nach einem angedeuteten Gruß tiefer über die Ohren zu ziehen.

»'n Abend. Noch was vergessen?«, fragte der alte Mann, aber der Tonfall klang nicht unfreundlich.

»Ja … Ich habe gar nicht mit dem Mann geredet, der hier im Haus am meisten mitbekommt!«, schmeichelte Jelais.

»Darauf kannste einen lassen!«, lachte Goswin. »Aber nicht mit dem Lechdan, wenn Ihr den sucht. Ich arbeit im Haus und bin viel im Keller, da hab ich den Lechdan kaum noch zu sehn gekriegt innen letzten Wochen!«

»Und davor?«, hakte Jelais nach.

Goswin zuckte die Schultern. »Hat sich immer besabbert und inner Ecke gekauert, Jahr um Jahr. Un hat manchmal geschrien wie'n Purzeläffchen, das habbich mal aufem Jahrmarkt gesehn. Da mussten wir ihn dann unten wegsperren, kein Wunder …«

»Das Äffchen?«, fragte die Elfe irritiert, aber Goswin lachte.

»Nee, den Verrückten. Weil der so laut war!«

»So, wie er in der Nacht mit dem Gewitter geschrien hat?«

Goswin lachte: »Nein, da hatter ganz normal gesprochen, wie'n Mensch. Das war ja eben das Besondere innen letzten Wochen.«

»Normal? Die Vorsteherin meinte, er habe unverständliche Wortfetzen von sich gegeben.«

»Ach, die Dame …«, kommentierte Goswin mit einer wegwerfenden Handbewegung. »Für die und ihre heiligen Ordensleut ist ein Satz nur verständlich, wenner ganz viele ›Abertatus‹ und ›Flamentia‹ enthält un immer 'n richtiges Tuwort inner Mitten.« Mit zwei Fingern verschaffte der Hausmeister sich einen näselnden Akzent, als er seine Phantasiewörter aussprach, und die Bardin konnte dabei ein unsicheres Auflachen nicht unterdrücken. Wie die Vorsteherin bemerkt hatte: Goswin war ein Original, und wenn er zu seinem komischen Auftreten und seiner Gestik die richtigen Stücke einstudierte, könnte er ohne Zweifel auf dem Jahrmarkt auftreten.

»Ihr arbeitet schon lange hier?«, fragte Jelais.

»Ja, arbeite, reparier alles, was anfällt, un sach den heiligen Brüdern und Schwestern, wo sie nachgucken müssen. Die solln nämlich auch das Haus in Ordnung halten und putzen, so wie sie auch inner Küch helfen. Aber sagste ihnen nicht hier und da, dann sehn se nich mal die Tür, wo se durchgehn wolln …«

Er schlug sich leicht mit der Handfläche vor die Stirn und Jelais lachte wieder. Goswin kam auf das eigentliche Thema zurück: »Du suchst 'n Entsprungnen. Da kann ich nich viel helfen. Weiß auch nich, war seltsam inner letzten Woch – is immer so rumgeschlichen, da hab ich die Tür zum Keller zugeschlossen und den Pflegern gesagt: ›Lasst'n Lechdan nich alles anfassen!‹ Unner Malzan, der war vernünftig hier, unner konnt'n Lechdan auch nich leiden, wie er so anders war.«

Jelais hatte Mühe, die abgehackten Sätze des Hausmeisters zu verstehen, der außerdem immer leiser sprach, als wäre er unsicher, was seine Eindrücke betraf.

»Ihr wart dabei in der Nacht mit dem Gewitter?«, erinnerte sich Jelais. »Was habt Ihr durch die Tür belauscht?«

Goswin schüttelte bedächtig den Kopf. »Hab nich alles mitgeschrieben. Bringt auch gar nichts, weil ich nicht lesen kann …« Er lachte meckernd, dann fuhr er fort:

»Aber was ich verstand'n hab, das war'n schon so richtige Worte, aber da konnt keiner was mit anfangen. Da hat die Dame schon Recht! ›Das bin ich nich!‹, nein: ›Das bin ich nicht!‹, hat er zuerst gesagt, 'n paar Mal gleich. Und dann sagt er auch: ›Betrogen! Du hast mich betrogen!‹, was natürlich Blödsinn ist, denn's hat gar niemand Geschäfte mit ihm gemacht, der wo ihn übers Ohr haun könnt. Das is mir aufgefallen, denn es war schon irr. Dann weiß ich nicht, wasser noch gesagt hat, gefragt hat er: ›Wer?‹ und was erzählt vonnem Opfer. Und dann: ›Nein, nein, das wollt ich nich, so nich – nein, nein …‹«

Goswin verstellte seine Stimme, die jetzt viel weinerlicher klang und so gekünstelt und überzogen, dass sie wohl kaum den Tonfall des verschwundenen Lechdan traf.

»Das war's dann«, schloss Goswin. »Also, warn schon klare Worte, anners als sonst. Aber irr war er immer noch, der Junge, das sach ich dir!«

Jelais bedankte sich für die Hilfe, dann verließ sie rasch den Hof und blieb auf der anderen Seite der Mauer in dem finsteren Winkel zwischen den beiden Häusern stehen. Es war Abend geworden, Dunkelheit lag über der Stadt und die Elfe war allein mit ihren Gedanken.

Plötzlich sah sie vor sich ein zerknülltes Blatt liegen, das zuvor nicht da gewesen war. Wer kam in der Abendstunde in diesen ruhigen Winkel zwischen den Häusern? Jelais zögerte, dann hob sie das Papier auf und faltete es auseinander. Darauf stand ein einziges Wort: *Efferdsgarten*.

Nachdenklich starrte die Elfe auf die ungelenken Buchstaben. Hatte das Blatt etwas mit ihr zu tun oder lag es zufällig hier? Andererseits, was konnte es schaden, diesem Hinweis nachzugehen? Für heute Abend hatte sie nichts anderes zu tun, und was sie bei den

Noioniten erfahren hatte, reichte allenfalls für wilde Spekulationen. Ungern wollte sie ihren Freunden mit so wenig Informationen unter die Augen treten.

Den *Efferdsgarten* kannte sie: Das ruhige Gasthaus lag in unpassender Nähe zum abweisenden Praiostempel und zählte zu den stilleren Schänken Wehrheims. Soldaten ließen sich dort selten blicken, was in der Garnisonsstadt ungewöhnlich war.

Gemächlich schlenderte Jelais durch die Straßen. Ein kurzer Besuch im *Efferdsgarten* würde möglicherweise die rätselhafte Botschaft erklären – oder sie als hingewehten Abfall entlarven.

Die vierschrötige Gestalt, die sich hinter ihr aus dem Schatten des Rondratempels löste und die gleiche Richtung einschlug, nahm die Elfe zwar wahr, hielt sie jedoch für einen weiteren harmlosen Spaziergänger. Aber der Verfolger wählte zielstrebig einen anderen Weg zum *Efferdsgarten,* nickte befriedigt, als er die Elfe in die Gaststube treten sah, und eilte davon.

6. Kapitel

Nicht jeder Ritter ist ritterlich

Jelais trank einen weiteren Schluck aus ihrem Krug und sah sich in der Schänke um. Niemand trat an sie heran, und bald war sie geneigt, der rätselhaften Botschaft keine Bedeutung beizumessen. Aber wenn sie schon einmal hier war, konnte sie die Wartezeit auch sinnvoll nutzen.

Zunächst sprach sie ihren Auftritt mit dem Wirt ab. Menschen, so hatte sie erfahren, waren empfindlich in solchen Dingen. Andernorts war sie schon als »Bettelpack« beschimpft und aus der Schänke geworfen worden.

Die Bardin wollte mit einigen dramatischen Liedern und Moritaten aus fernen Ländern die Aufmerksamkeit der Zuhörer gewinnen. Das sollte, so hoffte Jelais, deren Zungen lösen. Sie suchte sich einen günstigen Platz, klatschte in die Hände und gab sich Mühe, gegen die Gespräche anzusingen.

Boronia, die Stolze, wollt nehmen keinen Mann,
Obwohl Helden und Recken stehn Schlange bei ihr an.
Sie wartet auf den Kaufmann, der ihr Dukaten schenkt,
Sie hat nach einem Bettler noch nie den Hals verrenkt.

Zu Boronia von ferne, da kam ein Handelsmann,
Der machte ihr den Hof, bot als Gemahl sich an.
Schenkt ihr die edle Blume, wohlan aus Maraskan:
»Die Blume soll Euch werben, o nehmet mich zum Mann!«

Boronia, die Zarte, sie lächelt bloß und schweigt,
Sagt dann, sie gibt ihm Antwort, wenn es ist an der Zeit.
»Die Blume nehm ich gerne, sie duftet reich und süß,
Soll meine Nacht verschönen, eh ich den Tag begrüß.«

Sie stellt die selt'ne Blume nah an ihr Bett heran,
Mit Farb' und Duft gar prächtig, von fern aus Maraskan.
»Wär er nur etwas reicher, wär er ein schmucker Mann!«,
So sagt Boronia leise, schaut ihn zum Abschied an.

Er nimmt es hin und reiset, wohl weit nach Maraskan,
Kehrt wieder noch viel reicher – nun will sie ihn zum Mann.
Noch vor dem Hochzeitsfeste, da gibt es viel zu tun,
Die Diener schaffen fleißig, sie rasten nicht noch ruhn.

Boronia, die Edle, des Nachts sehr müde ist.
So sieht sie nicht die Beine wohl von dem Spinnenbiest.
Sie sieht auch nicht die Zangen, die sich der Wange nahn –
Die Spinn' entkroch der Blume vom fernen Maraskan.

Boronia sieht vorm Spiegel die Beule im Gesicht,
Die beim Überschminken mit einem Mal aufbricht:
Vielhundert kleine Spinnen, sie kriechen aus der Wund' –
Die Dame wird besessen, verrückt von dieser Stund'!

Boronia, die Arme, so vor dem Spiegel sitzt.
Verehrer gab es viele, das hat ihr nicht genützt,
Geliebte nun dem einen, das ist des Wahnes Sohn –
Lebt bei den Noioniten, wohl für des Gottes Lohn!

Zufrieden sah sich die Bardin um. Ihre Kunst kam an – zwar hielten sich viele Leute in der großen Gaststube abseits, aber ein kleines neugieriges Publikum hatte sich um sie geschart. Einige Zecher liehen ihr zumindest aus der Ferne ein Ohr und bedachten ihre Zeilen gelegentlich mit trunkenen, doch wohl wollenden Kommentaren. Jetzt war es an der Zeit, das eigentliche Thema anzusprechen. Jelais erinnerte sich an das Rätselspiel von dem Verrückten, das sie auf dem Markt angestimmt hatte. Hier würde es sicher keine unliebsame Aufmerksamkeit erregen.

Wer ist erwacht in Wehrheims Nacht,
Im Hemde nur, ohn' Ziel und Spur?
Ein Irrer läuft im Eiseshauch.
Kennt er dich wohl – und du ihn auch?

Aufmerksam blickte die Elfe über die Zuhörer und die Gäste im Hintergrund hinweg. Zeigte jemand Interesse am Text des Liedes? Fühlte sich jemand angesprochen? Sie behielt die aufmerksamsten Zuhörer im Gedächtnis, um sie später gesondert zu befragen.

Sag an, hast du den Mann gesehn,
Dem sich im Kopf die Bilder drehn?
Gib Acht, er ist ein Kinderschreck!
Noch siehst du ihn – schon rennt er weg!

Die Winternacht ist sein Revier –
Hält er für Mensch sich oder Tier?
Der arme Irre spricht gar viel,
Doch ohne Sinn und ohne Ziel.

Einige Zuhörer murmelten und wandten sich ab. Der Kreis um die Bardin löste sich auf – zuerst traten einzelne Gäste langsam beiseite, dann verteilte sich unvermittelt die ganze Gruppe an andere Tische der Schänke. Jelais' Gesang stockte. Zu Beginn der Strophe hatten die Menschen gelauscht – doch ehe die letzte Zeile erklungen war, stand die Elfe allein vor dem kleinen Tisch, den sie als Ort für ihren Vortrag gewählt hatte.

Die Bardin brach ab.

Die Blicke aus der Menge stahlen sich an ihr vorbei, und verwirrt drehte sie sich um. Ein leuchtend weißes Gewand glänzte inmitten der düster-braunen Einrichtung der Gaststube, Goldbesatz glitzerte im Schein der Öllampen. Ein Praiosritter war unbemerkt hinter sie getreten, und innerlich fluchend schwor sich die Elfe, nie, niemals wieder mit dem Rücken zum Eingang zu stehen.

»Setzt Euch!«, kommandierte der Ritter und schob mit dem Fuß einen Stuhl zurecht.

»Was wollt Ihr von mir?«, fuhr Jelais auf. »Ich durfte hier singen, und ich habe keine Themen berührt, die Euch anstößig sein könnten!«

Sie hatte die Bannstrahl-Ritter im vergangenen Sommer kennen gelernt, als sie mit Berna durch das Herzogtum Weiden gewandert war. Seither hatte die Elfe beschlossen, dass sie diese merkwürdigen, hell gekleideten Krieger nicht ausstehen konnte.

Der Ritter schlug seinen Umhang zurück und legte die Hand auf den reich verzierten Schwertgriff. Ein großer Beryll auf dem Knauf schimmerte matt zwischen seinen Fingern hindurch.

»Ich bin nicht Euer Feind«, entgegnete er. Sein kalter Blick und das verächtliche Zucken seiner Mundwinkel straften die Worte Lügen. »Ich habe eine Begegnung an diesem ruhigen Ort arrangiert, um eine gemeinsame Angelegenheit zu bereden. Und jetzt setzt Euch!«

Jelais spürte eine Bewegung in ihrem Rücken. Kräftige Finger griffen nach ihren Schultern, drückten sie auf den Sitz hinab. Die Elfe wollte sich gegen diese Behandlung zur Wehr setzen, zu ihrem Dolch greifen, aufbrausen – aber sie erstarrte in der Bewegung. Der Gegner in ihrem Rücken war ihr körperlich weit überlegen, sie brauchte sich nicht umzusehen, um das zu erkennen. Sie spürte seine Gegenwart, einen Körper, der massig wie ein Fels hinter ihr stand und sich trotz seiner Kraft geschmeidig bewegte. Außerdem war da der Ritter vor ihr – die beiden waren ein eingespieltes Paar, wie sie an dem Vorgehen erkannte. Keine Regung im Gesicht des Praiosritters hatte verraten, dass ein Feind in ihrem Rücken lauerte.

»Wer seid Ihr?«, fragte sie mit belegter Stimme. »Und was wollt Ihr von mir?«

Der Ritter zog einen Stuhl zu sich heran, setzte sich jedoch nicht. Stattdessen stellte er einen gestiefelten Fuß auf die Sitzfläche und legte lässig die Arme auf das erhöhte Knie. Sorgsam vermied er jede unnütze Berührung des Inventars, als wäre die Gaststube zu schmutzig für ihn.

»Berman, Ritter Berman«, antwortete der Weißgekleidete. »Das soll für Euch genügen. Je weniger Ihr Euch um meine Angelegenheiten kümmert, umso besser für Euch! Wie mir zu Ohren kam, habt Ihr heute unpassendes Interesse für den Fall des verschwundenen Lechdan … Babek gezeigt. Ihr werdet diese Angelegenheit ruhen lassen und mir alles sagen, was Ihr bislang darüber erfahren habt.«

Eine Weile schwiegen beide. Dieser überhebliche Mensch erwartete offenbar, dachte Jelais fast amüsiert, dass sie bereitwillig reden würde.

»Ist so viel Interesse an einem Verrückten nicht unpassend für einen Mann Eures Standes?«, fragte die Bardin spöttisch.

Zornig fuhr Berman auf: »Beantwortet meine Fragen, bei Praios: Ich habe es nicht nötig, mit einem magischen Bastard Spielchen zu spielen. Wir können unser Gespräch auch an einem anderen Ort fortführen.«

Jelais sah sich um, aber die übrigen Gäste verhielten sich betont gleichgültig. Tatsächlich hatte sich die Schankstube merklich geleert. Von den Menschen hier konnte sie keine Hilfe erwarten.

Immerhin war Wehrheim eine zivilisierte Stadt, darauf hielten sich die Bewohner viel zugute. Was also konnte der Ritter ihr tun?

Dennoch ... Jelais erinnerte sich an den vorangegangenen Abend, an das Gespräch über den anderen Sänger: Marwan und sogar Berna fürchteten die weißgoldenen Praiosritter.

»Ich wollte nur diesen Lechdan finden!«, verteidigte sich die Elfe. »Aber bisher hatte ich keinen Erfolg.«

»Wo wolltet Ihr suchen?«, hakte Ritter Berman nach. Er klang weiterhin schroff, wurde aber sachlicher. »Und senkt Eure Stimme«, fügte er hinzu. »Die anderen Gäste müssen nicht hören, was Ihr mir zu berichten habt.«

»Zu berichten habt ...« In Jelais brodelte es! Dieser Kerl sprach, als hätte sie für ihn ermittelt und müsste nun ihren ausstehenden Bericht abliefern.

»Würde ich in Gaststuben fragen, wenn ich einen Hinweis hätte?«, fragte sie mürrisch zurück. »Ich habe viel über Lechdans letzte Tage bei den Noioniten erfahren. Nichts davon verriet etwas über seine Flucht oder sein Ziel. Wenn Ihr mit der Dame Marnion sprecht, erfahrt Ihr mehr, als ich Euch hier wiedergeben kann.«

Berman nickte, als habe er diese Antwort erwartet. Also kannte er die Vorsteherin.

»Und Ihr wisst nichts weiter?« Berman fixierte die Elfe forschend, aber Jelais gab nicht nach. Sie war eingeschüchtert und wollte durchaus versuchen, die Lage zu entspannen, doch zugleich kochte der Zorn so heftig in ihr, dass sie dazu einfach nicht in der Lage war. Also starrte sie herausfordernd zurück.

»Nein!« Sie konnte sich nicht offen gegen ihn stellen, aber sie würde diesem Praioten nicht mehr verraten, als er selbst herausbekommen konnte.

Berman richtete sich auf und zuckte mit den Schultern. Fast widerwillig wandte er sich dann ein letztes Mal an die Elfe.

»Wir sind keine Feinde«, wiederholte er. Sollte das eine Entschuldigung sein? »Aber ich kann nicht zulassen, dass Ihr Euch in Dinge mengt, die Ihr nicht verstehen könnt. Ungeschickte Hilfe richtet mehr Schaden als Nutzen an. Ihr werdet nach Hause gehen und Euch nicht weiter mit dieser Angelegenheit befassen, in keiner Weise! Keine Fragen, keine Besuche! Wenn nötig, werde ich selbst Euch bestrafen, ehe Ihr weiteren Schaden anrichten könnt. Voltan, komm!«

Wie einen Hund rief der Ritter seinen bulligen Begleiter zu sich und ging. Jelais blieb allein am Tisch zurück. Sie zitterte vor Zorn.

Zugleich fühlte sie sich hilflos. »Du bist zu aufbrausend, Kind! Sieh mit den Augen des Waldes und alles wird dir ruhiger erscheinen«, so hatte ihre Mutter oft gesprochen. Aber Jelais hatte niemals Wurzeln geschlagen und war der wilden Wut des Feuers näher als der ruhigen Kraft der Erde.

Ohne Aufforderung trat der Wirt an ihren Tisch und brachte einen kleinen Becher Trollzacker Schnaps. Gedankenverloren griff die Elfe nach dem Getränk und stürzte es herunter. Tränen schossen ihr in die Augen, sie hustete, würgte und rang nach Atem. So etwas hatte sie noch nie getrunken! Für eine Weile waren ihre Gedanken abgelenkt …

Am nächsten Vormittag kam Jelais spät zum Frühstück. Marwan und Berna saßen schweigend zusammen.

»Vermisst ihr meine aufmunternde Gesellschaft?«, fragte die Bardin spöttisch. Dabei fühlte sie sich angeschlagen und hatte selbst Aufmunterung nötig.

»O nein«, gab Berna spitz zurück. »Ich habe nur die Ruhe genossen. Du hast in der letzten Nacht so geschnarcht.«

»Elfen schnarchen nicht!«, entgegnete Jelais beleidigt. »Und wir bieten unseren Gästen auch keinen vergifteten Trunk an, wie es mir in einem eurer Gasthäuser widerfuhr.«

»*So* hast du also den Abend verbracht!«, kommentierte Marwan. »Wir haben hier recht lange gewartet, dass du zurückkehrst.«

»Ich suchte nach Informationen«, entschuldigte sich Jelais. Sie setzte sich an den Tisch, griff nach der Grütze, beließ es dann allerdings bei einem kleinen Becher Milch. »Hast du auf der Wache etwas erfahren?«, fragte sie den Illusionisten und lenkte so von ihren eigenen Erlebnissen ab.

Berna und Marwan tauschten Blicke, dann berichtete der Zauberer: »Ich habe erfahren, dass wir unsere Finger von der Sache lassen sollen. Ich habe unser Anliegen durchaus ernsthaft verfolgt. Als der Dienst habende Offizier gar nichts über die nächtliche Unruhe wusste, habe ich sogar nach dem Weibel Korber gefragt. Brevi manu: Der hat den Vorfall ad acta gelegt.«

Er beugte sich über den Tisch zu Jelais und sprach eindringlich weiter: »Korber hat mich regelrecht abgefertigt, doch einige interessante Einzelheiten konnte ich trotzdem in Erfahrung bringen. ›Sprecht mich darauf nicht mehr an‹, hat Korber gesagt. ›Diese Vana Marnion hatte Recht: Da sind einflussreiche Leute drin verwickelt, und denen ist es offenbar schon zu viel, wenn man von der Angelegenheit weiß. Heute Vormittag weckte mich ein Bannstrahl-Ritter während meiner Freiwache. Der hat mich grob befragt und sogar angebrüllt, ich solle die Finger von der Sache lassen, andere würden sich schon darum kümmern.‹ So ähnlich hat Weibel Korber mir referiert. Und was mich betrifft, so will ich in dieser Suppe nicht weiter herumrühren, um die dicken Brocken aufzuwirbeln.«

Jelais wirkte nachdenklich und Berna fügte hinzu:

»Hör zu, Jelais: Die Bannstrahl-Ritter sind gefährlich. Gerade hier in der Gegend haben sie einige Macht.

Denk daran, wer wir sind: Du bist eine Elfe und Elfen sind bei den Praiosrittern nicht eben beliebt. Marwan ist ein Jahrmarktszauberer und schon deshalb ein götterloser Verbrecher für jeden Bannstrahler. Und ich bin bloß eine Gauklerin, über mich sehen sie bestenfalls verächtlich hinweg. Wir sollten ihnen aus dem Weg gehen!«

Die Elfe nickte, aber ein Großteil von Bernas Redeschwall ging unbeachtet an ihr vorüber. Sicher, die Gauklerin sprach die Wahrheit. Jelais erinnerte sich an die Praiosritter im Herzogtum Weiden: Dort waren die weiß-golden gekleideten Krieger herumgezogen und hatten die beiden Frauen rüde ihres Weges verwiesen. Das war Jelais' erste, wenig erfreuliche Erfahrung mit dem Ritterorden gewesen. Aber unhöfliche Krieger konnten die Bardin nicht an ihren eigenen Gedanken hindern:

»Welches Interesse haben Ritter des Bannstrahl-Ordens an einem entlaufenen Verrückten?«, rätselte sie laut.

»Dieses Geheimnis werden sie kaum für uns illuminieren!«, gab Marwan zurück.

Jelais atmete tief ein, bevor sie weitersprach: »Ich wusste jedenfalls, dass die Praioten an der Sache beteiligt sind …«

Dann erzählte sie ausführlich von ihrer Begegnung mit Berman und berichtete anschließend – so wortgetreu, wie es ihr möglich war – von ihren Nachforschungen bei den Noioniten.

»Demnach hast du mit demselben Ritter gesprochen wie der Weibel«, fügte Marwan am Ende von Jelais' Erklärungen hinzu. »Der wusste auch von einem vierschrötigen Gesellen zu berichten, der seinen Besucher begleitete.«

»So wichtig kann den Praiosrittern die Sache nicht sein«, mutmaßte Jelais. »Von den weiß-goldenen Gecken laufen viele in der Stadt herum, doch nur ein Einziger spürt auf der gleichen Fährte wie wir.«

»Wahrscheinlich glauben sie, einer von ihnen reicht für einen Verrückten«, wandte Berna ein.

»Weshalb kümmern sich diese goldverzierten Ritter überhaupt darum?«, beharrte die Elfe.

»Besessenheit!«, warf der Zauberer ein. »Das ist für mich des Rätsels Lösung! Ein Dämon mag vom schwachen Geist des Gemütskranken Lechdan Besitz ergriffen haben, und jetzt ist er dem Gewahrsam entflohen, um seinen dunklen, niederhöllischen Geschäften in der Stadt nachzugehen.«

»Jelais, du hast von Entführung gesprochen! Das halte ich immer noch für möglich«, warf Berna ein. »Denkt daran, wie spurlos der Flüchtling in der Stadt verschwand! Jemand hatte sicher schon ein Versteck vorbereitet. Vielleicht wählte ein verworfener Magier den Verrückten als einfaches Opfer für eine Beschwörung!«

»Bedenkt das veränderte Auftreten des Opfers!«, warf der Illusionist eifrig ein. »Eine Obsession durch daimonische Kreaturen böte hierfür eine Erklärung. Ich denke auch an die Verwüstung in seinem Zimmer und an die Dinge, die Lechdan im Haus sammelte: Schwefel und Kohlenstaub … das gemahnt mich an Alchimie! Ein Zauber von außen wäre natürlich möglich, aber Besessenheit würde auch die rätselhaften neuen Fertigkeiten des Wahnsinnigen erklären.«

Jelais war überrascht, aber auch erleichtert. Ihre Freunde waren interessiert bei der Sache und hatten die zuvor angesprochenen Bedenken vergessen. Berna reagierte mitunter ängstlich, wenn es ihr unheimlich wurde – auf der anderen Seite verschwendete sie nicht viele Gedanken an Gefahren, wenn ihre Neugierde erst geweckt war. Und Marwan war zwar bei aller Wissbegier so ängstlich wie kein Zweiter, aber er ließ sich immer leicht überreden.

Nein, wenn sie, Jelais, genauer darüber nachdachte,

durfte sie sich über den neu erwachten Eifer ihrer Freunde nicht wundern: Neugier war ihre größte Gemeinsamkeit. Erstaunlich war nur, dass diese Menschen offenbar mehr Respekt vor den Praiosrittern hatten als vor den wirklichen Gefahren. Ritter Berman hatte sie abgeschreckt, aber über Geister und Dämonen sprachen sie ganz leichtfertig.

Doch denken und reden war eine Sache, aber würden Berna und Marwan auch Nachforschungen wagen? Besessenheit – Jelais hatte diesen Begriff schon von den Wächtern auf dem Markt gehört. Hatten sie damit, ohne den Fall zu kennen, den richtigen Gedanken aufgebracht? Vorsichtig lenkte Jelais das Gespräch in diese Richtung: »Wenn dieser Lechdan in Besitz genommen wurde – wie finden wir dann heraus, wovon? Und weshalb?«

Die Stimmung kühlte merklich ab.

»Daimonologie ist gewisslich nicht mein Metier«, sagte Marwan mit deutlichem Sarkasmus. »Zudem kann ich kaum sine mora irgendwelche Magi konsultieren und mir ihre Schriften betreffend jenseitiger Sphären ausleihen. Abgesehen davon, dass ich solche Magier hier in Wehrheim gar nicht kenne.«

»Flüchte nicht immer in dein Kauderwelsch, wenn es dir unangenehm wird!«, schimpfte Berna und setzte eifrig hinzu: »Lasst uns lieber im Tempel der Hesinde nachfragen. Die Geweihten dort wissen bestimmt Rat!«

»Ist dir hier ein solcher Tempel untergekommen?«, fragte Marwan.

»Nun, hm …«, stotterte Berna. »Die Göttin der Weisheit scheint in Wehrheim nicht den nötigen Respekt zu finden. Aber irgendwo muss ein Tempel stehen, wenn auch nicht in zentraler Lage. Lasst uns danach suchen!«

»Zumindest dürfte die Suche nach einem Hesindetempel weniger gefahrvoll sein als die Ausschau nach dem entlaufenen Verrückten«, räumte der Illusionist ein.

»Was sollen wir die Geweihten fragen? Vielleicht war Lechdan besessen. Doch wir müssen mehr über sein Verhalten erfahren, wenn wir den Dämon erkennen wollen«, merkte die Elfe an.

Marwan winkte ab: »Pardon, dies ist wirklich weit jenseits jeder diskutablen Alternative. Sollen wir etwa mit den Bannstrahl-Rittern auf den Fersen umherziehen, um uns nach daimonischen Wesenheiten zu erkundigen?«

»Wir reden gar nicht von Dämonen«, beschwichtigte ihn Jelais. »Wir müssen bloß die Noioniten nach weiteren Einzelheiten fragen, nach Lechdans Taten vor seiner Flucht. Am besten geht Berna. Von uns allen ist sie bisher am wenigsten in Erscheinung getreten. Mit Magie hat sie auch nichts zu schaffen, also erregt sie keine Aufmerksamkeit bei den Bannstrahlern.«

»Sag doch gleich, ›weil sie so dumm ist wie ein Fischbrot!‹«, fuhr die Gauklerin empört auf.

»Wehrheimer Zander, delikat ...«, schmeichelte der Illusionist spöttisch.

Berna warf ihm einen wütenden Blick zu und wandte dann ernsthaft ein: »Die Vorsteherin wird mich nicht empfangen!«

»Ihre Leute sind angewiesen, uns behilflich zu sein«, sagte Jelais. »Wenn die Dame selbst keine Zeit hat, wirst du zumindest Einlass finden und mit den Noioniten sprechen können.«

»Nicht, dass ich das nötig hätte!«, fügte Berna rasch hinzu. Sie fand plötzlich Gefallen an diesem Abenteuer. Immerhin war sie als Einzige noch nicht im Nachbarhaus gewesen.

Jelais erinnerte sich an andere Pflichten: »So, ich sehe jetzt nach unserem Gastgeber und bringe ihm sein Frühstück.«

»Ich weiß wohl«, räumte Oswin widerwillig ein, »dass es unüberlegt von mir war, mit derartigem Impetus voranzustürmen.« Immer noch klang seine Stimme rau und ein leichter Husten war von seinem Ausflug in den Nebel zurückgeblieben.

»In deinem Alter solltest du besonnener vorgehen«, stimmte die Elfe ihm zu.

Oswin lachte heiser. »Ohne Zweifel, obgleich viele aus meiner kämpferischen Familie auch in ihren späten Jahren noch recht unbesonnen mit der Waffe bei der Hand waren. Glaube mir, Elfe, dass ich bei den meinen schon als suspekt angesehen werde, weil ich mich derart zurückgezogen der Mehrung des Wissens widme.«

»Ein ehrbarer Beruf«, versicherte die Bardin rasch. »Ich habe viel von dir erfahren in diesem Winter. Geschichten, die es wert sind, erzählt zu werden.«

»Ja, aber als das Fenster ein zweites Mal zerschlagen wurde, vermochte ich meinen Zorn nicht mehr zu zügeln. In meinem Herzen teile ich eben das aufbrausende Wesen meiner kriegerischen Vorfahren!« Der Gelehrte lächelte und war ganz zufrieden mit seiner Heldentat, die letztlich glimpflich verlaufen war.

»Aber es ist nur ein Fenster!«, suchte Jelais die Verhältnisse zurechtzurücken.

»Nur ein Fenster«, flüsterte Oswin und schüttelte den Kopf. »Dir fehlt es an Verständnis dafür, das weiß ich wohl. Aber bedenke: Nachdem die zweite Scheibe zu Bruch ging, werde ich nicht im Stande sein, mir diesen Winter eine dritte zu leisten. Schon nach dem ersten Glasbruch musste ich Mittel aufwenden, die ich für mein kleines Labor zurückgelegt hatte. Das schmerzt mich.« Oswin seufzte. »Vor allem aber schmerzt es mich, von der Mildtätigkeit der Verwandtschaft abhängig zu sein, die keinerlei Verständnis für meinen Lebensweg zeigt. Manchmal wünschte ich mir, die Umstände wären anders. Zuweilen denke ich, dass eben diese Unzufriedenheit mich zu meinen Forschungen treibt: Vordergründig bin ich auf der Suche nach Wissen über Aventurien, in Wahrheit aber suche ich einen Weg, mit mir selbst in Einklang zu kommen. Ist nicht eine so geartete Zerrissenheit der Quell jeder Suche, worauf auch immer sie gerichtet sein mag?«

Einen Augenblick lang breitete sich unbehagliches Schweigen aus, dann setzte der Gelehrte unschuldig hinzu: »Und was machen die Nachforschungen zu dem nächtlichen Einbruch? Bernika hat mir berichtet, dass ihr den Vorfall nicht gemeldet habt.«

»Nein, wir wollten der Sache selbst auf den Grund gehen«, gab Jelais zu. »Doch seid unbesorgt: Der Bannstrahl-Orden hat sich des dreisten Übergriffs auf Euer Eigentum angenommen. Euer Fenster wird gerächt werden!«

Oswin tastete auf seinem Nachttischchen und fand einen fast geleerten Becher mit Kräutertee, den er ohne Zögern nach Jelais warf. Da die Elfe den heimtückischen Angriff erahnt hatte und während ihrer letzten Worte zur Tür zurückgewichen war, prallte das Geschoss harmlos gegen das Holz.

»Fort mit Euch, Ihr Spott-Elfe!«, schimpfte Oswin scherzhaft. »Habe ich es nötig, in meinem eigenen Hause nicht ernst genommen zu werden?«

Lachend hielt Jelais auf die Treppe zu, froh, dem Gespräch entronnen zu sein. Unten hörte sie den Illusionisten in der Küche hantieren. Berna stand an dem zerstörten Fenster und äugte durch einen Spalt zwischen den Brettern auf die Straße.

»Was siehst du denn da?«

Die Gauklerin zuckte zusammen, fuhr herum und zischte: »Pssst! Er hört uns sonst!«

Neugierig trat die Elfe näher und suchte sich ein eigenes Astloch. Im Licht des trüben Wintervormittags sah sie die Fassade des Noioniten-Anwesens. Und davor stand unschlüssig eine strahlend weiß gekleidete Gestalt, auf deren im Wind wehendem Mantel gelegentlich der Goldbesatz aufblitzte. Es war Ritter Berman von den Bannstrahlern! Erschrocken fuhr Jelais zurück.

»Kann er uns sehen?«, flüsterte Berna ängstlich, ohne den Blick von der Straße zu wenden.

Die Bardin schüttelte den Kopf. »Nein«, gab sie ebenso leise zurück. »Hier drinnen ist es zu dunkel. Er kann durch die schmalen Ritzen nicht hereinblicken. Aber was spioniert der Kerl so auffällig in unsere Richtung?«

»Ich wollte eben zu den Noioniten rüber«, erklärte die rothaarige Gauklerin mit gedämpfter Stimme, »da trat der Praiosritter drüben aus der Eingangstür. Da bin ich gleich einen Schritt zurückgesprungen und habe die Türe zugeschlagen. Das ist ihm aufgefallen. Seitdem steht er so da und guckt – bestimmt kommt er gleich her!«

»Selbst wenn er dich gesehen hat: Er kennt dich ja gar nicht!«, zischte die Bardin. »Bestimmt wundert er sich nur, weil du so eilig zurückgewichen bist.«

Atemlos beobachteten beide Frauen den Ritter.

»Er kommt gewiss! Gleich kommt er her«, leierte Berna halb aufgeregt, halb überdreht. Sie genoss die Situation und fühlte sich wie in einem Schwank – mit sich selbst als Hauptfigur.

»Sei nicht albern«, schalt Jelais verstohlen.

Ritter Berman schüttelte den Kopf und wandte sich ab. Mit einer Handbewegung winkte er seinen bulligen Handlanger herbei und wechselte mit ihm einige Worte. Dann entfernte er sich in Richtung der Kaserne der Garderegimenter.

Berna atmete erleichtert aus.

»Bestimmt lauert er hinter der nächsten Ecke, bis ich wieder vor die Tür trete!«, flüsterte sie.

»Bestimmt!«, antwortete die Elfe, doch die Gauklerin reagierte nicht auf die Ironie.

»Ich geh jedenfalls nicht zu den Noioniten, so lange dieser Kerl sich dort herumtreibt.«

»Was machst du dir darüber Gedanken? Er ist nicht unser Feind«, wiederholte Jelais halbherzig Bermans eigene Worte. »Er ist bloß ein Griesgram, der uns belästigt. Was kann er uns schon anhaben, solange wir nichts Verbotenes tun?«

Aber Berna ließ sich nicht umstimmen.

»Was habt Ihr, Herr?«, fragte Voltan, als der Ritter stehen blieb und über die Straße blickte – zumindest wollte der bullige Knecht diese Worte sprechen, aber sein angeborener Sprachfehler machte ein stotterndes Lallen aus dem Satz. Trotzdem verstand sein Herr ihn. Berman von Binsböckel war der Einzige, der ihn verstand. So war es bereits in ihrer Kindheit gewesen.

»Da war eine Bewegung an der Tür gegenüber. Siehst du das Fenster an dem Haus? Es ist mit Holzplanken verschlossen, so wie das des entflohenen Verrückten. Vielleicht sollten wir dem Aufmerksamkeit schenken ...«

»Die Pflanzen waren verstümmelt«, wechselte Voltan das Thema und Berman blickte ihn an.

»Was meinst du?«

»Die Pflanzen im Gewächshaus der Vorsteherin. Habt Ihr es bemerkt, Herr? Jemand hat Blütenblätter und kleine Pflanzenteile abgerissen.«

Die meisten Menschen hielten Voltan für beschränkt, weil er nicht richtig reden konnte. Aber für Berman war sein Diener eine wertvolle Hilfe. Aufmerksam und bodenständig, wie er war, nahm der hünenhafte Knecht viele Dinge wahr, die seinem Herrn entgingen.

Nachdenklich blickte der Bannstrahl-Ritter auf seinen Begleiter und vergaß das beschädigte Fenster.

»Das erinnert mich an den Schwarzmagier, von dem Bernfried erzählte. War es nicht eine Eigenart von diesem Angrond Velunt, gewisse lebende Pflanzenteile von seiner dämonischen Herrin – möge Praios sie auf immerdar in den Niederhöllen halten! – verfluchen zu lassen? Er konnte damit Schadenszauber wirken: Bernfried berichtete von Staubwolken, die durch die Luft schwebten und schmerzhafte Krämpfe verursachten. Aber es war bloß ein dämonischer Albtraum, der keine sichtbaren Wunden zurückließ ...«

»Der Herr Ritter Praiodan hat Angrond Velunt vor wenigen Wochen eigenhändig erschlagen und seinen Leichnam verbrannt!«, hielt der Knecht entgegen. Er kratzte sich die Arme, als eine plötzliche Kälte über seine Haut kroch.

»Doch seine von den Zwölfen verdammte Herrin hat viele Anhänger. Womöglich kann ein anderer auf diese Weise Schaden wirken!«, sinnierte Berman.

»Lechdan ...«, murmelte der Knecht, aber Ritter Berman schüttelte den Kopf. »Nein, Voltan. Der Verrückte hat sein ganzes Leben in der Obhut der Noioniten verbracht. Wie soll er da unheilige Künste erworben haben?«

Nachdenklich strich der Ritter über seinen Nasenflügel, ehe er weitersprach: »Lechdan mag allerdings von einem Dämon besessen sein. Wenn ich daran denke, was der Koch erzählt hat ... Wir sollten diese Möglichkeit zur Sprache bringen. Mein werter Vetter kommt heute eigens in die Stadt, heißt es – doch ehe ich ihm vermelde, dass sein Bruder nicht allein vom Wahnsinn gestraft, sondern womöglich in den Klauen der Niederhöllischen ist, brauche ich deutlichere Hinweise. Jeder kann von den Pflanzenteilen genommen haben. Ich traue der Vorsteherin Marnion nicht – sie ist keine Noionitin und sie zeigt in meinen Augen ein fast gottlos weltliches Gebaren ...«

»Herr!«, fuhr Voltan erschrocken auf. »Sie würde niemals ihren eigenen Schützling in diese Sache hineinziehen. Sie ist die Erste, die unter Lechdans Verschwinden zu leiden hat.«

Wieder schüttelte der Ritter den Kopf: »Du hast wohl Recht. Abgeschnittene Blüten mögen nichts bedeuten – sie wurden vermutlich für Heilmittel entnommen. Wir haben nichts von rätselhaften Schmerzen oder anderen Auswirkungen eines Zaubers gehört. Nein, bevor wir nicht mehr wissen, suchen wir nach Lechdan, um ihn zu retten. Aber es ist etwas Böses am Werk, und Raben, Tor ... irgendwie klingt mir das vertraut. Ich denke an einen älteren Edlen aus Wehrheim, der mir einmal vom frivolen Treiben eines Standesgenossen erzählte. Wir sollten zunächst dieser Spur nachgehen.«

Voltan zuckte gleichmütig mit den Achseln, aber sein Blick wanderte vom Anwesen der Noioniten zu dem Haus gegenüber. Plötzlich sah er sich überall von finsteren Mächten umgeben. Der verrückte Lechdan, Vana Marnions unheimlicher Garten, die zerschlagenen Fenster in dieser Straße – überall mochte die Gefahr lauern.

»Wir sollten vorsichtig sein«, meinte er leise.

»Ach was«, gab Berman leichthin zurück. »Praios schützt die Seinen.«

Dann zupfte er seinen schneeweißen Mantel zurecht und ging davon.

7. Kapitel

Wer krank im Bett liegt, weiß oft mehr

Nachdem sie eine Weile unschlüssig im Haus geblieben waren, regte Jelais einen kleinen Spaziergang durch die Stadt an. »Vielleicht sehen wir ja zufällig etwas und harmloses Umherschlendern kann Berman uns kaum verbieten!«

Sie ließ Berna und Marwan im Schatten des Rondratempels zurück. Das Heim der Kriegsgöttin bot einen gewissen Schutz vor den Nachstellungen der Praiosritter. Es war der letzte Ort, wo sie den Gefolgsleuten des Götterfürsten begegnen würden, denn die Konkurrenz zwischen Praios- und Rondra-Anbetern war in Wehrheim durchaus noch fühlbar.

Trotzdem warteten die beiden unbehaglich, bis ihre Freundin aus einer kleinen Seitengasse trat. Sie hatte ein Mädchen bei sich.

»Das ist Livia«, stellte Jelais die rußverschmierte Küchenmagd vor. »Sie arbeitet bei den Noioniten und will uns rasch zeigen, wo der kranke Koch Malzan wohnt.«

Das Mädchen knickste höflich vor Marwan und musterte neugierig die auffällig gewandete Berna. »Ihr seht seltsam aus!«, meinte sie unbefangen.

Ehe die Gauklerin antworten konnte, warf Marwan an Jelais gewandt ein: »Warte mal, so war es nicht abgesprochen!«

»Ach komm schon«, erwiderte die Bardin. »Was ist dabei, wenn wir während unseres Spaziergangs dem kranken Koch unsere Aufwartung machen? Er hat Lechdan gekannt und wohnt in einem anderen Stadtviertel. Mit ihm können wir völlig ungestört reden …«

Die Elfe zwinkerte dem Illusionisten zu, da sie nicht vor dem Mädchen über ihre Probleme mit den Bannstrahlern reden wollte.

Marwan versuchte etwas anderes: »Gewiss darf Livia nicht so einfach von ihrer Arbeit fortlaufen. Bekommt sie da keine Schwierigkeiten?«

Ernst blickte er auf das Mädchen hinab, aber die Küchenmagd schüttelte den Kopf, dass die langen Haare flogen. »Die dumme neue Köchin wird toben, wenn ich zurückkomme. Aber die Dame Jelais hat mir einen ganzen Taler für den Botendienst gegeben. Das ist ein bisschen Geschimpfe wert! Außerdem mag sowieso niemand die Köchin. Sie ist ja bloß die Vertretung für Malzan. Wen kümmert ihr Gekeife? Bald ist sie wieder fort …«

Der Illusionist seufzte und Berna zischte entsetzt: »Einen ganzen Taler!« Sie schüttelte den Kopf.

»Es muss etwas getan werden, ehe ich darüber singen kann«, meinte Jelais und fasste Livia bei der Hand. Zu zweit gingen die beiden vorneweg. Berna und Marwan kamen langsamer hinterdrein und ereiferten sich über die törichten und weltfremden Elfen.

Selinde, die Frau des erkrankten Küchenchefs, empfing die drei Besucher in der Stube der Wohnung. Die Familie hatte ein Dachgeschoss über einer Bäckerei gemietet. Selinde war eine hoch gewachsene, schlanke Frau mit braunen, gewellten Haaren, eingefallenen Wangen und rot geweinten Augen. Einen Säugling trug sie auf dem Arm, ein weiteres kleines Kind krabbelte um ihre Beine, griff immer wieder in ihre Rockfalten und greinte unvermittelt.

»Wir möchten gern mit Malzan reden«, brachte Jelais

ihr Anliegen zur Sprache, nachdem sie sich und ihre Begleiter vorgestellt hatte.

Selinde wischte sich mit einem Ärmel über das Gesicht.

»Er ist heute Morgen verstorben«, stieß sie hervor und kämpfte mit den Tränen.

Die drei sahen sich an. »Nun ja, dann …«, hob Marwan an.

»Wart Ihr Freunde von ihm?«, fragte die Witwe.

»Ja«, sagte Jelais.

»Nein, wir kannten ihn leider nicht«, warf Berna im gleichen Augenblick ein.

Beide Frauen stutzten und tauschten ärgerliche Blicke, während Marwan von hinten vorbrachte: »Wir wären gern gute Freunde von ihm gewesen …«

Zum Glück bekam die junge Frau, abgelenkt von ihrer eigenen Trauer und den unruhigen Kindern, nur die Hälfte mit. Trotzdem blickte sie etwas überrascht drein, bis Jelais einen Schritt vortrat und wieder das Wort ergriff, wobei sie die Gauklerin unauffällig mit einem Ellbogen in die Seite knuffte.

»Wir arbeiten mit den Noioniten zusammen und lernten Euren Mann zufällig kennen, ehe er krank wurde. Wir, mmh, kamen ins Gespräch über die Wirkungen von Speisen und Gewürzen auf die Kranken der Einrichtung. Wir waren verabredet und wollten uns etwas mehr Zeit für das Thema nehmen …«

»Als Malzan sich mit einer Unpässlichkeit verabschiedete, schien das Übel nicht von solcher Schwere zu sein!«, unterbrach Marwan sie. »Unsere Überlegung war daher, ein Besuch bei ihm und ein interessantes Gespräch würden seine Genesung fördern …«

Jelais hätte sich ohrfeigen können, dass sie nicht an ein kleines Mitbringsel für den Kranken gedacht hatte. Das hätte ihren Besuch unverfänglicher erscheinen lassen. Doch andererseits: Der Koch war tot und plötzlich empfand sie ihre kleinlichen Nachforschungen, ihre Fragen und all die Lügengeschichten, die ihr so leicht über die Lippen gingen, als zusätzliche Bosheit der trauernden Witwe gegenüber.

»Ach«, schluchzte diese. »Es fing so harmlos an. Malzan klagte bloß über ein wenig Übelkeit, als er nach Hause kam. ›Ein bisschen Schlaf und morgen schwinge ich wieder die Löffel für die undankbaren Tischgenossen‹, meinte er ganz leichthin. Aber er war schon warm und das Fieber wurde immer schlimmer.«

»Was für eine Krankheit hatte er denn?«, erkundigte sich Jelais.

»Und wie und wo hat er sie sich geholt?«, fragte Berna, die mit Marwan um den hintersten Platz rangelte. Jelais bekam genug von dem unwürdigen Treiben in ihrem Rücken mit, um sich mit Bedacht direkt vor die Witwe zu stellen und deren Aufmerksamkeit auf sich zu lenken.

»Ich weiß nicht, was es für eine Krankheit war. Er hatte Fieber. Ich habe sogar Kräuter gekauft – alles, was wir uns leisten konnten, aber es half nichts. Was sollen wir jetzt machen? Wir haben nicht viel gespart, es ist alles so teuer hier. Bei der Unruhe der letzten Jahre war es schwer genug, mit der Familie zu überleben – und jetzt bin ich allein!«

»Vielleicht könnt Ihr die Vorsteherin der Noioniten um Unterstützung bitten?«, schlug Jelais mitleidig vor.

»Betteln?«, fragte die Witwe, schlug die freie Hand vor den Mund und brach in Tränen aus.

»Ich weiß nicht, was das für eine Krankheit war«, fuhr Selinde fort, als sie sich wieder gefasst hatte. »Er hatte Fieber, aber nicht so, dass man davon sterben könnte. Gestern, als er mit dem Bannstrahl-Ritter sprach, hätte keiner damit gerechnet – aber heute in der Stunde vor dem Morgengrauen schrie er plötzlich auf und atmete schwer. Und dann war es vorüber. Möge Boron …«

»Ein Praiosritter war bei Eurem Mann?«, stieß Berna hervor.

Jelais überspielte den erschrockenen Unterton ihrer Freundin: »Malzan muss ein beeindruckender Mann gewesen sein, wenn er solche Bekanntschaften hatte.«

»Nein«, wehrte die Frau des Kochs ab, »wir kannten den Herrn vorher nicht. Malzan sah ihn gestern zum ersten Mal. Der Ritter kam an sein Bett und stellte Fragen. Dann ging er wieder, aber so schlecht fühlte Malzahn sich da noch nicht. Der Besuch hat ihn aufgeregt – er war sehr schroff, dieser Ritter. Er hatte auch einen Knappen dabei, der stand die ganze Zeit bei mir und den Kindern in der Stube und sagte kein Wort. So ein Riesenkerl, das hat uns schon Angst gemacht. Nein, solche Freunde wollte der Malzan bestimmt nicht haben, wenn es erlaubt ist. Aber jetzt ...«

Die Frau brach ab und die drei Besucher nickten verständnisvoll. Nein, solche Freunde wollte niemand haben.

»Dann möchten wir Euch in Eurer Trauer nicht weiter behelligen, werte Dame«, entschuldigte sich Marwan und wandte sich zum Gehen. Berna hatte die Tür schon halb geöffnet. Praiosritter, tödliches Fieber – das war zu viel für die kleine, stickige Dachstube.

»Was mag ein goldener Praiosritter Euren Mann gefragt haben?«, rätselte Jelais.

Selinde zuckte mit den Schultern: »Es ging um seine Arbeit.«

»Der Ritter interessierte sich für Küchenarbeit?«, rief die Bardin überrascht aus.

»Nein«, wehrte Selinde ab. »Es ging um die Leute, für die er gearbeitet hat. Vor allem um einen Verrückten, mit dem Malzan in den letzten Tagen Streit gehabt hatte. ›Du kannst dir nicht vorstellen, wie unheimlich die sein können‹, hat er mir in der letzten Woche gesagt. ›Da habe ich den Kerl aus der Küche geworfen, und der hat mich angeschaut, dass es mir heiß und kalt über den Rücken gelaufen ist.‹ Nach dem hat der Praiosritter gefragt, weil der Verrückte wohl weggelaufen ist. Das habe ich erlauscht, auch wenn Malzan darüber nicht reden sollte! Aber er hat dem Ritter gesagt, dass ihm bei dem Verrückten Angst und Bange geworden ist.«

Sie beugte sich zu dem Kind am Boden, das immer unruhiger wurde.

»Und jetzt hat ihn der Herr Boron zu sich gerufen. Das waren auch die letzten Worte, die mein Malzan in der Nacht hervorgestoßen hat: ›Golgari kommt zu mir!‹, hat er geschrien. ›Er hat es mir gesagt, der Rabe kommt meine Seele holen. Hörst du nicht die Schwingen schlagen? Der blutrote Schnabel, er reißt so heftig ...‹ Das war regelrecht unheimlich. Ich dachte, Malzahn spricht mit mir, denn er saß aufrecht im Bett. Aber seine Augen waren geschlossen und er ist zurückgefallen. Dann war er so still ...«

Die Frau verstummte. Jelais drückte sich mit einigen hastigen Beileidsworten hinter ihren Freunden durch die Tür. Sie war froh, diesen freudlosen Ort hinter sich zu lassen, und ihr war so, als habe etwas Unreines sie berührt. Fast war sie geneigt, Bermans Warnung zu beherzigen. Aber als Bardin war sie es gewohnt, unheimliche Vorkommnisse in ihre Geschichten einfließen zu lassen, und nahm sie gewöhnlich nicht ernst. Zudem war sie eine Elfe – die mystischen Legenden, die die Menschen um ihre Götter flochten, bedeuteten ihr nichts.

»Das war kein sanfter Tod«, merkte Marwan auf dem Weg nach draußen schaudernd an. »Dem Mann war ein wenig friedvolles Verhältnis zum Gott des Todes zu Eigen, wenn er Borons Raben im Traume mit blutrotem Schnabel sah. Wer hätte schon einmal so etwas gehört?«

»Von diesem Raben will ich gar nichts hören!«, gab Berna zurück und schwieg dann.

»Raben, Raben!«, warf Jelais ein. Die drei standen wieder auf der Straße, wo einige große, schwere Schneeflocken feucht auf sie herabfielen. »Fällt euch nicht auf, dass hier sehr viel von Raben die Rede ist? Die Noionitin am Tor meinte auch, Lechdan hätte über Raben gesprochen. Und erinnert ihr euch an Livia, die uns hergeführt hat? Das Mädchen hörte den Kranken vom ›Haus mit dem Rabentor‹ sprechen. Was das wohl bedeuten mag?«

»Dass wir nicht weiter diesen Geistern nachjagen sollten«, versuchte Marwan eine Deutung, »weil wir sonst durch Tore schreiten, vor denen wir lieber hätten innehalten sollen!«

»Darauf können auch nur Menschen kommen. Ihr mit eurem Aberglauben!« Jelais stapfte mit dem Fuß auf. »Raben sind Vögel wie andere auch. Überlegt einmal: Möglicherweise hat Lechdan nur den Ort beschrieben, zu dem er fliehen wollte!«

»Wenn Lechdan das Ziel seiner Flucht mit diesen Worten beschrieben hat«, merkte Marwan wenig hoffnungsvoll an, »dann deucht mir, seine Flucht sollte geradenwegs in Borons Hallen führen.«

»Gut«, griff die Elfe den Gedanken auf. »Gibt es nicht einen Boronanger vor der Stadt? Lasst uns den Ort aufsuchen, der eurem Totengott geweiht ist. Vielleicht hat der Verrückte tatsächlich dort Zuflucht gesucht!«

»Warte mal!« Marwan schüttelte den Kopf und legte den Arm um Berna, die stehen geblieben war und sich angstvoll an ihn drückte. Der Illusionist wirkte ungewohnt entschlossen. »Dazu kannst du uns nicht überreden! Bernika wird jetzt gewiss keinen Spaziergang über einen winterlichen Friedhof antreten wollen.«

»Lasst uns nicht aus purem Übermut den Frieden der Toten stören. Das bringt Unglück!«, warf die Gauklerin leise ein.

»Da vernimmst du ihre Antwort!«, bekräftigte Marwan.

»Gut!«, räumte die Elfenbardin ein. »Dann wage ich eben allein einen Abstecher zu den Toten!«

Berna erschauderte bei diesen Worten, die das Schicksal allzu leichtfertig herausforderten. Es gab Grenzen, die man nicht überschreiten durfte.

»Warten wir einen besseren Zeitpunkt ab. Suchen wir einen anderen Weg!«, schlug sie vor.

Aber Jelais lachte wieder und schalt sie abergläubisch. Die Toten waren tot und hatten keine Wünsche mehr. Sie wollten den Lebenden kein Unglück bringen und konnten auch nicht gestört werden. Nur die Hinterbliebenen hatten manchmal noch Anliegen an die Toten, und das war der einzige Grund für die Trauer und für alle düsteren Gedanken, die die Menschen um den Tod flochten.

So trennten sich die drei; Berna hakte sich bei Marwan unter und kam rasch auf andere Gedanken, als es heimwärts ging. Die beiden neckten sich schon wieder und plauderten, kaum dass sie ein paar Schritte gegangen waren. Jelais hingegen verlor jede Heiterkeit, als ihre Freunde außer Sicht waren und sie das Stadttor hinter sich ließ.

Doch sie musste gehen. Auch wenn die Suche nach ihrer Tante langwieriger war, als sie gedacht hatte – *diesen* Verschwundenen würde sie rechtzeitig finden!

Sie folgte dem Weg und bog dann zum Boronanger ab. Der Schneefall hatte so schnell wieder aufgehört, wie er eingesetzt hatte. Als die Elfe auf den stillen Friedhof trat, sah sie auf einigen Steinen und vorspringenden Ästen winzige Eiskristalle glänzen, die letzten Schneeflocken. Eisig knirschte das Gras unter ihren Schritten und ihr Atem zog in feinen Nebelschwaden davon.

Eine Weile spazierte die Bardin unschlüssig über das

Gelände. Zu dieser Stunde war sie der einzige Besucher, und der kleine Tempel lag so ruhig da, dass Jelais nicht wusste, ob sich dort überhaupt Geweihte des Totengottes aufhielten. Sie musterte die Gräber und Grabmale aufmerksam, aber nichts gab ihr einen Hinweis auf den Verbleib des wahnsinnigen Lechdan Babek.

Was hatte sie erwartet? Raben und zerbrochene Räder gab es zuhauf an diesem Ort, doch die Toten hatten keine Antworten auf ihre Fragen.

Sie setzte sich auf die Kante einer steinernen Einfassung und blickte hinab auf eine gewaltige Platte, die eine Gruft verschloss. Das Relief zweier Rabenschwingen zierte den Stein und ein feiner, fast unsichtbarer Bodennebel strich darüber, vermittelte den Eindruck einer sanften Regung des erstarrten Flügelschlags. Jelais schüttelte den Kopf.

Ihr fröstelte und die Kälte zog von ihrem Sitzplatz hinauf in ihre Glieder.

Die Gruft vor ihr war groß genug, dass Lechdan sich mühelos darin verbergen konnte, und sicher gab es weitere Verstecke auf diesem Friedhof. Aber alles war massiv und versiegelt. Niemand konnte ohne Hilfe und unbemerkt in eine verborgene Kammer gelangen. Hatte Lechdan den Tod gesucht, wollte er in seinem Wahnsinn einen Platz in einer Gruft einnehmen, hinter einem dieser Rabentore, und in die eisige Kälte des Jenseits flüchten?

Alles war denkbar, denn sie hatten in den letzten beiden Tagen keinen Hinweis auf seinen Verbleib bekommen.

Unnatürlich rasch zog die Dämmerung herein und für einen Moment verschwamm die Umgebung vor den Augen der Elfe. Dann hatte Jelais sich auf die veränderten Lichtverhältnisse eingestellt. Der Nebel brodelte empor und bald verschwanden die gemeißelten Vogelschwingen im wirbelnden Dunst. Jelais starrte auf das Grabmal und glaubte, im Nebel einen schwachen Lichtschein wahrzunehmen, der die Umrisse der schweren Grabplatte nachzeichnete. Ein Rauschen ertönte, wie der unruhige Schlag schwerer Schwingen, die begierig ihre Freiheit begrüßten. Denn das Grab war ein Tor, und die Platte hob sich, das Tor schwang auf und ließ hinaus, was ansonsten dahinter verborgen war …

Jelais schreckte hoch. Sie war für kurz eingedöst – unvorstellbar bei dieser Kälte! Doch jetzt stand ein Mann vor ihr, als wäre er soeben durch das erträumte Tor getreten. Er sah nicht unheimlich aus, im Gegenteil: Er war klein und wirkte noch kleiner, weil er leicht gebeugt ging und den Kopf tief zwischen die Schultern gezogen hatte.

Die Elfe fragte sich, ob sie hier einen Zwerg vor sich sah. Sie war nie einem begegnet. Aber nein, Zwerge sollten breit und kräftig gebaut sein – und dieser Mann war schmächtig. Zudem trug er keinen Bart, sondern schütteres, graues Haupthaar über einem faltigen Gesicht.

Der Alte musterte die Elfe unbewegt und meinte schwerfällig: »Eine Elfe auf dem Boronanger. Ich wusste nicht, dass Eure Verwandtschaft hier ruht.«

Seine Stimme hatte einen spöttischen Klang, der Jelais nicht behagte. Und es lag ein merkwürdiger Geruch in der Luft – sie konnte ihn nicht einordnen, doch unwillkürlich wanderte ihr Blick über die stillen Gräber, als fürchtete sie, dass ihr Gegenüber einem solchen entstiegen sei. Sie erhob sich und stellte fest, dass der Fremde ihr nur bis zur Brust reichte. Jetzt fühlte sie sich sicherer.

»Nein«, meinte sie mit belegter Stimme. »Ich suche … einen Freund, hm, Bekannten.«

»Nicht hier!«, kicherte der kleine Mann und schüttelte den Kopf. »Ihr solltet im Haus des Angar Toberen zu Ulmenbogen suchen, da habe ich ihn zuletzt gesehen.«

Die Elfe erstarrte, aber der Alte drehte sich um und schritt rüstig über den Friedhof davon. »Woher wisst Ihr, wen ich suche? Wer seid Ihr?«, rief Jelais ihm hinterher.

Ohne sich umzuwenden, gab der Fremde zurück: »Ich bin jedenfalls nicht der, den Ihr sucht!«

Dann beschleunigte er seine Schritte und eilte in Richtung Stadttor davon.

Jelais wusste nicht recht, was sie tun sollte. Sie wollte den merkwürdigen Burschen festhalten und zur Rede stellen, aber das wagte sie nicht. Andererseits wollte sie auch nicht blind einem zweifelhaften Hinweis folgen. Sie erinnerte sich nur zu gut, wohin sie das beim letzten Mal gebracht hatte. Sie musste mehr erfahren.

Fredos Herz pochte aufgeregt, aber beschwingt schritt er durch das Stadttor. Er hatte einen Schritt gewagt, der sich nicht zurücknehmen ließ. Gelegentlich blickte er sich verstohlen um. Tatsächlich folgte ihm die Elfe, doch sie kam nicht näher heran und würde ihn nicht aufhalten. Das war gut so. Sein Pulsschlag beruhigte sich, dafür breitete sich eine dumpfe Übelkeit in seinen Eingeweiden aus.

Wenn er an das Wagnis dachte, konnte er kaum glauben, dass er so weit gegangen war.

Und dennoch, er bereute es nicht. Er spürte, wie ihm das Leben entglitt. Wenn er nichts tat, würde er sterben und in die Verdammnis gehen, ohne den Ertrag seiner Mühen eingestrichen zu haben. Was auch immer seine Freunde für eine Belohnung erringen mochten, er würde nicht mehr davon profitieren. Es sei denn, er nähme selbst das Ruder in die Hand.

Nach einem kurzen Fußmarsch erreichte er ein schmiedeeisernes Gartentor, zu dem er einen Schlüssel besaß. Er trat hindurch und schloss sorgfältig hinter sich ab. Ohne sich umzuwenden, schritt er den Kiesweg entlang auf die Villa zu. Er wusste: Hier war heute niemand zu Hause und am Tor hatte er seine Verfolgerin zugleich abgelenkt und auf eine falsche Fährte gelockt. Pfeifend ging er um das Gebäude und verließ den parkähnlichen Garten an der Rückseite durch eine kleine Pforte. Von da aus schlüpfte er unbeobachtet zu seinem eigenen Heim.

Jetzt war der Köder ausgelegt. In den nächsten Tagen musste er vorsichtig sein und sich bei den Versammlungen entschuldigen lassen. Es drohte von vielen Seiten Gefahr, doch er hatte mit Bedacht dafür gesorgt, dass die armseligsten Verfolger zuerst zum Ziel kommen würden. Das sollte ihm die Zeit verschaffen, sich selbst zu schützen.

Für den Kaufmann Fredo Korninger war es die erste Intrige seines Lebens. Kaum jemand würde es bemerken, doch sie konnte ihn zum mächtigsten Mann in Wehrheim machen. Er lächelte bei dem Gedanken.

»Fredo«, hallte die Stimme seiner Frau durch das Treppenhaus. »Bist du gerade hereingekommen? Ich wusste gar nicht, dass du heute Geschäfte draußen hast. Du hast doch dein Kontor nicht am helllichten Tag für Müßiggang verlassen?«

»Angar Toberen zu Ulmenbogen«, meinte Oswin nachdenklich. »Dieser Name ist mir wohl bekannt!«

Der Gelehrte hatte sein Krankenlager verlassen und sich zu seinen drei Gästen in den Salon gesellt. Er war in einen schäbigen wollenen Morgenmantel gekleidet, den er bislang zu Recht immer in seinem Schrank verborgen hatte. Dazu trug er eine gestrickte Nachtmütze, deren Quaste ihm bis auf die Schultern hing. An den Füßen steckten abgewetzte, aber praktische Filzpantoffeln.

Wann immer sie ihn ansah, drehte Berna rasch den Kopf zur Seite und unterdrückte ein Kichern.

Die vier saßen an diesem Abend beieinander und tranken Punsch. Jelais hatte das heiße Getränk nötig, denn sie war durchgefroren von ihrem Ausflug auf den Friedhof. Aber sie hatte ihrem Gastgeber alles erzählt, was sie seit dem Einbruch herausgefunden hatten.

»Es liegt bereits zwanzig Jahre zurück … länger noch … damals war ich beinahe ein Jüngling und erst unlängst nach Wehrheim gekommen«, erklärte der Edle. »Jedenfalls, auch ein anderer junger Adliger war damals neu in der Stadt. Dieser Angar Toberen zu Ulmenbogen war in seinen ersten Jahren berühmt für seine Feste. Skandalöse Ausschweifungen, nach Wehrheimer Verhältnissen – was nicht viel bedeuten mag, doch hatte er deswegen manchen Streit mit der Obrigkeit. Es gibt kaum einen Edlen meiner Generation hier, der keine Erinnerung an dieses Haus hat.

Doch im Laufe der Zeit wurde Angar stiller und zog sich bald ebenso zurück, wie ich es inzwischen tue. Ich kenne seine Gründe nicht, möglicherweise empfand er Reue über manche ungebührlichen Vorgänge auf seinem Anwesen. Oftmals werden aus den wildesten jungen Männern die steifsten und traditionsbewusstesten Herren. Ich habe es hingenommen, ohne viel darüber nachzusinnen. Die Villa des Angar Toberen ist jedenfalls unmittelbar neben der Kaserne der Reiterei zu finden und von so hohen Hecken umfriedet, dass sie von der Straße aus nicht einsehbar ist.«

»Das ist es!«, rief Jelais aufgeregt. »Das ist das Grundstück, auf dem der merkwürdige Fremde verschwand.«

Oswin lachte und erfreute sich offenbar an seinen eigenen Erinnerungen: »Ja, in meiner Jugend war ich häufiger dort. Zu jener Zeit suchte ich den Anschluss an die gehobeneren Kreise der Stadt und hielt regeren

Kontakt zu meinen Standesgenossen. Mittlerweile weiß ich ein interessantes Gespräch mit Fremden viel mehr zu schätzen als ein Glas guten Weines mit einem langweiligen Edlen. Apropos Wein«, Oswin nippte misstrauisch an seinem Punsch. »Aus welchem Regal habt ihr den Wein für dieses Getränk genommen?«

Marwan, der den Punsch bereitete und dabei wie ein Alchimist bei einem wichtigen Experiment zu Werke ging, zuckte bei der Frage des Gastgebers erschrocken zusammen. Der langstielige Löffel, auf dem er soeben Zucker mit starkem Schnaps überträufelt hatte, fiel klirrend zu Boden, nicht ohne Marwans eigenen Becher umzureißen. Heißer Punsch ergoss sich über die Beine des Zauberers. Der sprang fluchend zurück und wischte mit der freien Hand über seine Hose, ohne den Schaden dadurch beheben zu können.

Berna konnte eine spitze Bemerkung nicht unterdrücken: »Willst du nicht in den Keller gehen? Die Experimentierküche ist für deine Zwecke wohl eher angemessen.«

Der Gastgeber indes seufzte und meinte: »Kannst du meinen Becher noch einmal füllen oder hast du alles verschüttet?«

Dann wandte er sich wieder der Elfe zu und fuhr fort: »Cogitans permanens hätte ich euch das Haus schon früher beschreiben können. Aber als ich oben krank darnieder lag, wurde ich ja mit groben Scherzen abgespeist …«

»Oooch«, warf Berna ein.

»Das Haus des Angar Toberen ist nämlich auch das Haus mit dem Rabentor«, fügte der Gelehrte ungerührt hinzu. Damit hatte Oswin erneut die Aufmerksamkeit der anderen gewonnen: Ihre Köpfe drehten sich abrupt in seine Richtung.

Der Gelehrte genoss die Beachtung sichtlich und erzählte weiter: »Diese Villa hatte ein großes Eingangsportal aus Bronze, welches aus den Zeiten der vorherigen Besitzer stammte. Das Metall war so in Form gegossen, dass es nach außen hin Griffe in der Form großer Rabenschwingen aufwies, und dazwischen war als Türklopfer ein gewaltiger Rabenkopf angebracht. Man konnte den Raben mit dem Kopf nicken lassen und der Schlag des Schnabels brachte das Tor zum Erklingen wie einen Gong. Dieses Tor war auffällig für jeden, der ihm nahe kam. Man erzählte sich«, fügte der Gelehrte in leichtem Ton hinzu, »dass die Villa einstmals die Residenz eines Zweiges der Rabenmund-Familie war. Wenn das Tor ein Versuch war, das Familienwappen besonders gut zur Geltung zu bringen, dann war dieser Versuch missglückt. Denn der Rabe wirkte keinesfalls edel, sondern eher verzweifelt, so als kämpfe er gegen das Metall des Tores, das ihn gleich einem gewaltigen Wirbel verschlingen wollte. Und, bei Praios' Gnade, man mochte glücklich darüber sein, dass dieser Rabe mit dem Wirbel kämpfte, denn der Blick des Vogels hatte etwas derart Grausames, dass der Besucher wünschte, das Tier möge endlich im Tor versinken. Ich erinnere mich: Wenn wir zu mehreren vor dem Tor standen, stritten wir immer darüber, wer diesen Klopfer betätigen musste.«

»Und von diesem Haus hat Lechdan bei den Noioniten gesprochen?«, fragte Berna.

»Dies bedarf der Examination. Ich meine nur: Das Haus weist ohne jeden Zweifel das auffälligste ›Rabentor‹ in Wehrheim auf. Weshalb ein Verrückter, der sein Leben lang bei den Noioniten eingesperrt war, davon Rede führen sollte … dies vermag ich jedoch nicht zu erklären.«

»Dann sollten wir uns das Haus einmal ansehen!«, rief Jelais unternehmungslustig aus.

Oswin schüttelte bedächtig den Kopf. »Ich weiß nicht … Angar wird kaum Besucher empfangen und wir können ihn nicht einfach gegen seinen Willen belästigen. Ich bin so neugierig wie ihr und möchte natürlich den dreisten Einbrecher finden. Aber wenn ihr euch auffällig vor dem Gelände der darpatischen Reiterei herumtreibt, wird der Ärger auch auf mich als euren Gastgeber zurückfallen. Da ist Zurückhaltung geboten!«

»Sehr viel Zurückhaltung!«, verkündete Marwan.

»Er hat uns doch förmlich eingeladen«, wandte Jelais ein.

»Wenn es sich bei dem Fremden tatsächlich um Angar handelte«, gab Marwan zu bedenken. »Zudem weiß niemand, was der rätselhafte Hinweis bezwecken sollte. Der Mann hat sich schließlich sehr suspekt verhalten. Woher weiß er überhaupt von unseren Nachforschungen?«

»Schauen wir morgen bei Tageslicht einfach mal bei dem Haus vorbei!«, schlug die Elfe vor. »Dann können wir alles Weitere erwägen.«

8. Kapitel

Eine Nacht im Tempel der Albträume

»Wir haben lange genug hier im Schatten verharrt wie praiosscheues Gesindel«, verkündete Ritter Berman von Binsböckel und ließ seinen dunklen Überwurf achtlos auf den Boden gleiten. Darunter trug er den glänzenden Mantel der Bannstrahler, der wie eine schimmernde Dunstwolke auch in dieser wolkenverhangenen Nacht weithin sichtbar war. »Wir gehen jetzt durch die Vordertüre hinein, wie es Streitern des Götterfürsten geziemt, und dann heben wir das Natternnest aus.«

Er verließ das Privatgrundstück, auf dem er die letzten drei Stunden zwischen Büschen verborgen abgewartet hatte. Voltan folgte ihm und lockerte die durchfrorenen Glieder. Der bullige Knecht hatte mit wachsendem Unbehagen beobachtet, wie viele Gestalten in diesen späten Abendstunden verstohlen durch die Hintertür auf das Grundstück geschlüpft waren.

»Sollten wir nicht lieber um die Hilfe Eures Ordens nachsuchen, Herr?«, fragte er vorsichtig.

»Unfug«, wehrte der Ritter den Einwand seines Knechts unwillig ab. »Das ist nur Volk dort drinnen und Praios ist auf unserer Seite. Brauchen wir eine andere Hilfe? Wenn wir das Gelichter aus seinen Löchern zerren, wird es dem Zorn des Himmelskönigs nicht standhalten.«

Entschlossen stapfte der Bannstrahler auf die Straße zu und Voltan folgte. Berman sprach mit ihm wie mit jedem anderen Menschen und er sorgte gut für seinen

Diener. Auch wenn der Ritter mitunter etwas aufbrausend war, so folgte der Knecht ihm doch in dankbarer Treue. Liebevoll betrachtete er den Rücken seines Herrn. Ja, mitunter trat Berman sehr schroff auf, aber während alle anderen den unbeholfenen Knecht verlachten, nahm Berman ihn als seinen Diener überallhin mit. Voltan zweifelte nicht daran, dass sein Herr im Herzen von der Güte Praios' durchdrungen war und der Götterfürst unfehlbar die Schritte des Ritters leitete.

Trotzdem fühlte er sich beklommen, als sie in der finsteren Nacht einem unbekannten Feind entgegenzogen.

»Ich brauche meine Ordensbrüder nicht, um Praios' Willen zu erfüllen«, zischte Berman zwischen zusammengebissenen Zähnen. Voltan wusste nicht, ob sein Herr zu ihm sprach oder zu sich selbst. »Diese Gelegenheit hat mir der Himmelskönig selbst gesandt: Ich allein wurde auf das Wirken der finsteren Mächte in Wehrheim aufmerksam! Und hat nicht die göttliche Hand mich in wenigen Tagen bis zum Versteck dieser Kultisten und Hexer geführt? Wenn ich den unheiligen Hort mit dem Schwert aushebe, wird niemand mein Vorgehen hinterfragen oder an mir zweifeln. Ich werde den Rang erhalten, der mir zusteht. Oh, ich weiß genau: Nur die Fürbitte meiner Familie hat mir einst meinen Platz im Orden verschafft. Doch wenn ich aus eigener Kraft schnell aufsteige und die Erwartungen übertreffe, werden meine Wohltäter bald in meiner Schuld stehen …«

Er unterbrach sein Gemurmel, denn jetzt standen sie auf der Hauptstraße und näherten sich im Schatten der Kasernenmauer dem Tor zum parkähnlichen Grundstück. Über die dichte Hecke ragte der runde Eckturm des Anwesens empor; er war nicht erleuchtet, so als schliefe jeder in diesem Haus. Von der Hauptstraße aus gesehen, wirkte alles friedlich, aber die beiden nächtlichen Wanderer wussten es besser.

Vor dem schmiedeeisernen Gittertor verharrten sie. Es war verschlossen, aber das Schloss und die eingelassenen Riegel waren filigran und Voltans Kraft nicht gewachsen. Ritter Berman nickte seinem Diener zu; der warf sich gegen das Hindernis und mit einem leisen Klirren sprang das Tor auf.

»Gut so, Voltan«, munterte der Herr ihn auf. »Und jetzt wirst du Praios' Gerechtigkeit erleben.«

Auf dem fein geharkten Kiesweg zog der Ritter sein Schwert. Die Klinge blitzte auf, als die polierte Oberfläche die kaum sichtbaren Strahlen des Madamals einfing, die ihren Weg zwischen den Wolken hindurchfanden. Mit knirschenden Schritten erreichten die beiden Männer die Stufen vor dem schweren Bronzetor der Villa. Kein anderer Laut war zu hören und niemand hielt sie auf.

Trotzdem blieb Ritter Berman einen Augenblick stehen und seine Klinge senkte sich unentschlossen. Kälte kroch in sein Herz. In der dunklen Winternacht dünkte ihm das Tor wie ein Durchgang in die Niederhöllen und das Relief auf der Bronzeoberfläche wie ein übles Vorzeichen.

Ein lebensecht geformter Vogel kämpfte seinen Weg aus einem tödlichen Strudel, die Schwingen waren kraftvoll und schienen die Luft unter den gewölbten Federn zu fangen, obwohl das Tier in der Bewegung erstarrt war. Der grausame Schnabel war trotzig vorgereckt, die tief liegenden Augen funkelten tückisch durch die Finsternis.

»Bei Boron«, keuchte der Ritter erschrocken. »Das ist kein Rabe!«

Voltan blickte über ihn hinweg. Die Umrisse der Torzier waren kaum zu erkennen. Aber Voltan wusste, was sein Herr meinte: Hier war kein Relief Golgaris, des rabenartigen Boten Borons, schmückend in die Tür eingearbeitet worden. Hier war auch kein unglücklicher Vogel dargestellt, der in einem tödlichen Wirbel gefangen war – das waren die Worte gewesen, mit denen man seinem Herrn das Tor beschrieben hatte.

»Das ist ein Dämon der Niederhöllen, der seinem Gefängnis entkommen möchte!«, stieß Ritter Berman hervor.

Und doch war es nur eine Rabenskulptur, die in der Winternacht unheimlich wirkte.

»Jetzt werden wir den Lohn einstreichen für die Stunden würdelosen Versteckspiels!«, verdrängte der Bannstrahler sein Unbehagen. Keiner der beiden fasste an die Türgriffe, zu denen sich die Rabenschwingen wölbten. Und sorgfältig vermieden die Männer eine Berührung mit dem Vogelkopf. Nicht allein des Geräusches wegen.

Berman stocherte mit seiner Waffe am Rabenhals vorbei in dem Türspalt, und es sah aus, als wolle er den unheimlichen Vogel enthaupten. Die Klinge kratzte und klirrte, denn dieser Rabe war mit einem Gewand aus gepanzerten Federn bewehrt.

»Das zerkratzt die polierte Oberfläche …«, schimpfte Berman. Dann hatte er einen Riegel ertastet und aus der Führung gedrückt. Zwei weitere kleine Verschlüsse musste er noch aufbrechen, ehe die Tür aufschwang.

Die beiden Eindringlinge standen in einer leeren Vorhalle. Dieser Saal nahm die ganze Breite des Gebäudes ein und ragte bis unter das Dach empor. Im spärlichen Licht, das durch den aufgebrochenen Eingang einfiel, waren die Ausmaße des Raumes nur zu erahnen.

Zaghaft taten Berman und sein Knecht einige weitere Schritte, ehe sie wieder innehielten.

»Hier ist alles still«, stellte der Ritter fest.

»Wir sollten doch Leute holen, Herr«, fügte Voltan hinzu. »Die Nachtwachen führen Laternen mit sich, das brauchen wir!«

Berman schüttelte den Kopf und ging weiter in die

Dunkelheit hinein. Etwas fiel klirrend zu Boden und zersprang. Voltan hörte seinen Herrn fluchen, doch sogleich bat der Bannstrahl-Ritter Praios um Verzeihung für die Entgleisung.

»Voltan, hierher!«, rief Berman, und während der Knecht näher trat, flammte ein schwaches Licht auf. Auf einem Beistelltischchen hatte der Ritter eine kleine Öllampe gefunden, die jetzt einen milden Lichtkreis um die Männer zog.

Der Ritter würdigte die Ausstattung der Halle keines Blickes, ebenso wenig die glitzernden Kronleuchter, die unter der Decke hingen.

»Ich sah in der Finsternis einen Lichtstrahl glänzen. Wir müssen hier entlang!«, kommandierte der Bannstrahler und trat über die Splitter eines herabgefallenen Kruges hinweg auf einen Treppenabgang zu ihrer Rechten zu.

Die breite Treppe führte in den Keller hinab und endete vor einem feinen, zweiflügeligen Portal aus leichtem, weiß lackiertem Holz, das von blattgoldverzierten Ranken umfasst war.

Voltan griff nach dem Mantel seines Herrn und sagte: »Seht, Herr, sie verwenden die Farben des Götterfürsten. Womöglich sind wir auf der falschen Fährte!«

»Sie lästern Praios, wenn sie hier Gold verwenden«, brauste der Ritter auf.

Er trat gegen die Tür, dass das feine Holz splitterte. Einer der Flügel schwang auf und gab den Blick frei auf einen Gang, der fast unter dem gesamten Gebäude hindurchführte. Der Gang war so schmal, dass die beiden Eindringlinge nicht nebeneinander gehen konnten; die Decke wurde von zahllosen leichten Balken getragen. Voltan musste den Kopf einziehen. Vor ihnen, vielleicht acht Schritt entfernt, erweiterte der Tunnel sich zu einem hell erleuchteten Raum.

Berman schritt forsch voran, sein Diener folgte zögernd. Unruhig zuckte Voltans Blick zur tief liegenden Decke: Die Balken dort verliefen ohne sichtbare Ordnung in mehreren Lagen übereinander, und es waren weit mehr davon vorhanden, als zum Abstützen eines Gewölbes zweckmäßig erschien.

Der Ritter erreichte die weite Halle. Der Raum war mit weißen Steinen getäfelt. Boden, Wände, Decke – von überall her glänzten die gleichen polierten Tafeln. Das Licht in diesem Raum kam von zwei grellen Sturmlaternen, die an Ketten von der Decke hingen.

Der kahle Saal interessierte Berman kaum, denn er hörte leise Stimmen vor sich. An der Stirnseite erblickte er eine weitere zweiflügelige Türe aus weißem Holz mit goldenen Einlegearbeiten – fast ein Abbild der Kellertür. Und durch das dünne Holz hallte ein gedämpftes Murmeln, ein unterdrückter Singsang, dessen Worte nicht zu unterscheiden waren.

Der Bannstrahler fasste sein Schwert fester und warf einen Blick zurück zu seinem Knecht, der mit zögernden Schritten den Tunnel fast hinter sich gebracht hatte. Dann trat Berman beherzt vor, um mit einem entschlossenen Tritt die letzte Tür zu sprengen.

Leider öffnete das Portal nach außen. So dröhnte der Stoß wirkungslos durch die Kellergewölbe und kündigte die ungebetenen Besucher an.

Grimmig nahm der Ritter sein Schwert beiseite, trat einen Schritt näher und zog die Tür mit der Hand auf.

Bleiche Gesichter unter fleckig-schwarzen Kapuzen wandten sich ihm zu, aber die Gestalten verließen nicht ihre Plätze. Was Berman vor sich sah, war ein unheiliger Tempel, wie er ihn ansonsten nur aus den Erzählungen seines Ordens kannte.

Dieser Kultplatz war ein wenig größer als der Vorraum, aber sehr viel düsterer. Zwischen den grauen und schwarzen Steinfliesen, mit denen er ausgelegt war, glänzte gelegentlich eine einsame weiße Tafel. An der

Stirnseite der Halle stand ein gewaltiger Rabe mit ausgebreiteten Schwingen. Kleine Flammen züngelten über sein Federkleid und tauchten den Raum in ein unruhiges Licht.

Bermans Herz schlug schneller, aber er umfasste entschlossen den Schwertgriff und rief mit donnernder Stimme: »In Praios' heiligem Namen, rührt euch nicht, oder ich vergieße euer Blut in diesem Augenblick vor den Augen eures Götzen!«

Zwischen den dunklen Steinen waren die schmutzigen Kutten fast unsichtbar, aber Berman zählte ein halbes Dutzend Gestalten. Eine große Übermacht, allerdings unbewaffnet und ohne Rüstung. Der hintere Teil des Saales war durch eine rote Kordel vom Hauptraum abgetrennt. Dort stand ein weiterer Kuttenträger vor einem Altar und neben einer Räucherschale, von der ein schwerer Duft in den Raum quoll. Bisher hatte niemand eine feindselige Handlung unternommen, und Berman stellte zufrieden fest, dass die Kultisten vor Schrecken über sein unerwartetes Auftauchen wie erstarrt dastanden.

Auch der Rabe, der mit ausgebreiteten Schwingen hinter dem Altar verharrte, war bloß ein Standbild. Was auf den ersten Blick wie flammende Federn wirkte, waren schmale, schwarze Kerzen, die in verborgenen Haltern an den Flügeln steckten. Dennoch hatte die Figur etwas Beunruhigendes an sich: Die Flügel spannten sich fast über die gesamte Breite des Raumes und das Rabenhaupt war wie bei einem Geier nach vorne gereckt. Der geöffnete Schnabel ließ messerscharfe Kanten erahnen und enthüllte einen gierigen, bodenlosen Schlund. Der Blick des Bronzevogels fixierte den Eindringling, und hinter den dünnen Dunstschwaden aus dem Räucherbecken war ein schwacher, aber zunehmender Flügelschlag zu erkennen.

Berman erinnerte sich an seine Ausbildung, denn die

Ritter des Bannstrahl-Ordens wurden nicht nur im Gebrauch ihrer Waffen unterwiesen, sondern auch über die vielfältigen Erscheinungsformen der finsteren Feinde der Götter und Menschen aufgeklärt.

»Thar…«, erkannte er. »Bei Praios' reinigender Flamme, die Herrin der ruhelosen Leichname! Diese Dämonin betet ihr an!«

Als hätten die Worte das Unheil zum Leben erweckt, lösten sich plötzlich zwei große Ratten aus dem Schatten des Altars und eilten ihm mit schleifenden Schwänzen durch den Mittelgang entgegen. Auch die Menschen bewegten sich: Der götterlästernde Dämonenpriester wandte sich ihm zu, die anderen Kultisten schritten mit vorsichtigen Bewegungen von den Bänken her in seine Richtung.

Die Ratten waren heran und Berman schwang seine Klinge. Die flach geführte Klinge schlug Funken auf den Steinen, verfehlte jedoch die kleineren Gegner, die flink zur Seite auswichen und mit scharfen Zähnen nach ihm schnappten. Er spürte eine leichte Berührung an seinen Stiefeln und trat blindlings zu. Die Ratten waren nur eine Ablenkung, er durfte die Aufmerksamkeit nicht von seinen menschlichen Gegnern abwenden.

»Voltan!«, rief der Ritter. Sollte sein Diener ihm den Rücken frei und die Tiere vom Leib halten.

Der hoch gewachsene Knecht trat gerade in die weiße Vorhalle. Hinter dem Durchgang blieb er stehen und streckte sich. Endlich nicht mehr das Netz der Deckenbalken unmittelbar über dem Scheitel!

Da fühlte er, wie ihn etwas mit unwiderstehlicher Kraft am Hals umfasste. Ein Arm, nein, ein dickes Tau schnürte dem bulligen Knecht die Luft ab. Sein Warnruf endete in einem erstickten Gurgeln und seine Hände langten nach oben.

Unter seinem Griff wand sich das armdicke Seil wie

ein lebendiger Leib um seinen Hals und Voltans Finger fanden keinen Halt auf der rauen Oberfläche. Ein bedrohliches Zischen erklang neben seinem Ohr, und mit einem machtvollen Zug wurde er zurückgerissen und verlor den Boden unter den Füßen.

Bei Praios! Eine Art riesiger Wurm hing von den Deckenbalken und wollte ihn erdrosseln!

Voltan kämpfte um sein Leben und hatte gleichzeitig seinen Herrn am anderen Ende der Halle vor Augen. Hilflos, ohne eines Lautes fähig, musste er mit ansehen, wie Berman sein blitzendes Schwert schwang ...

Der Knecht presste seine Nackenmuskeln gegen den Zug des Schlangenleibes, sein Gesicht lief rot an, und unter dem Rauschen des Blutes in seinen Ohren verstand er nicht, was sein Herr rief. Voltans Füße schlugen gegen die Steinwand, doch allmählich gelang es ihm, die Finger zwischen seinen Hals und den sich windenden Leib des Angreifers zu schieben. Mit der anderen Hand zog er den Dolch, griff dann hinter sich und tastete nach dem frei von der Decke hängenden Teil der Würgeschlange.

Ein Kranz nadelspitzer Zähne drückte sich in seinen Unterarm. Erschrocken ließ Voltan die Waffe fallen. Er riss seinen Arm kraftvoll zur Seite, sodass mehrere Schlangenzähne in seinen angespannten Muskeln stecken blieben. Der Kopf des Angreifers zuckte zurück, Voltan griff danach und schloss seinerseits den Griff um den Hals des Reptils. Die Feinde würgten sich gegenseitig, aber Voltans Füße fanden allmählich wieder Halt auf dem Boden. Sein Kopf drohte zu bersten und die Kellergewölbe verschwammen: schimmernde Wände, zwei Deckenlampen, die gleißten wie göttliche Augen. Und am Ende der Halle als düsterer, rot glühender Schlund der Zugang zum Heiligtum der Kultisten, in dem sein Herr verschwunden war.

Plötzlich löste sich der Griff um seinen Hals und der

Körper der Schlange zuckte so rasch in den Schutz der Deckenbalken zurück, dass der Knecht auch seinen eigenen Würgegriff nicht halten konnte.

Schwer stürzte er auf den steinernen Boden und rang nach Atem. Er bekam kaum Luft, doch sein Herr war in Gefahr und er musste ihm helfen! Er musste voranstürmen und zumindest würdig in Praios' Hallen eingehen!

Sein Brustkorb hob sich und zwang die Luft durch den zerschundenen Hals, aber es war kaum genug, um zu Kräften zu kommen. Die Schleier vor seinen Augen wollten sich nicht lichten und vergebens tastete er auf dem Boden nach seinem Dolch.

Er kroch in die Halle hinein, kam schwankend auf die Füße.

Ein weiterer gequälter Atemzug.

Mit einer Hand strich Voltan über seinen Hals und der Schmerz drang durch den Nebel in seine Gedanken. Blut – die Windungen des Schlangenleibes hatten die Haut aufgerissen und neben Quetschungen auch große Schürfwunden zurückgelassen.

Mit taumelnden Schritten näherte sich Voltan dem Durchgang.

Er keuchte, stieß mühsam die Luft aus und atmete gegen den Widerstand an.

Er fühlte kaum sein Gesicht, als er sich die Tränen aus den Augen wischte. Immer noch war Nebel vor ihm und sein Blick eilte wie durch einen Tunnel mit Zerrspiegeln an den Wänden. Da! Das weiße Gewand seines Herrn schimmerte durch das Halbdunkel. Kleine Gestalten hingen an seinen Beinen und brachten ihn soeben mit ihren Bissen zu Fall. Und dahinter wankten grausige Geschöpfe auf den Ritter zu, die Voltan ein Stöhnen entlockten, wenngleich er jeden Atemzug erkämpfen musste.

Die Toten selbst waren aus ihren Gräbern gestiegen und traten den Eindringlingen entgegen.

Undeutlich erahnte der Knecht halb zerfallene Leichname, die in verkommene, erdverschmierte Leichentücher gehüllt waren und über den gestrauchelten Ritter herfielen. Als dieser nach Halt suchte und sein Schwert senken musste, trat es ihm ein Angreifer aus der Hand.

Voltans Blick blieb getrübt, doch der kräftige Knecht war beinahe dankbar dafür. Einen Schritt weit sah er fast klar, dahinter glitten die Formen ineinander, als bewege er sich auf einer Insel durch die Formlosigkeit des Limbus.

Voltan erreichte seinen Herrn und die kleinen Angreifer, die an den Kniekehlen des Ritters nagten, verschwanden mit entsetztem Quieken.

Da beugte sich einer der Untoten über den hilflosen Berman. Knochenfinger schlossen sich um den Hals des Bannstrahlers, gleichzeitig brachte der Angreifer seinen eigenen Leib zwischen Diener und Herrn und starrte Voltan aus leeren Augenhöhlen an.

»Nein!«, gurgelte der Knecht entsetzt und griff nach dem Gegner, um ihn von seinem Herrn fortzuzerren. Der knochige Leichnam hatte dem vierschrötigen Knecht nichts entgegenzusetzen und wurde haltlos durch die Gegend geschleudert. Aber sein Griff lockerte sich nicht und entsetzt erkannte Voltan, dass er seinen Ritter und den Angreifer wie einen einzigen Körper beiseite stieß und gegen die Wand prallen ließ.

Die anderen Untoten wichen zurück und ihre Formen verschwammen am Rande von Voltans getrübtem Blickfeld. Ein einziger Gegner blieb vor ihm und dieser drückte seinem Herrn die Kehle zu. Wie sollte man einen Toten niederringen?

Voltan riss an den Armen des Untoten, doch sie waren wie unnachgiebig dicke Äste. Der Würgegriff um den Hals des Ritters schloss sich fester.

Mit aller Kraft zerrte Voltan an seinem Gegner. Er stieß die Faust gegen die Brust der unheimlichen Gestalt, die Haut aber war so zäh wie der Panzer einer Echse. Voltan stieß und trat, er schlug in das Gesicht des feixenden Feindes und wurde immer mutloser.

Was sollte er nur machen?

Dabei hatte er ständig die verzweifelte Stimme seines Herrn im Ohr: »Voltan! Voltan! Was tust du?«

»Ich helfe Euch, Herr, ich rette Euch!«, stieß er hervor.

Allmählich erholte er sich. Er fühlte, wie er freier atmen konnte, und seine Kraft wuchs.

Tatsächlich wirkte sein Gegner nicht mehr unbesiegbar. Die Schläge und Griffe des bärenstarken Knechts hatten auch den Untoten verletzt. Eine dunkle Flüssigkeit lief wie Blut über dessen Gesicht und die Arme und das Leichentuch hing in Fetzen herab. Voltan schloss seinen Griff um den Hals der Kreatur, drückte und schüttelte, bis der Körper unter seinen Armen plötzlich schlaff wurde.

War sein Herr frei?

Voltans Augen, die immer klarer sahen, suchten auf dem Boden nach dem Ritter. Da war nichts, der einzige Körper war der des Feindes, der erwürgt in Voltans Armen hing. Die anderen Untoten waren zwei Schritte zurückgewichen und sahen gar nicht mehr so grauenhaft aus: ein halbes Dutzend regloser Gestalten in ungleichmäßig schwarz gefärbten Kutten. Wo waren die dreckigen Leichentücher geblieben?

Voltans Blick hob sich, fiel auf die bleichen, aber lebendigen Gesichter der lauernden Feinde. Dann sah Voltan hinab und erkannte das Antlitz seines Herrn, Berman. Der Blick des Ritters war glasig, das Gesicht angelaufen und verzerrt. Hatte er seinen eigenen Herrn erwürgt? Das war unmöglich, er hatte den Feind doch deutlich vor sich gesehen – so deutlich wie die Untoten, die ganz plötzlich wieder gewöhnliche Menschen waren …

Erschrocken löste Voltan den Griff.

Der weiß gekleidete Bannstrahler sank schlaff zu Boden.

Voltan schwankte zurück.

»Nein!«, stöhnte er.

Er sah an sich herab und erkannte Blut auf seiner Kleidung, an seinen Händen. Sein eigenes Blut vermischte sich mit dem seines Gebieters.

Voltan stand eine Weile wie eingefroren. Die Kuttenträger verharrten in einem Halbkreis vor ihm und stimmten mit entrückten Mienen einen Singsang an.

Eine weitere Person trat durch den Kreis und Voltan vernahm eine laute, höhnische Stimme: »Willkommen zurück! Sei dankbar für diese Ehre, die wenigen Uneingeweihten zuteil wird: Für ein geringes Opfer durftest du heute einen Blick werfen in das Reich der Herrin der Albträume!«

Voltan verstand nicht.

Er drehte sich um und floh aus den Kellergewölben. Er wollte schreien, aber nur krächzende Laute entrangen sich seiner geschundenen Kehle.

Die Kuttenträger lauschten andächtig, wie die Laute in der Ferne verklangen.

»Hört genau hin«, verkündete ihr Anführer. »Wieder einmal ist Golgaris Macht gebrochen. Nun lasst uns das Heiligtum reinigen …«

9. Kapitel

Zustände wie im Vogelschlag

Betont unauffällig schlenderte Jelais am schmiedeeisernen Tor vorbei und spähte angestrengt in den Garten. Als Oswin von Beregren versichert hatte, dass das »Rabentor« von der Straße aus nicht sichtbar sei, hatte er gewiss nicht mit den scharfen Augen einer Elfe gerechnet.

Hinter den Eisenstäben spross üppiges Grün zwischen der Hecke und dem Gebäude. Jetzt, zur kalten Jahreszeit, wirkten die Farben der Pflanzen zwar ein wenig blass, aber nur wenige Sträucher und Laubbäume waren wirklich kahl: Das Grundstück des Angar Toberen war zum großen Teil mit niedrigem immergrünem Buschwerk bepflanzt, das in phantasievolle Formen geschnitten war.

Auf den ersten Blick wirkte das Anwesen wie eine Wildnis, der zweite Blick hingegen verriet die gepflegte Parkanlage. Das wunderte die Elfe nicht, denn sie hatte bereits erfahren, dass das Wehrheimer Stadtrecht die Pflege privater Gärten regelte.

Durch das Grün führte ein kurzer Weg zu der aufragenden Villa. Weil er breit und gerade war, erhaschte Jelais einen Blick auf die Treppe. Gewiss hätte sie das legendäre Tor erspähen können – hätte nicht ausgerechnet an diesem Tage ein Schlosser am Gartentor gearbeitet und ihr den Blick versperrt.

Offenbar erneuerte der Mann einen Verschlussbolzen an dem zierlichen Schloss.

»Was hast du gesehen?«, fragte Berna, die an der nächsten Straßenecke wartete. Sie und Marwan verweilten bei der Stadtmauer und schickten die Elfe zur Beobachtung vor.

»Viel konnte ich nicht erkennen«, berichtete Jelais. »Solange der Handwerker am Tor arbeitet, kann ich nicht unauffällig Ausschau halten. Womöglich sollten wir direkt beim Hausherrn vorsprechen. Immerhin hat er mich gestern angesprochen.«

»Du weißt doch gar nicht, ob der Fremde von gestern irgendetwas mit Angar Toberen zu schaffen hat«, wehrte Marwan ab.

»Er hatte einen Schlüssel für das Gartentor!«, verteidigte sich die Elfe.

»Hast du ihn heute schon beim Haus erblicken können?«

Jelais schüttelte den Kopf, und die drei machten sich daran, den Block langsam zu umrunden. Doch allzu bald kamen sie erneut vor dem Tor an. Ein Schreiner schob mit seinem Gesellen einen Handkarren aus dem Anwesen heraus. Marwan erkannte feine Werkzeuge – Sägen, winzige Hämmer, kleine Plättchen aus feinem Holz und Spuren von weißem Lack.

Der Schlosser war immer noch mit dem Gartentor beschäftigt, und weiter hinten, beim Haus, sah man einige Männer die Veranda scheuern.

»Herr Toberen zu Ulmenbogen hat Putztag«, vermutete Berna.

»Das dünkt mir mehr eine Renovierung zu sein«, setzte Marwan dagegen.

»Dies ist gewiss das Haus des Raben«, schlussfolgerte Jelais. »Hier geht es jedenfalls zu wie im Vogelschlag.«

Sie verlangsamten den Schritt, und als sie ein drittes Mal am Gartentor vorbeikamen, hatte der Schlosser seine Arbeit beendet. Trotzdem wurden sie enttäuscht:

Vorspringende Sträucher störten den Blick auf den Hauseingang, und durch die Lücken im Bewuchs erkannten sie, dass die Tür zur Villa offen stand und der Schlosser sich nunmehr dort zu schaffen machte. Sie hatten das »Rabentor« immer noch nicht gesehen.

»Der Kustos auf der Kasernenmauer blickt schon ganz suspiciös«, gab Marwan zu bedenken. »Wir können kaum ein viertes Mal hier entlang flanieren. Der vage Hinweis auf dieses Anwesen ist es nicht wert, dass wir uns dessenthalben in weitere Auseinandersetzungen verwickeln lassen.«

»Wir haben nur diesen einen Hinweis! Ihr macht euch zu viele Gedanken … Doch meinetwegen gehen wir erst einmal zurück«, lenkte die Elfe ein. »Vielleicht wird es zur Mittagszeit ruhiger. Wenn die Wache auf den Wällen abgelöst wurde, laufen wir drei weitere Runden.«

»Was versprichst du dir davon?«, murrte der Illusionist.

Missgelaunt schlenderten sie über den Viehmarkt, um zum Haus ihres Gastgebers zu gelangen.

Der Markt war gut besucht. Überall standen die Menschen in kleineren Gruppen bei den Gattern und Ställen und sprachen aufgeregt miteinander. Jelais hörte Worte wie »Mord« und »Grauen« und spitzte die Ohren.

Schließlich gesellte sie sich zu einigen Leuten und fragte: »Was ist denn geschehen?«

Die Frau neben ihr wandte den Kopf und schaute sie an. Ein beiläufiger Blick streifte auch die Gauklerin und den Illusionisten, die ein wenig abseits standen. Jelais' Gegenüber war unscheinbar und trug ein formloses, verwaschenes Kleid, das sicher schon bessere Tage gesehen hatte. Die Stimme, mit der die Frau antwortete, war scharf und laut: »Was fragt Ihr? Ihr seid nicht von hier!«

Höflich erklärte Jelais: »Ich bin eine reisende Bänkelsängerin. Habt Ihr meinen Auftritt gestern auf dem Markt nicht erlebt? Ich dichte Moritaten und würde auch gern die Ereignisse hier in der Stadt in Verse fassen.«

»'s ist ein Mordfall«, warf ein schäbig gekleideter Geflügelhändler ein. »'s ist was Unanständiges, davon für Geld zu singen.«

Doch nun erzählte die Frau bereitwillig: »Sie haben heute Morgen einen Bannstrahl-Ritter gefunden. Er ist ermordet worden, gar nicht weit von dem Viehmarkt.«

»Ermitteln die Bannstrahler selbst in dieser Angelegenheit oder geht die Stadtwache dem Verbrechen nach?«, warf Marwan von der Seite her ein.

Die Frau zuckte zurück und der Händler entgegnete mürrisch: »'s gibt gar keine Ermittlung. Den Mörder haben sie schon: 's ist ein Hüne von einem Mann, der's mit bloßen Händen gemacht hat. War der Diener von dem Ritter und er war ganz vom Blut besudelt.«

»Weshalb interessieren euch die Ermittlungen?«, fragte die Frau.

»Ich muss natürlich die ganze Geschichte hören«, erklärte Jelais geistesgegenwärtig. »Also wende ich mich am besten an die Stadtwache.«

»Die werden wohl mit Marktsängern reden!«, rief die Frau. Aber Jelais hatte schon Marwan untergehakt und verschwand mit ihm und Berna in der Menge.

»Welch ein Glück, dass auch dieser Casus ad acta gelegt wurde«, meinte Marwan erleichtert. »Immerhin hatten wir eine Missstimmung mit den Bannstrahlern, was uns womöglich in den Fall involviert hätte.«

»Sprich nicht so geziert daher«, beschwerte sich Berna. »Wir sind nicht dein Publikum!«

»Ich erinnere mich an einen Praioten mit einem Diener, dem man durchaus einen Mord zutrauen konnte!«, warf Jelais ein.

»Du meinst, *unser* Bannstrahler wurde ermordet?«, fragte die Gauklerin. Sie entsann sich der stolzen Gestalt, die sie gestern noch auf der Straße gesehen hatte, und erschauderte. »Fast hätte ich mit dem Mann gesprochen!«

»Sei froh, dass du davon Abstand genommen hast«, gab der Illusionist zurück.

»Der Tod macht nicht rückwirkend einen besseren Menschen aus ihm«, fügte die Elfe bissig hinzu.

Marwan sah sie missbilligend an, sagte jedoch nichts.

Die drei hörten sich an anderen Stellen des Marktplatzes unauffällig um und entnahmen den Gerüchten Folgendes: In der Nacht hatte die Stadtwache einen blutbesudelten, riesenhaften Mann aufgegriffen, der ziellos durch die Straßen getaumelt war.

Als im Morgengrauen die Leiche eines übel zugerichteten Bannstrahl-Ritters gefunden wurde, achtlos in eine Hecke nahe des Viehmarktes geworfen, zog die Stadtwache eine Verbindung zwischen den Fällen. Ein Weibel erinnerte sich sogar an den Ritter und seinen vierschrötigen Gesellen: Zufällig hatte er am Vortag mit dem Bannstrahler gesprochen und dabei war ihm dessen offenkundig schwachsinniger Knecht aufgefallen.

»Ich hab mich gefragt, was einen so edlen Herrn zum Umgang mit einem so unwürdigen Handlanger führte«, wurde als Zitat aus den Kreisen der Stadtwache kolportiert. Für die Wache war der Fall damit aufgeklärt, vom Orden des Ermordeten lag keine Verlautbarung vor. Die Gründe für die Taten eines Geistesgestörten hinterfragte im Augenblick niemand.

»Möglicherweise handelt es sich bei dem Weibel um Korber«, grübelte Jelais. »Suchen wir ihn auf. Er weiß sicher mehr über die Bluttat!«

Marwan war anderer Ansicht: »Wir sollten froh sein, dass wir mit der Sache nichts zu tun haben. Wenn wir uns exponieren, mag irgendjemand am Ende noch uns mit dem Mord in Verbindung bringen. Und falls der Ritter nicht von seinem eigenen Knecht getötet wurde, sondern von dem Geheimnis, dem er wie wir auf der Spur war – dann sollten wir erst recht Distanz wahren!«

»Dann wäre der Knecht unschuldig. Unsere Aussage kann sein Leben retten!«, gab Berna zu bedenken.

»Es war ein brutaler Kerl. Er hat mich in der Gaststube bedroht!«, fuhr Jelais auf.

»Er hat gemacht, was sein Ritter gesagt hat«, hielt die Gauklerin dagegen. »Das macht ihn nicht zu dessen Mörder, im Gegenteil.«

»Wie auch immer der Diener zu seinem Ritter stand: Die Ordensbrüder kennen beide besser als wir. Wir haben keinen Anlass, uns einzumischen. Die Bannstrahler werden sich schon darum kümmern«, beschwichtigte Marwan.

»Seit wann hast du ein solches Vertrauen zu den Praioten?«, stichelte Jelais.

»Das habe ich, wenn ich nicht tangiert bin«, gab der Illusionist zu.

»Nun gut«, räumte die Elfenbardin ein, »wir sollten nicht die Aufmerksamkeit der Stadtwache auf uns lenken. Aber bedenkt eines: Wenn sich bloß dieser eine Bannstrahler um unsere Angelegenheiten gekümmert hat, dann haben wir wieder freie Bahn!«

»… um unsere Nase in etwas zu stecken, das einem gerüsteten Krieger das Leben gekostet hat!«, brummelte Marwan.

»Hat der Diener den Ritter Berman – wenn das der Tote ist – ermordet, dann droht uns keine Gefahr«, gab Jelais zu bedenken. »Aber wenn das Geheimnis, hinter dem wir herjagen, gefährlich ist, kämpfen wir nicht allein für unsere Neugierde, sondern gewiss um mehr als das Leben *eines* Unschuldigen!«

»Das ist wahr!«, stimmte Berna zu. »Den Bannstrahlern ist der Knecht gleichgültig. Aber wenn wir uns vor der Wahrheit drücken, wird Hesinde uns niemals Ruhe gönnen!«

Marwan grummelte etwas wie: »Jetzt muss gar die Göttin der Weisheit für die leichtfertigsten Dummheiten herhalten ...«

Gleichzeitig hob er einlenkend die Hände und schwieg dann.

Obwohl die Nacht jung war, senkte sich winterliche Dunkelheit über Wehrheim. Noch waren nächtliche Spaziergänger nicht auffällig, allerdings blies ein schneidender Wind durch die Gassen und trieb die Menschen in die Häuser. So blieben Jelais und ihre Freunde ungestört.

Marwan ging zwischen den beiden Frauen und protestierte unermüdlich: »Als ich von einem leichtfertigen Besuch bei Angar Toberen abriet, hatte ich gewiss nicht diese Alternative im Sinn!«

»Dann bleib eben draußen, während wir uns umsehen!«, zischte Jelais.

»Die Stupidität eures Unterfangens schreit zu den Göttern«, empörte sich Marwan. Dann und wann schlugen seine Zähne aufeinander, vor Kälte oder vor Angst. »Ihr könnt nicht einfach in ein fremdes Grundstück einbrechen! Damit riskiert ihr unser aller Unglück! Wisst ihr nicht, welche Strafen ihr zu erwarten habt?«

»Wir gehen bloß durch einen Park und sehen uns um. Wer könnte etwas dagegen haben?«, fragte Jelais.

»Dieser Park ist ein umzäunter Garten, zu dem ihr euch mit Gewalt Zugang verschaffen müsst. Das ist ein Einbruch!«

Die Elfe zuckte mit den Schultern. »Was machst du dir darüber Gedanken? Niemand wird uns sehen. Wir werfen einen Blick auf das ›Rabentor‹ und vielleicht auch durch die Fenster der Villa. Bedenke, ich bin eine Elfe und auch Berna ist nicht ungeschickt.«

»Fürwahr, du bist eine Elfe«, seufzte der Illusionist. »Doch du, Bernika, möchtest nicht du zumindest dies leichtsinnige Unterfangen überdenken?«

»Schau, wir hinterlassen nicht einmal Spuren!«, warf die Gauklerin ein. »Wir nehmen auch nichts mit.«

Marwan versuchte es mit einem anderen Argument: »Der Einbruch ist nicht der einzige periculöse Aspekt an der Sache. Was wollt ihr anfangen, sollte euer Unterfangen vom Erfolg gekrönt werden? Wenn ihr Lechdan aufspürt, mag er von daimonischer Obsession geplagt sein. Womöglich hat er den Koch mit einem Fluch belegt, um ihn zu Tode zu bringen. Und bedenket das Schicksal des stolzen Ritters Berman. Seht doch ein, dass uns die Angelegenheit über den Kopf gewachsen ist!«

»Wir sind keine Ritter«, gab Berna zurück. »Wir weichen den Gefahren aus. Finden wir einen hilflosen Gefangenen, befreien wir ihn – wenn wir können. Wir stellen uns keiner Gefahr in den Weg. Keine Sorge, Marwan. Wenn es gefährlich wird, suchen wir schnell das Weite.«

»Doch wenn euch die Gefahr unvorbereitet überwältigt?«, flüsterte Marwan verzweifelt.

»Darüber habe ich mir noch nie Gedanken gemacht«, meinte die Gauklerin lächelnd. »Ich bin immer gut weggekommen. Bisher habe ich es so erfahren: Wer lange plant und viele schwere Gedanken im Kopf bewegt, dem widerfährt am schnellsten ein Unglück.«

Marwan schluckte.

Im Schatten der Kasernenmauer richteten sie ihre Kleidung. Berna verbarg ihre üppigen roten Haare unter einem dunklen Kopftuch, ihre farbenfrohen Gauklergewänder verschwanden unter einem stumpfbraunen Mantel. Bei Jelais war es umgekehrt: Die Elfe trug unauffällige Kleidung in grünen und braunen Tönen unter ihrem bunten Mantel, den sie jetzt auszog, zusammenlegte und als Bündel unter dem Arm mitführte. Auch Marwan war für einen Einbruch passend gekleidet, bevorzugte er doch ohnehin Grautöne.

Die drei wirkten jetzt nicht mehr wie harmlose Spaziergänger. So verdächtige Gestalten hätte die Stadtwache sofort angehalten, aber die Gefährten hatten aufgepasst, dass keine Patrouille in der Nähe war. Wie beiläufig schlenderten sie weiter die Straße entlang. Marwan hielt einige Schritte Abstand und wollte den Eindruck erwecken, nicht dazuzugehören. Tatsächlich wirkte er eher, als würde er Schmiere stehen.

Sie kamen an das große Tor und verweilten kurz. Das Schloss war fein und kunstfertig. Berna schüttelte den Kopf: Sie konnte es nicht öffnen. Möglicherweise mit Gewalt, aber das würde Lärm verursachen.

Ohne sich abzusprechen, gingen sie weiter. Von den Festungsmauern aus war dieser Teil des Grundstücks gut einsehbar. Wenn sie länger blieben oder gar über das Tor kletterten, konnte das leicht einer Wache auffallen.

Sie folgten der dichten Hecke und bogen in eine Seitenstraße.

Der eisige Wind flüsterte in den Pflanzen und die feinen Ohren der Elfe hörten Eiskristalle wie Glöckchen aneinander schlagen. Eine frostige Nacht stand Wehrheim bevor, doch die Kälte machte den Boden hart und verbarg ihre Spuren. Zum Glück lag kein Schnee.

Über Gärten und Hinterhöfe gelangten sie zur Rückseite des Anwesens. Die kahlen Zweige eines großen Baumes griffen über die immergrüne Hecke in ihre Richtung und knackten wie knochige Finger. Berna erschauderte und zuckte vor der Pflanzenwand zurück.

Das Licht des Madamals zeichnete die Schatten der Äste wie zuckende Schlangenleiber vor ihnen auf den Boden.

»Phex schütze uns! Das ist ein schlechter Ort«, hauchte die Gauklerin. »Hier … haben wir keine Deckung!«

Tatsächlich brannte hinter einigen Fenstern der umliegenden Gebäude noch Licht, aber Jelais hielt das für ein gutes Zeichen: Wer selbst im Licht saß, konnte nicht weit ins Dunkel schauen.

»Sieh dort!«, sagte sie zu ihrer Gefährtin. »Unter dem Baum ist ein weiterer Eingang.«

Sie traten näher heran, Marwan blickte unbehaglich über die Schultern.

Ein kleines schmiedeeisernes Tor führte durch die Hecke, sehr viel kleiner als der Haupteingang. Es war ein schmales Gitter, über dem sich in kaum acht Spann Höhe das Grün wieder schloss.

Berna rüttelte daran, aber es war verschlossen. Daraufhin zog Jelais ihre Jacke aus leichtem Leder aus und legte sie über die geschmiedeten Spitzen. Dann fasste sie zu, zog sich geschickt zwischen Hecke und Gitter hindurch auf die andere Seite und rief leise nach ihren Freunden.

»Kommt herüber! Hier hat man gute Deckung, denn der Stamm gibt uns Sichtschutz. Es ist ganz einfach und gefahrlos!«

Marwan griff nach dem Arm der Gauklerin und blickte sie in wortloser Bitte an. Bernas Gesicht lag im Schatten, nur ihre Augen glitzerten im trüben Mondlicht – sie schüttelte den Kopf, lächelte dem Illusionisten zu und schob ihn sanft mit dem Zeigefinger von sich. Dann kletterte sie nicht minder geschickt als die Elfe in den Garten. Der Illusionist trat an das Tor und zischte: »Ihr seid verrückt! Ich werde keinen Einbruch unternehmen. Außerdem kann es an diesem Gitter geschehen, dass man hängen bleibt und sich den Hals bricht!«

»Dann warte hier auf uns«, gab Jelais gleichmütig zurück.

Als der Illusionist Anstalten machte, genau das zu tun, fischte die Elfe seufzend nach ihrer Jacke. »Wir brauchen nicht lange«, setzte sie hinzu. Dann verschwanden die beiden Frauen zwischen den Sträuchern.

Der Vorgarten der Villa wies einen geordneten, wenn auch eigenwilligen Bewuchs auf, das Buschwerk hinter dem Haus wucherte hingegen tatsächlich wie ein Urwald. Wie sehr Marwan auch seine Stirn gegen die kalten Gitterstäbe des Tores presste, er sah nichts mehr von seinen Gefährtinnen, nachdem sie einmal außer Sicht geraten waren. Auch die düsteren Umrisse der Villa des Angar Toberen ließen sich nur erahnen.

Marwan trat unbehaglich von einem Fuß auf den anderen und hauchte vergebens in seine Hände. Die dünnen Lederhandschuhe boten keinen Schutz vor der Witterung.

»Nein, hier warte ich nicht«, flüsterte er zu sich selbst. »Wenn man mich hier erwischt, dann bin ich ebenso sehr ein Einbrecher, als wäre ich mit ihnen über die Hecke gestiegen.«

Die beiden Frauen hielten sich zunächst in der Nähe der Hecke und umrundeten die Villa. Der Wind fing sich in den Sträuchern, überall knisterte es. Die Pflanzen beugten sich und erzitterten, die unregelmäßigen Formen ließen überall verborgene Gestalten erahnen.

Berna schrie einmal leise auf und griff nach Jelais' Ärmel.

»Jemand verbirgt sich hinter diesem Busch!«, flüsterte die Gauklerin aufgeregt.

Die Elfe lauschte.

Da war ein Rascheln im Unterholz, aber so sehr Jelais auch danach spürte – kein größeres Lebewesen außer ihnen war in der Nähe. Nur eine Kälte, die mehr war als der Frost des Winters und die unbarmherzig in die Seele der Bardin strömte.

Jelais verschloss ihre Sinne und fühlte sich augenblicklich besser. Sie würden hier etwas finden, daran zweifelte die Elfe nicht mehr. Sie mussten bloß an der richtigen Stelle suchen.

»Da ist nichts«, versicherte sie ihrer Begleiterin. »Nicht hier im Garten jedenfalls.«

Sie wollte von ihrer Empfindung erzählen, doch dann entschied sie sich dagegen. Die Gauklerin würde sie nicht verstehen und sinnlos geängstigt werden.

Trotzdem nahm Berna nicht mehr die Hand vom Arm ihrer Gefährtin.

Über die Ecke des Gebäudes ragte ein kleiner Turm empor und aus einem der obersten Fenster flackerte schwaches Licht. Die Frauen verharrten und blickten empor.

»Eine Öllampe mit kurzem Docht«, befand Jelais.

»Ein Nachtlicht?«, vermutete Berna.

Jelais war unschlüssig. »Vielleicht. Aber der Turm ist weitab vom Eingang. Selbst wenn der Bewohner wach ist, wird er uns nicht bemerken.«

Sie gelangten an den Kiesweg, betraten ihn jedoch nicht: Ihre Schritte würden dort Geräusche verursachen und ein zufälliger Beobachter von der Straße konnte sie leicht durch das Gittertor ausmachen.

In der Deckung der Sträucher schlichen sie gebückt auf die Veranda zu und stiegen, eng an die Hauswand geschmiegt, über die Einfassung. So gelangten sie zu dem Bronzetor, vor dem sie zunächst reglos verharrten und die Blicke schweifen ließen.

Alles blieb still.

Wenn sie Pech hatten, schaute die Wache auf der Kasernenmauer just in diesem Augenblick herüber und würde sie entdecken. Sie konnten nichts daran ändern und mussten auf ihr Glück vertrauen, oder darauf, dass die Soldaten der Kavallerieabteilung sich nicht sonderlich um die Vorgänge auf zivilen Grundstücken scherten.

Ihre Blicke wanderten zu dem Tor.

Das Rabentor.

In der Finsternis waren die Umrisse des Vogels kaum zu erahnen – als Schatten im Schatten zeichneten sich die Konturen der Flügel ab, die als Türgriffe dienten. Und der Kopf dazwischen war ein schlanker Vorsprung, der ebenso gut ein Schlangenhals sein konnte.

Berna schauderte und wich zurück, doch Jelais legte ihre Hände auf die nächstgelegene Bronzeschwinge und tastete die Konturen nach. Sie fühlte einen sorgsam geformten Vogelflügel, auf dem sie mit den Fingern jede einzelne Feder nachziehen konnte. Aber das Metall war kalt und die Elfe verlor bald das Gefühl in den Händen.

»Ein Rabe ist das nicht – oder der Bildhauer verstand nicht viel von Vögeln«, zischelte sie ihrer Begleiterin zu. »Die Flügelform erinnert an einen Raubvogel, doch in der Natur habe ich so etwas noch nicht gesehen.«

»Denk dir nicht so viel dabei«, gab Berna zurück. »Künstlern kommt es mehr auf den Eindruck an. Da verbiegen sie die Wirklichkeit schon mal. Ich bin froh, wenn es kein richtiger Rabe ist. Es ist kein gutes Vorzeichen, wenn man die Hand nach dem Todesvogel ausstreckt.«

»Ich weiß nicht ...«, meinte Jelais versonnen. »Von der unvertrauten Form abgesehen ist das Relief sehr fein gearbeitet. Jede Feder ist sorgsam gestaltet.«

Sie streckte die Hände nach dem Vogelkopf aus, zuckte jedoch zurück.

Wenn das der Klopfer war, konnte eine unbedachte Berührung sie verraten. Ihre Finger waren schon gefühllos und ungeschickt. Außerdem wollte sie diese verzerrte Vogelgestalt nicht mehr anfassen, wie sie sich eingestand. Jelais war beinahe dankbar, dass Wolken vor den Mond gezogen waren und die finstere Nacht so wenig Einzelheiten erkennen ließ.

Berna untersuchte den Türspalt und drückte gegen die Bronzeplatte. Die Eingangstür zur Villa war verschlossen, wie nicht anders zu erwarten.

»Schau, da sind kleine Löcher«, erklärte sie ihrer Begleiterin leise. »Wenn das die Schlösser sind, kann ich sie nicht öffnen.«

»Wir sollten trotzdem in das Haus gelangen«, sann die Elfe mehr für sich selbst nach. »Das Tor verrät uns nichts, und wenn wir bloß durch den Garten streifen, fürchte ich, war unser Ausflug umsonst ...«

»An der Fassade klettere ich leicht hoch«, schlug die Gauklerin vor. »Mit zwei Schwüngen bin ich oben und kann nach offenen Fenstern suchen.«

»Warum schaust du nicht erst durch die leichter erreichbaren Fenster?«, fragte die Bardin.

Berna zog ihr Kopftuch zurecht. »Weißt du, das ist meine Erfahrung: Hausbewohner sind bei den oberen Geschossen oft nachlässig. Da findet man eher ein offenes Fenster.«

Jelais schüttelte den Kopf: »Auch jetzt im Winter? Nein, es ist zu gefährlich. Je höher wir steigen, umso leichter erblickt uns die Wache von außen. Außerdem: Nach allem, was ich von euch Menschen weiß, liegen Schlafräume bevorzugt im Obergeschoss. Wenn wir da reinklettern und es ist jemand zu Hause, machen wir ihn auf uns aufmerksam.«

Berna lachte leise: »Wenn Marwan uns hören könnte – der würde im Boden versinken! Jetzt planen wir gar einen Einbruch ins Haus.«

»Dort finden wir bestimmt etwas«, beharrte Jelais. »Und in dem Fall wird uns die Stadtwache für einen Einbruch sogar dankbar sein.«

Berna bezweifelte das. Trotzdem suchte sie nach einem Weg in das Gebäude. Sie hatte schon Abenteuer am Rande der Legalität hinter sich gebracht, lange bevor ihr diese leichtsinnige Elfe über den Weg gelaufen war.

»Gut«, sagte sie endlich. »Zwischen den Pflanzen bist du geschickter, aber ich habe mehr Erfahrung mit Häusern. Was hältst du davon: Du beendest die Runde um das Haus und siehst dich an der Rückfront um, ich prüfe inzwischen die Fenster auf der Veranda.«

»Wir sollen uns trennen?«, fragte Jelais zweifelnd.

Die Gauklerin lachte verhalten und stichelte: »Das geht schon. Oder haben Elfen Angst allein im Dunkeln?«

»Sicher nicht mehr als abergläubische Menschen!«, entgegnete Jelais. »Doch Elfen wandern gern in Gesellschaft durch einen Wald. Wenn etwas geschieht, ist Hilfe bei der Hand – und es geschieht auch weniger.«

»Schau, du bist hier nicht im Wald. Du bist mitten in Wehrheim!«, hielt Berna dagegen. Sie wusste selbst nicht, warum sie so sprach, denn das Herz schlug ihr an diesem unheimlichen Ort bis zum Hals. Aber es war vernünftig, sich zu trennen, und gerade wegen ihrer Angst wollte sie ihren nüchternen Überlegungen folgen: »Wir können entdeckt werden – das ist das Schlimmste, was passieren kann. Zu zweit fallen wir mehr auf als allein.« Und die Veranda war sicher der ungedeckteste Ort in diesem Garten.

»Außerdem«, fügte Berna hinzu, »es ist nur ein Garten! Du bist immer in Rufweite.«

»Nun gut«, gab Jelais nach. »Wenn eine etwas findet, dann holt sie die andere sofort herbei.«

Berna nickte, und zögernd entfernte die Elfe sich von der Haustür, glitt wie ein Schatten über das Geländer und verschwand in einem Busch. Kaum ein Zweig bewegte sich.

Die Gauklerin blieb zurück und sah sich unbehaglich um.

Wie unhörbar ihre Freundin zwischen den Pflanzen verschwunden war! Wie viele Beobachter mochten sich ungesehen in ihrem Rücken verbergen, durch das Dunkel schleichen? Wenn sie hier in Gefahr geriete, bekäme sie dann überhaupt die Gelegenheit für einen Warnruf?

Die Kälte schnitt durch ihren fadenscheinigen Mantel und plötzlich fühlte Berna sich ungewohnt steif und ungelenk. Unsicher und einsam schlich sie über die Veranda und entfernte sich als Erstes so weit wie möglich vom Bronzetor. Etwas Unheimliches ging von ihm aus und ließ sie frösteln.

Hinter ihr schlugen Zweige im Wind, und immer wieder wanderte ihr Blick über die Schulter zurück zum Vorgarten. Pirschte da nicht jemand auf die Veranda zu und ließ das Buschwerk erzittern? Bog sich dort nicht ein Bäumchen gegen den Wind? War der Schatten vor der Hecke wirklich ein Strauch, der ziellos hin und her schwankte, oder schlich eine Gestalt kaum merklich in ihre Richtung?

Berna zitterte.

Im Haus würde sie sich sicherer fühlen, das allein war schon Grund genug für einen Einbruch.

Ein Ende der Veranda war dem Turm zugewandt. Dort waren die Fenster klein und von Läden verschlossen. Berna zog an den Holzplatten und fuhr vorsichtig mit der Messerklinge durch die Fugen. Bald hatte sie den ersten Fensterladen geöffnet. Dahinter fand sie eine Scheibe in einem Rahmen, der fest in die Außenwand gefügt war.

Solche Fenster konnte sie nicht leise öffnen.

Langsam schlich sie die Fassade entlang. Sie näherte sich bereits wieder dem Bronzetor, ohne einen Zugang gefunden zu haben. Das letzte Fenster neben der Haustür unterschied sich von den anderen: Die Unterkante lag etwa einen Schritt über dem Boden, und das Fenster selbst maß drei Schritt in der Höhe. Ein Holzgitter hielt die einzelnen Glasscheiben fest, die jeweils kaum größer als eine Handfläche waren.

Berna drückte ihre Nase ans Glas, doch der Raum dahinter lag im Dunkeln.

Ein Teil des Fensters, einen halben Schritt breit und einen Schritt hoch, war mit einem eigenen kleinen Rahmen abgetrennt. Dieser Ausschnitt ließ sich öffnen, war aber von innen verriegelt.

Berna wackelte vorsichtig an dem Holz. Weiter oben klirrten einige Scheiben und erschrocken hielt sie inne. Aber nichts rührte sich. Auch das Licht im Turm war nicht mehr zu sehen, entweder war der Winkel ungünstig oder der Bewohner war mittlerweile zu Bett gegangen.

Erleichtert atmete die Frau aus. Der leise Laut war sicher untergegangen im allgegenwärtigen Rascheln und Knacken, das den Garten anfüllte.

Das Fenster bot wahrscheinlich die einzige Möglichkeit für sie, in die Villa zu kommen. Wieder zog Berna ihr Messer. Die Holzleisten waren dünn und kein Winkel hielt ihre Klinge auf. Aber im Gegensatz zu den Fensterläden schloss das Fenster dicht. Die Gauklerin musste ihr Messer mit Gewalt hindurchstoßen und an der Schneide rieselten Späne zu Boden.

Dieser Einbruch hinterließ Spuren.

An manchen Stellen bog sich das dünne Holz unter dem Druck und Berna hörte das Glas in der Einfassung schaben. Hoffentlich fiel keine Scheibe heraus.

Die Messerspitze hakte irgendwo fest und die Gauklerin bewegte den Griff hin und her. Dann verschwand der Widerstand und das Fenster schwang auf. Mit einem Blick erkannte Berna den einzigen Haken, der diesen Einstieg verriegelt hatte und den sie durch ihre beharrlichen Versuche aus seinem Ring gedrückt hatte.

Triumph überkam sie.

Direkt neben der Eingangstür stieg sie vorsichtig in das Haus. Wäre sie nicht so ängstlich gewesen und hätte es direkt an diesem Fenster versucht, so hätte sie sich viel Zeit sparen können.

Obwohl sie sich geschickt bewegte und kaum ein Geräusch verursachte, verriet ihr das Echo, dass sie in einer großen Halle stand. Mit dem Rücken zur Wand blieb sie neben dem Einstieg stehen, holte tief Luft und orientierte sich erst einmal. Vor ihr gähnte Dunkelheit, graues Zwielicht quoll durch das große Fenster hinter ihr, ein wenig heller fiel es durch das offene Viereck. Es war eine verhangene Nacht, doch über den Wolken stand das Madamal fast in vollem Rund und ein wenig Licht fand seinen Weg nach unten.

Berna zögerte kurz, drückte das Fenster zu und legte den Riegel vor. So wurde es im Gebäude zwar dunkler, aber ein offen stehendes Fenster war allzu verräterisch. Außerdem musste sie einen Weg finden, das Fenster auch bei ihrem Fortgang zu verschließen, denn nur so konnte sie ihre Spuren tarnen.

Die Gauklerin wartete ab, konnte allerdings immer noch nicht viel erkennen.

»Wir hätten Laternen mitnehmen sollen«, flüsterte sie vor sich hin.

Sie hatten den Einbruch nicht wirklich geplant. Hätten sie schon vor ihrem Aufbruch Lampen und Werkzeuge eingesteckt – Marwan hätte sich gewiss in seinem Zimmer eingeschlossen!

Sie kicherte, wurde aber unvermittelt ernst.

Wonach sollte sie Ausschau halten in dieser Dunkelheit? Erst mal würde sie sich um die Halle tasten. Vielleicht hing an der Wand ja eine kleine Öllampe, die sie nutzen konnte. Immerhin hatte sie stets etwas Zunder und Feuersteine in ihrem Beutel.

Den Rücken gegen die Wand gedrückt, schob sich die Gauklerin voran. Merkwürdig still war es hier, nur das Rauschen des Windes drang gedämpft an ihre Ohren. Sie hörte jede Bewegung ihrer Ledersohlen auf dem Parkett und die feinen Echos in der Halle kamen unruhig zu ihr zurück. Hier war es weniger unheimlich als im Garten, trotzdem wedelte die Gauklerin häufig mit der Linken in den Raum hinein, um etwaige Angreifer zu ertasten.

Sie schob sich an der Tür vorbei, die von innen offenbar ohne Schmuck war, und dann weiter, bis sie einen Winkel erreichte. Dann und wann griff sie hoch, aber da waren keine Halterungen für Leuchter an den Wänden.

Unvermittelt stieß sie gegen ein Hindernis. Glas klirrte aneinander und in der Dunkelheit sah Berna einen fallenden Schatten. Blitzschnell griff sie zu und erwischte eine langhalsige Karaffe, bevor diese auf dem Boden zerschellen konnte.

»Ich sehe wohl doch mehr, als ich dachte«, seufzte die Gauklerin erleichtert.

Sie wollte das Gefäß zurückstellen, zögerte jedoch. Das feine Relief auf der Oberfläche ließ sie an wertvolles Kristall denken. Die Karaffe war zierlich geformt, der bauchige Körper mündete mit einem eleganten Schwung in einen langen Hals. Berna zog den Glaspfropf heraus und nahm einen fruchtig-süßen Duft wahr.

»Ich wollte mich hier umsehen«, sagte Berna zu sich selbst. »Zumindest erfahre ich jetzt, was Angar Toberen in seiner Eingangshalle verwahrt!«

Sie hielt die Karaffe unter ihre Nase, schnupperte noch einmal und probierte einen kleinen Schluck. Es musste ein Likör sein, leicht alkoholisch und mit einem vielschichtigen Nachgeschmack. Berna schnalzte mit der Zunge und schwenkte genießerisch die Flasche, dann probierte sie erneut.

Daraufhin drückte sie den Verschluss wieder in den Flaschenhals und untersuchte mit der freien Hand das Beistelltischchen, auf dem die Karaffe gestanden hatte. Es war voll mit verschiedenen Behältnissen, Flaschen und Fläschchen, verschließbaren Karaffen und Krügen.

Die Gauklerin ertastete einen freien Platz, wo sie die

erste Karaffe abstellen konnte, dann fischte sie geschickt weitere Gefäße aus der Sammlung. Dabei bewies sie so viel Kunstfertigkeit, dass kein zweites Mal Glas gegen Glas klirrte oder gar etwas herabfiel.

Berna kostete einen Likör nach dem anderen und war sehr stolz auf sich, wie gewandt sie ihre Finger zwischen den Flaschen bewegte, die sie kaum sehen konnte.

Als sie sämtliche Gefäße erkundet hatte, ging sie um das Tischchen herum und tastete sich weiter. Ihr war leichter zumute und irgendwie schien alles schneller voranzugehen.

»Da waren gewiss einige wirksame Elixiere darunter«, versicherte sie sich. »Meine Sinne sind so geschärft …«

Leise summend folgte sie der Wand, bis sie plötzlich bemerkte, dass sie erneut abgebogen war – aber in die falsche Richtung! Da war ein Durchgang gewesen, der aus der Halle herausführte.

Während Berna darüber nachdachte, verlor sie plötzlich den Boden unter den Füßen. Mit einem unterdrückten Schrei fiel sie nach vorne, doch geschickt rollte die Akrobatin sich ab und kam mit einigen harmlosen Stößen davon. Sie ruderte nach Halt und erkannte, dass sie eine breite Treppe hinabrollte; vor der letzten Stufe fing sie sich und stand sicher auf den Füßen.

Unschlüssig verharrte sie. Hier war es völlig finster, nicht einmal die Umrisse von Fenstern halfen bei der Orientierung.

Sie streckte die Hände nach den Seitenwänden aus, ging einige Schritte weiter die Treppe hinab und stolperte erneut, als die Stufen unvermittelt ein Ende nahmen.

Ehe sie ihre Bewegung bremsen konnte, prallte sie mit einem dumpfen Laut gegen ein Hindernis.

»Aufgepasst, Berna!«, kicherte sie und richtete sich wieder auf.

Ein Brett aus federndem Holz versperrte den Gang. Das war kein harter Aufprall gewesen. Berna versuchte, die Natur des Hindernisses zu erfühlen. Die Oberfläche war seltsam bearbeitet, die verworrenen Linien ergaben keinen Sinn. Außerdem fiel es Berna zunehmend schwer, sich zu konzentrieren.

»Gut, gut«, brummelte sie. »Kehren wir um. Hier ist nichts ...«

Sie verlor kurz die Orientierung, aber da sie in einem Gang und in einer Sackgasse steckte, war der Rückweg leicht zu finden. Als sie den Fuß auf die Treppe setzte, fiel von oben her ein Lichtschein hinab.

Berna erstarrte.

Der Schein wurde heller, schwankte hin und her und schickte Schatten vorweg in den Kellerabgang. Beunruhigt wich die Gauklerin bis an die hölzerne Barriere zurück, die sie jetzt als Tür erkannte – erstaunlich groß und reich an Zierrat für eine Kellertür!

Ein gleißender Lichtschein biss blendend in Bernas Augen. Sie riss die Arme hoch und erkannte undeutliche Umrisse eines Speers oder einer Hellebarde, die auf sie zielten.

Es gab keinen Ausweg mehr.

Hinter der Gauklerin befand sich eine verschlossene Tür, vor ihr der Treppenaufgang und ein Bewaffneter, der ihn blockierte.

Sie dachte über ihre Lage nach, aber ihr fiel nichts Rechtes ein. Das Licht bereitete ihr Kopfschmerzen.

»Wer seid Ihr?«, stotterte sie endlich.

10. Kapitel

Beschatten und belauschen

Marwan wartete unruhig auf der Straße vor dem Haupteingang des Anwesens. Er spähte durch das Gittertor in den Vorgarten der Villa; gleichzeitig dachte er über eine glaubwürdige Ausrede nach, falls ihn die Stadtwache überraschte. Ihm fiel nichts ein. Er war zu aufgeregt zum Nachdenken.

Wo blieben bloß die beiden Frauen? Er hatte ziemlich lange hinter dem Gebäude gewartet und war dann nicht eben eilig hierher marschiert. Allmählich mussten sie doch zurückkommen! Oder hatten Bernika und Jelais etwas Dummes angestellt?

Marwan ließ seinen Blick über die Sträucher wandern. Aber der Garten war so dunkel, dass sich einzelne Formen nur schwer unterscheiden ließen.

Doch da! Eine gebückte Gestalt schlich durch den Park auf den Eingang zu. Endlich kehrten sie zurück! Marwan entspannte sich und blickte rechts und links die Straße entlang. Keine Zeugen zu sehen! Aufmunternd winkte er seinen Gefährtinnen zu, denn die Gelegenheit war günstig. Sahen sie ihn überhaupt? Wo waren sie jetzt schon wieder?

Marwan blickte abermals in den Vorgarten, beugte sich hierhin und dorthin und versuchte, wieder etwas zwischen dem Buschwerk zu erkennen. Da war die Gestalt. Hatte sie sich in den letzten Augenblicken überhaupt von der Stelle bewegt?

Plötzlich wurden die Konturen klarer und der Illusionist erkannte, dass er einer Täuschung aufgesessen war und einen im Wind wogenden Strauch für einen Menschen gehalten hatte.

Warum sah er das mit einem Mal so deutlich?

Marwan hob den Kopf. Ein Lichtschein fiel jetzt durch die Fenster der Villa in den Vorgarten. Die Lichtquelle wanderte von Scheibe zu Scheibe auf die Eingangstür zu, schwankte dann abwartend hinter dem großen Fenster und wurde schwächer.

Marwan wippte unruhig auf und ab. Was ging dort drinnen vor? Womöglich hatte der Hausherr die Eindringlinge im Garten bemerkt! Aber warum machte er dann keine Anstalten, durch die Tür nach draußen zu blicken?

Waren Bernika und die Elfe vielleicht leichtsinnig genug gewesen, in das Haus selbst einzudringen? Wenn sie dort gestellt wurden, konnte er nichts mehr für sie tun.

Das Licht kehrte zum großen Fenster zurück und verharrte dort, als wäre die Lampe abgestellt worden. Kurz zeichneten sich zwei Gestalten im Lichtschein ab, bewegten sich dann wieder fort.

Der kalte Wind brannte in Marwans Gesicht und seine Augen tränten.

Konnte er seinen Sinnen trauen? Nein, die gewölbten Scheiben verzerrten die Silhouetten, doch für einen Augenblick hätte er schwören können, dass er Bernikas Umrisse erkannt hatte. Die andere Gestalt war klein gewesen und hatte einen langen Gegenstand gehalten. Das war gewiss nicht Jelais.

Unruhig spielte Marwan mit dem glatten Kristall in seiner Tasche.

Er musste etwas unternehmen! Auch wenn er nicht wissen konnte, was dort im Haus geschah, befürchtete er Schlimmes. Er musste jetzt allen Mut zusammennehmen und nach dem Rechten sehen. Wenn sich seine Freundinnen durch ihren Leichtsinn in Gefahr gebracht hatten ... Er wagte nicht, den Gedanken zu Ende zu denken. Zum Glück war bisher niemand aus dem Haus gekommen, um die Stadtwache zu alarmieren.

Nach allem, was sie gehört hatten, lebte Angar des Nachts allein in seiner Villa. Über Tag ließ er nach Bedarf Personal aus der Stadt kommen. Falls er tatsächlich Jelais und Bernika bei ihrem Einbruch überrascht hatte, musste er irgendwann Hilfe holen und die beiden zurücklassen. Dann konnte Marwan sie hoffentlich befreien.

Zögernd näherte sich der Illusionist dem Tor und legte die Hand an einen Gitterstab. Er drückte ein wenig, drückte kräftiger, aber die verschlossenen Flügel gaben nicht nach. Erneut sicherte der Illusionist nach beiden Seiten, dann beugte er sich zum Schloss hinab. Es war funkelnagelneu.

Marwan richtete sich auf. Wie sollte er nur ohne Schlüssel durch dieses Tor gelangen?

Er legte den Kopf in den Nacken und sah nach oben. Die Gauklerin und die Elfe waren an der Rückseite des Grundstücks über ein Gartentor geklettert, aber das Haupttor war doppelt so hoch. Die glatten Eisenstäbe boten keinen Halt. Außerdem waren die Frauen viel geschickter als er, und so hatte es auch keinen Wert, wenn er es an der Rückseite versuchte. Nein, Marwan war nicht zum Einbrecher geboren. Womöglich gab es einen anderen Weg!

Der Illusionist trat zurück in den Schatten der Mauer, konzentrierte sich und stellte genau das Erscheinungsbild her, mit dem er vor drei Nächten Weibel Korber beeindruckt hatte. Das nahm Zeit in Anspruch, aber immer noch trat niemand aus dem Haus. Und es kam auch keine Patrouille die Straße herunter – wollte Angar seine Gefangenen nicht allein lassen und wartete, bis er die Nachtwache vor seinem Haus abpassen konnte?

Marwans Gestalt streckte sich. Er kauerte nicht länger ängstlich im Schatten der Mauer, sondern stand selbstbewusst auf der Straße. Mit festen Schritten ging er auf das Gartentor zu und hielt den kurzen Stab in seiner Hand wie ein Szepter zur Seite geneigt.

Er warf einen letzten Blick zurück zur Kaserne: Auch wenn er jetzt offen auftreten wollte, musste er nicht die Wache unnötig auf sich aufmerksam machen. Aber die Wehrgänge waren leer und so schlug Marwan dreimal mit seinem Stab gegen das Eisentor.

Es klirrte wie bei einem Fechtkampf und der Illusionist zuckte zusammen; sein Blick flog ängstlich nach links und rechts, ehe er sich wieder unter Kontrolle hatte. In der Villa bewegte sich der Schein einer Lampe auf die Haustür zu, die aufschwang.

Ein kleiner und unauffälliger Mann trat auf die Veranda, eine helle Sturmlaterne hoch über den Kopf erhoben und eine Hellebarde in der Rechten. Er sah sich um. Obwohl er erhöht stand, ragte sein Kopf kaum über das Buschwerk.

»Verzeiht!«, rief Marwan in die Dunkelheit. »Seid Ihr der Herr Angar Toberen? Können wir vielleicht zu einem Dialog zusammenfinden?«

Der Illusionist trat so selbstbewusst auf wie nur möglich. Er zupfte kurz an seinen Gewändern, um sich ins rechte Licht zu setzen, und bettete seinen Stab lässig in der Armbeuge. Der kleine Mann kam misstrauisch näher.

»Wer seid Ihr?«, bellte er unfreundlich. Vor dem Tor blieb er stehen und musterte Marwan kalt von oben bis unten.

Das geht nicht gut, dachte der Illusionist verunsichert; im Gegensatz zu Weibel Korber wirkte der Edle in keiner Weise beeindruckt, auch nicht so verschroben wie der Fremde, den Jelais beschrieben hatte. Zwar war auch dieser Mann klein, aber sein Haar war nur an den

Schläfen leicht ergraut und sein gepflegtes Gesicht zeigte allenfalls schwache Spuren des Alters. Marwan war sich nicht sicher, ob das die Person war, von der Jelais gesprochen hatte.

»Ich wünsche eine Unterredung betreffend einer Bekannten von mir«, fing er tapfer an zu erzählen und seine Stimme zitterte nicht – er hatte sogar daran gedacht, dass er bislang bloß eine Gestalt zusammen mit dem Hausbesitzer gesehen hatte. Also war es klug, nur eine Frau zu erwähnen und die Beschreibung vage zu halten, um die zweite Einbrecherin nicht zu verraten.

Womöglich versteckte sich eine seiner Freundinnen und konnte die Kameradin während seiner Unterredung mit Angar Toberen befreien?

»Die Dame logiert über den Winter in meinem Hause, denn sie ist weit gereist und hat viele Geschichten zu erzählen!«, fuhr Marwan fort und schlüpfte seinerseits in die Rolle des Gastgebers. Es hatte keinen Sinn, Oswin in die Sache hineinzuziehen. Das musste er auf seine eigene Kappe nehmen. Am liebsten hätte er sich die Stirn abgetupft, denn trotz der Kälte drang ihm der Schweiß aus den Poren.

»Leider ist sie von sehr abergläubischem Naturell und hat sich in den letzten Tagen einige horrible Flausen in den Kopf setzen lassen ... Jedenfalls ist die Möglichkeit gegeben, dass die Frau Euch inkommodieren mag. Daher wollte ich Euch aufsuchen, um die Inkonvenienzen vermittels einer Aussprache zu bereinigen. Wie gesagt, es ist eine fixe Idee von ihr ...«

»Was denn?«, hakte der Hausbesitzer nach und ließ seine Hellebarde gegen das Tor schlagen. Das war nicht gut. Marwan hatte auf sein überzeugendes Auftreten gehofft und wollte dieses Gespräch im Haus fortsetzen, bevor sie weitere Aufmerksamkeit auf sich zogen. Doch immerhin hörte der Herr Toberen seine Geschichte an.

»Vielleicht habt Ihr es bereits vernommen«, erklärte

Marwan rasch, »dass vor einigen Nächten ein Gemütskranker der Obhut der Noioniten entfloh.«

»Mir war nicht einmal bekannt, dass überhaupt Noioniten in Wehrheim ansässig sind«, warf Angar grimmig ein. Aber mit einem Kopfnicken bedeutete er dem Illusionisten fortzufahren. Marwan entschloss sich, den zweifelhaften Informanten vom Friedhof nicht zu erwähnen.

»Meiner Besucherin kam zu Ohren, dass Eure Haustür von einem Zierrat in der Form eines Raben geschmückt sei. Weil der besagte Geistesverwirrte vor seiner Flucht von eben diesem Vogel sprach, hat sich bei der Frau die Überzeugung festgesetzt, dass der Kranke seit seinem Verschwinden in Eurem Hause ein Versteck gefunden haben mag. Ihr bisheriger Umgang zeigte keine große Nähe zu gesitteter Lebensart«, setzte er vertraulich hinzu. »Daher fürchte ich, dass sie auch nicht davor zurückschrecken wird, auf Euer Grundstück zu schleichen.«

Was Marwan seiner »Bekannten« unterstellte, mochte als Vorurteil Elfen wie Gauklern gegenüber durchgehen. Wen auch immer der Hausherr überrascht hatte, der Illusionist verriet durch seine Worte jedenfalls nicht diejenige seiner Kameradinnen, die vielleicht noch auf freiem Fuße war.

»So«, knurrte Angar, »und was erwartet Ihr in dieser Angelegenheit von mir?«

»Ich hegte die Hoffnung, dass wir meine Bekannte – so sie sich tatsächlich hierhin verirrt – abpassen, von ihrem Irrtum überzeugen und nach Hause schicken können, ohne dass weitere Ungelegenheiten daraus hervorgehen mögen. Solltet Ihr dadurch Aufwendungen haben, würde ich sie natürlich ersetzen.«

Marwan wusste zwar nicht wie, aber wenn er seine Freundinnen hier herausreden konnte, dann würde er auch für alles andere eine Lösung finden. Hoffentlich hatte Angar nicht Bernika, sondern Jelais überrascht. Der Elfe gegenüber war er vielleicht eher zu Zugeständnissen bereit.

Angar Toberen musterte den Illusionisten abschätzig. Dann verzog er die Lippen, hängte die Lampe an einen Haken neben dem Tor, zog einen kleinen Schlüssel hervor und sagte: »Sehen wir mal, ob sich die Ruhe wieder herstellen lässt.«

Marwan bemerkte, dass die Augen des Edlen so kalt blieben wie die Winternacht, doch er war berauscht von seinem Erfolg. Angar Toberen war ungleich schwerer zugänglich als der Weibel und die Vorsteherin der Noioniten; dennoch hatte er dem Edlen widerstrebende Zugeständnisse abgetrotzt und war jetzt auf dem besten Wege, den beiden leichtfertigen Frauen einen glimpflichen Ausweg herbeizureden.

Wenn er das schaffte, dann konnte er mit seiner Überzeugungskraft alles erreichen!

Angar Toberen ließ Marwan vorangehen und folgte ihm mit der Waffe in der Hand. Gemeinsam schritten sie durch den Vorgarten bis in die Empfangshalle der Villa.

Der Saal war groß, nahm die volle Tiefe des Gebäudes in Anspruch und fast die Hälfte der Länge. Marwans Stiefeltritte hallten auf dem Parkett, denn von wenigen kleinen Möbelstücken abgesehen war der Raum leer: Ein kleiner Beistelltisch mit Erfrischungen war vor eine Wand gerückt, einige Stühle standen verloren in der Mitte der Halle. Der gesamte Raum war mit hellem Holz getäfelt, nur rings um den großen Kamin waren Steinfliesen gelegt. Der Hausherr hatte offenbar eine Vorliebe für Raben: An einer Wand hing ein großer Wandteppich, auf goldenem Untergrund berührten sich darauf Rabenvögel Flügel an Flügel und bildeten ein regelmäßiges Muster.

Berna saß auf einem der Stühle und war mit Kordelstücken daran festgebunden. Sie und der Illusionist tauschten unbehagliche Blicke, der Hausherr verlor jedoch keinen Augenblick: Er senkte die Hellebarde und durchtrennte die Schnüre mit einer kurzen Bewegung der schweren Klinge.

Berna zuckte zusammen, dann sah sie überrascht auf.

»So wollen wir dieses ›Missverständnis‹ mal decouvrieren«, ergriff der Adlige sogleich das Wort und sah naserümpfend auf die Gauklerin herab. An Marwan gewandt, fügte er – ganz der aufmerksame Gastgeber – hinzu: »Darf ich Euch zuvor einen Likör kredenzen?«

Marwan schüttelte verlegen den Kopf, Berna wurde rot. Angar ging nicht weiter darauf ein, sondern war sehr viel zuvorkommender als angesichts des missglückten Einbruchs zu erwarten war: Er zeigte ihnen das ganze Haus, allerdings blieb seine Stimme frostig und seine Bewegungen hatten etwas Ungeduldiges, Zorniges an sich.

»Ihr glaubt also, ich würde hier einen Verrückten verbergen? Nun gut, so werde ich Euch durch sämtliche verborgenen Winkel geleiten!«

Er ging mit den beiden zunächst durch einen Durchgang die Kellertreppe hinab bis zu dem Portal, vor dem Berna von ihm überrascht worden war. »Hier ist die erste Kellertür«, erzählte er. »Der Vorbesitzer muss ein großer Weinliebhaber gewesen sein, doch leider hat er mir nicht den Schlüssel zum Weinkeller hinterlassen. Aber es gibt einen zweiten Zugang, wie Ihr gleich erkennen werdet. So habe ich nicht die Notwendigkeit gesehen, diese kunstvolle Tür mit Gewalt zu öffnen.«

Dann nahm Angar seine »Gäste« wieder mit in die Eingangshalle empor und führte sie durch den zweiten Ausgang in die übrigen Teile der Villa. Marwan und Berna folgten wie benommen, sie wagten nicht, miteinander zu reden, während der kleine Mann sie durch einen Flur geleitete. Hier waren schmuckvolle Waffen an einer Wand aufgereiht, in der Hauptsache Spieße und Hellebarden. Türen führten in Küche und Wirtschaftsräume und über eine schmale Treppe gelangten sie erneut in den Keller.

Dort brachte Angar sie eilig von einem winzigen, schräg gemauerten Kellerraum in den nächsten, bis die beiden gänzlich die Orientierung verloren. Endlich kamen sie in eine größere Kammer, wo Weinflaschen aller Arten und Formen in Regalen lagerten. Hier sahen sie auch die Rückseite des schmalflügeligen, weiß-goldenen Kellerportals.

Angars Licht flackerte.

»Und so schließt sich der Kreis«, verkündete der Hausherr. »Ist Eure Neugierde gestillt? Oder wollt Ihr noch meine privaten Gemächer explorieren, die im Turm gelegen sind?«

Die beiden anderen sagten nichts zu den schroffen Worten, sondern schüttelten bloß die Köpfe. Was konnten sie sonst auch tun?

»Nein, habt vielen Dank für Eure Großzügigkeit, edler Herr Toberen«, brachte Marwan schließlich hervor. Er warf einen bösen Blick auf Berna. »Wie ich bereits sagte, es war eine dumme Idee von meiner Bekannten.«

Die Gauklerin funkelte ihren Freund grimmig an, schwieg jedoch. Sie wollte nur hinaus und vermutlich hatte der Illusionist sogar Recht mit seinen Worten.

Gemeinsam gingen die drei hinauf und bis zum Tor.

»Kann ich jetzt darauf hoffen, dass Ihr mich zumindest des Nachts nicht mehr behelligen werdet?«, zischte Angar Toberen unfreundlich, als er den Eingang verschloss.

»Nein, nein – ich meine: gewiss, gewiss! Habt vielen Dank!«, stotterte Marwan verlegen und zog Berna hinter sich her zur Straße. Die Gauklerin fühlte sich benommen und forderte nicht einmal ihr Messer vom Hausherrn zurück.

»Jetzt werden wir uns sogleich nach Hause begeben,

Bernika«, flüsterte er ihr zu. »Und, bei Hesinde, ich hoffe, dass du mich kein zweites Mal in eine solche Situation manövrierst. Das hätte ein schlimmes Ende nehmen können!«

Berna war etwas unsicher auf den Beinen. Sie schwankte und klammerte sich an ihn, dann kicherte sie: »Wieso denn? Du warst doch großartig und es ist alles gut gegangen. Weshalb grübelst du immer so viel? Das ist so umständlich wie deine Sprache: Niemand sonst nennt mich Bernika!«

»O doch«, verteidigte sich der Zauberer. »Oswin verwendet auch die korrekte und vollständige Form deines Namens, wie alle gelehrten Leute.«

»Jelais!«, warf die Gauklerin ein und blieb stehen. Ihre Stimme war schlagartig ernst geworden.

»Nein, Jelais macht das nicht ...«, erklärte Marwan geduldig. Dann zuckte er zusammen. »Bei den Zwölfen, stimmt – wo ist die Elfe abgeblieben?«

Berna dachte nach. »Sie wollte sich hinter dem Haus umsehen«, erinnerte die Gauklerin sich. Ihr war schwindlig und die Ereignisse dieser Nacht schienen ihr so fern wie ein Traum. »Wir haben uns getrennt, ich habe sie nicht mehr gesehen. Dieser Kerl hat sie vielleicht erschlagen, bevor er mich überwältigt hat.«

»Welch ein Unfug«, erwiderte der Illusionist unbehaglich. »Er machte keinen gewalttätigen Eindruck. Angar Toberen ist ein harmloser älterer Herr, den ihr böse belästigt habt. Ich kenne viele Edle, die euch nicht so milde begegnet wären.«

»Er hatte gar nicht die Zeit dazu«, grübelte Berna laut und ignorierte Marwans Einwände. »Ich glaube, er hat mich irgendwie gehört. Dabei war ich so vorsichtig! Dann ist er gleich von seinem Schlafzimmer in die Halle gelaufen. Obwohl, wenn er schon vorher wach war – bei der Hintertür in der Küche hätte er Jelais auflauern können!«

Marwan schüttelte den Kopf: »In jedem Fall müssen wir uns zurückbegeben. Es mag sein, dass Jelais einfach im Garten abgewartet hat, bis der Aufruhr sich legte. Verflucht, verflucht, verflucht …«

Wütend stampfte er mit dem Fuß auf, dann blickte er sich um, als würden ihn sogleich die Bannstrahler für seine Flüche zur Rechenschaft ziehen. Doch außer einem späten Zecher war niemand in der Nähe.

Rasch eilten sie zum Anwesen des Angar Toberen zurück, schlichen verstohlen von beiden Seiten an das Gittertor und spähten in den Vorgarten. »Wenn man uns jetzt sieht, habe ich keine Ausflüchte mehr«, seufzte der Illusionist.

Ihre Blicke flogen über die Pflanzen, aber sie fanden keine Spur von der Elfe.

»Gehen wir noch mal hinein!«, schlug Berna vor.

Marwan wehrte ab: »Auf keinen Fall! Lass uns zunächst einmal an der Hintertür nachschauen. Es ist immerhin so, dass ihr auf diesem Weg auch eingestiegen seid und dass Jelais möglicherweise dort auf uns wartet!«

»Stimmt«, sagte die Gauklerin. »Du solltest auch dort warten!«

»Sei froh, dass ich ein wenig mehr Initiative gezeigt habe«, knurrte Marwan.

Gemeinsam hasteten die beiden bis zur nächsten Ecke und wollten eben abbiegen, da blieb Berna ruckartig stehen und zog den Illusionisten so heftig an seinem Mantel zurück, dass dieser rücklings in die Hecke stürzte.

Zweige brachen, und als Marwan sich wieder aufrichtete, hakte seine Kleidung im Gehölz fest und der Stoff riss mit einem hässlichen Geräusch.

»Bei den Göttern, Bernika«, schimpfte er. »Legst du es etwa darauf an, dass wir doch noch wegen Einbruchs festgenommen werden?«

»Still«, zischte die Gauklerin. »Schau!«

Marwan rappelte sich auf und schlich heran. Im Schutz der Zweige spähte er um die Hecke und erkannte eine Gestalt auf der Straße. Die stand vor dem Eingang zu einem angrenzenden Gebäude und wechselte einige Worte mit einer Person im Inneren, ehe sie sich endlich abwandte und weiter die Straße hinab entfernte.

Es war eindeutig der kleine Angar Toberen, der seine Hellebarde zu Hause gelassen hatte.

»Er kam eben dort heraus!«, erklärte Berna. »Ich habe ihn erkannt, bevor er sich umblicken und uns bemerken konnte.«

»Du hast doch nicht etwa im Sinn, erneut bei ihm einzusteigen?«, jammerte Marwan.

»Nein«, wehrte die Gauklerin ab. »Aber ich frage mich: Was schleicht der ehrenwerte Edle bei Nacht durch die Gassen?«

»Gewisslich ist es sein Recht, dass er auf den Schreck hin eine Ablenkung sucht.«

»Er verhält sich trotzdem merkwürdig«, beharrte Berna. »Kaum sind wir weg, da läuft er schon zu einem Nachbarn. Und jetzt geht er abermals weiter. Wenn er sich auf den Schreck beruhigen will, weshalb sucht er dann so hastig seine Bekannten und Nachbarn auf? Und wie ist er in dieses Haus hineingekommen? Wir waren nicht weit entfernt. Wäre er hinter uns auf die Straße getreten, hätten wir es bemerkt …«

»Das ist nicht gewiss!«, warf Marwan ein.

»Vielleicht«, gab Berna zu. »Ich glaube allerdings, er hat sich verstohlen aus dem Haus geschlichen. Bestimmt durch die Hintertür!«

»Das mag ja alles zutreffend sein«, entgegnete der Illusionist. »Doch was möchtest du dagegen unternehmen?«

»Ich folge ihm!«, verkündete die rothaarige Gauklerin unternehmungslustig und war schon losgelaufen. Aus dem Gebäude, das der Edle soeben verlassen hatte, drang eine Frauenstimme: »Fredo, was wollte der Toberen wieder von dir? Du gehst doch heute nicht wieder aus dem Haus?«

Berna grinste – wenn sie diese Dame durch die geschlossenen Fensterläden so deutlich vernehmen konnte, musste sie eine beeindruckende Stimme haben. Die Gauklerin huschte geschickt weiter durch die Schatten und nutzte jede Deckung aus. Rasch schloss sie zu Angar Toberen auf.

Marwan folgte seiner Freundin langsamer, blickte hinter ihr her und murmelte: »Der arme Mann. Womit mag er diese Nachstellungen verdient haben?«

Hatte der Illusionist kurz zuvor noch versucht, mit seinen Fähigkeiten und der geringen Magie, über die er verfügte, sein Auftreten eindrucksvoller zu gestalten, so schüttelte er jetzt mit aller Hast die Wirkung dieses Zaubers ab. Er durfte nicht auffallen! Wie konnte er bloß das goldene Leuchten von seiner Kristallkugel lösen?

Der Illusionist schüttelte den Stab unter verzweifeltem Murmeln. Das hatte er nie zuvor versucht. Er fluchte still über die Gauklerin. Wo war sie, wenn man sie brauchte? Mit einem ihrer bunten Tücher hätte er die glänzende Kugel einhüllen können. Schließlich stopfte er den Stab tief in die Hecke, bis er ihn nicht mehr funkeln sah. Vor Sonnenaufgang musste er ihn wieder holen, sonst mochte ein anderer ihn finden – es war zwar kein Magierstab, aber ein wertvolles Erinnerungsstück, von dem er sich nicht trennen wollte.

Warum ließ er sich immer in so etwas hineinziehen?

Als Marwan um die nächste Ecke schlich, sah er in einiger Entfernung Angar Toberen in eine Seitengasse springen. Die Bewegung kam so überraschend, dass der Illusionist zwischen zusammengebissenen Zähnen fluchte. »Er hat uns bemerkt!«

Ohne nachzudenken, lief er los, um nicht den Anschluss zu verlieren. Auch Berna vor ihm tat einige eilige Schritte aus dem Schatten der Hauswand heraus, dann wirbelte sie zur Seite und war verschwunden. Der Illusionist hörte leise Geräusche vor sich, das Klirren von Waffen und einen unterdrückten Ruf. Aber er war nicht so flink wie die Gauklerin.

So rasch er konnte, rannte er zur nächsten Seitengasse und drückte sich schwer atmend gegen eine Wand.

Eine Patrouille der Stadtwache! Den Schein der Lampe hätte er vorher sehen müssen!

Marwan lauschte. War seine Bewegung unbemerkt geblieben? Nein, die Wachen unterhielten sich, beschleunigten ihre Schritte, liefen aber nicht. Ganz klar, sie hatten etwas bemerkt, wussten jedoch nicht, was. Was konnte er tun?

Wenn er jetzt losrannte, würden die Stiefeltritte ihn vollends verraten und bei einer Verfolgungsjagd mit der Wache blieb er gewiss der Unterlegene. Wo war Bernika? Sie war in der gleichen Gasse verschwunden, aber von der geschickten Gauklerin war keine Spur zu entdecken, kein Laut zu hören.

Nachdenken! Marwan konnte sich kaum konzentrieren. Er musste ruhiger werden. Immerhin war er ein Meister der Illusionen, da sollte er doch irgendwie unbemerkt entkommen können.

Er biss sich auf die Unterlippe und dachte verzweifelt nach.

Ein Tiergeräusch, ein Tiergeräusch …, rotierte es in seinen Gedanken. Ein Rabenkrächzen war alles, was ihm einfiel. Das musste reichen!

Marwan konzentrierte sich, trat von einem Fuß auf den anderen und murmelte einige Silben. Seine liebsten und besten Kunststücke beruhten auf der Imitation von Geräuschen. Jetzt hätte er einen Unsichtbarkeitszauber vorgezogen. Weshalb besaß er keine solchen Fähigkeiten? Den Elfen sagte man eine Perfektion in derlei Künsten nach. Warum war Jelais nicht an seiner Stelle – und wo war die Bardin überhaupt abgeblieben?

Seine Gedanken kehrten zurück ins Hier und Jetzt. Er hörte die hastigen Schritte der Soldaten schon ganz in der Nähe. Der Illusionist rannte los, und seine Stiefeltritte verloren sich im empörten Geschrei eines großen Raben, der mit aufgeregtem Flügelschlag das Weite suchte. Ein, zwei, drei lange Schritte trugen den hoch gewachsenen Zauberer um die nächste Ecke, dort trat er erst fest, dann immer leiser auf der Stelle – und von der Straße her klang es, als entschwände der große Vogel allmählich in der Ferne.

Marwan blieb steif stehen und hielt die Luft an. Hoffentlich hinterfragten die Wachen sein tierisches Täuschungsmanöver nicht!

»Ein Vogel, muss ein Riesenvieh gewesen sein!«, sprach einer der Soldaten mit gedämpfter Stimme, um den Schlaf der unbescholtenen Bürger Wehrheims nicht über Gebühr zu strapazieren. Die vorderste Wache war Marwan so nahe, dass der Zauberer sie mit ausgestrecktem Arm fast berühren konnte.

»Ich kann dir schwören«, warf eine weibliche Stimme ein, »ich sah einen Schatten in dieser Gasse verschwinden und das war kein Vogel!«

»Ich kenne diese Laute«, hielt ein Dritter dagegen. »Das war ein Rabe, so wahr ich hier stehe ...«

»Warum bist du so sicher?«, fragte die Soldatin.

Glaub deinen Kameraden doch endlich, du dämliche Orkin!, lag es Marwan auf der Zunge.

»Ich war im Orkensturm draußen und habe viele Scharmützel erlebt«, erklärte der andere Soldat. »Golgaris Brüder haben die Seelen geholt. Das Geräusch ist kein gutes Omen ...«

Widerwillig lenkte die Soldatin ein und die Wachen zogen weiter, ohne sich umzusehen.

Marwan atmete auf.

Da zuckte neben ihm ein Schatten durch die Luft, schwang dicht an seinem Kopf vorbei, federte von der Hauswand zurück und berührte seine Schulter.

»Aufgepasst!«, warnte eine leise Stimme.

Marwan tat einen Sprung zurück und unterdrückte einen Aufschrei – was er nicht unterdrücken konnte, war das laute Aufkrächzen eines Raben, das seinem Stiefeltritt folgte.

Dicht neben ihm hing Berna wie eine Fledermaus an einem vorspringenden Dachbalken und lachte.

»Du bist mir ja ein merkwürdiger Vogel!«, meinte sie.

»Sei still!«, fauchte der Illusionist. »Du bist verrückt! Die Soldaten sind noch in Hörweite!«

»Hab nicht so viel Angst!«, erwiderte die Gauklerin leichthin und landete mit einem Überschlag neben ihrem Freund. »Die haben wir fein überlistet. Jetzt kannst du deinen Rabenzauber beenden, damit wir wieder die Spur unseres sauberen Edlen aufnehmen können.«

»Es ist leider so, dass mir die Kassation meiner Zauber Probleme bereitet«, entgegnete Marwan so würdevoll wie möglich. »Und außerdem sollten wir Angar jetzt in Ruhe lassen. Immerhin hat er uns bemerkt, und wir müssen froh sein, dass er die Wache nicht auf unsere Spur gesetzt hat!«

»Du Dummerchen«, kicherte die Gauklerin respektlos. »Ja, weshalb hetzt er denn die Wache nicht auf uns, wenn er sich verfolgt fühlt? Ich sage es dir: Der feine Herr versteckt sich gar nicht vor uns, sondern vor den Soldaten. Der verbirgt was, und wenn wir jetzt nicht länger zögern, finden wir es heraus!«

Leichtfüßig sprang die drahtige Frau zu Boden und eilte zu der Straße, in der Toberen verschwunden war.

»Warte!«, zischte Marwan und versuchte, mit ihr Schritt zu halten. Erneut krakeelte der Rabe und griesgrämig wechselte der Illusionist zu kleinen und leichten Tippelschritten. Nun krächzte der Rabe ganz leise vor sich hin. Berna stand bereits an der Hauptstraße und spähte vorsichtig um die Ecke.

Irgendwo in der Seitengasse, die Marwan eben verlassen hatte, wurde ein Fenster aufgestoßen und eine wütende Stimme schimpfte über die Ruhestörung.

»Du weckst noch das ganze Stadtviertel«, hauchte Berna in Marwans Ohr, als er sie erreichte. »Dann können wir hier nicht mehr herumschleichen. Vielleicht suchst du dir ein gemütliches Vogelhaus, bis du deinen eigenen Fluch abgeschüttelt hast?«

Ihre Stimme klang hämisch. Aber weil bestimmt schon viele Bürger vom Geschrei des Raben geweckt worden waren und sie belauschen konnten, ließ der Illusionist sich nicht auf einen Streit ein.

Er flüsterte zurück: »Ist etwas zu sehen?«

»Die Stadtwache ist auf dem Weg zum Viehmarkt. In der anderen Richtung war eben Bewegung an einer Tür. Da trifft sich der Herr von oder zu Ulmenbogen vermutlich mit seinen Spießgesellen.«

Eine Weile schwiegen die beiden und beobachteten die Straße. Nichts rührte sich mehr.

»Es ist weit bis dorthin, wenn man einen Rabenschwarm auf den Fersen hat ...«, sinnierte die Gauklerin und grinste Marwan an.

Der schnaubte durch die Nase und zischte zurück: »Also gut, wenn ich mir den Tod holen soll!«

Dann ließ er sich auf einer Treppe nieder und zog die Stiefel aus. Zum Glück hatte er den Zauber an sein Schuhwerk gebunden und nicht an die Füße selbst.

Schließlich stand der Illusionist in dunklen Wollsocken neben seiner Gefährtin; gemeinsam legten sie die letzten Schritte auf der Straße zurück. Marwan bewegte sich zwar leise, aber der Boden war eisig. So hüpfte der hagere Mann bald in grotesken Sprüngen neben seiner Begleiterin her.

Berna schaute zu, bis sie eine Bemerkung nicht mehr unterdrücken konnte: »Sieh an, du hast an deine Socken wohl ein anderes Tier gehext: einen Storch! Das ist wenigstens ein stiller Vogel.«

Als sie das Haus erreicht hatten, in dem Angar Toberen vermutlich verschwunden war, setzte sie hinzu: »Oh, jetzt fängt er doch an zu klappern …«

Marwan gab keine Antwort. Er drückte sich in einen Winkel neben der Straße, setzte sich auf eine Schwelle und zerrte zitternd seine nassen Socken von den Füßen. Er fror ganz erbärmlich.

»Ich bin kaum noch im Stande, mich zu bewegen«, keuchte er mit klappernden Zähnen und der Gauklerin verging ihr Spott. Sie sah sich um und meinte dann: »Gehen wir hinter das Haus. Du kannst dich da im Schatten der Stadtmauer verstecken. Und wenn du nicht gehen musst, kannst du auch deine Schuhe wieder anziehen. Ich sehe mich inzwischen um, ob ich irgendwo lauschen kann – dabei bist du ohnehin keine Hilfe. Oder kannst du Luchsohren an deine Kappe zaubern?«

Marwan schüttelte den Kopf und humpelte hinter Berna her. Während die Gauklerin neugierig an der Fassade emporblickte, hielt er dankbar auf ein Mäuerchen zu, das eine halbwegs trockene Sitzgelegenheit versprach. Zwar fühlte er seine Füße im Augenblick nicht mehr, trotzdem wollte er sie rasch vom kalten Boden fortbekommen.

»Dort oben hinter dem Fenster ist Licht. Das sieht viel versprechend aus«, flüsterte Berna.

Die Gauklerin kletterte gewandt an den Balken des Fachwerks empor. Putz rieselte und Berna erstarrte. Als niemand aufmerksam wurde, setzte sie ihren Aufstieg fort. Unter dem Dach hangelte sie sich weiter, bis sie das Fenster erreichte.

Zwei männliche Stimmen!

Sie spitzte die Ohren.

»... zum zweiten Mal unsere Zuflucht gefunden«, hörte sie Angar Toberen erzählen. Seine Stimme war deutlich durch das kleine Fenster zu vernehmen. »Ich konnte die Frau nicht einfach umbringen. Wir müssen unauffällig bleiben, bis die Zeit reif ist.«

»Wem sagst du das«, gab eine unzufriedene Stimme zurück. Berna kannte diesen Sprecher nicht, wahrscheinlich wohnte er hier. Der Dachbalken knarrte, trotzdem konnte die Gauklerin der Versuchung nicht widerstehen, ein wenig an ihren Armen zu schaukeln. Sie schwang hin und her und lauschte weiter dem Gespräch in der Dachkammer.

»Ich habe unsere Spuren verborgen. Hör zu: Eben überlege ich, wie ich die Frau verschwinden lasse und wie ich herausfinde, ob sie Freunde hatte und was die wissen – da tritt so ein Narr von der Straße ganz offen an den Haupteingang.« Angar Toberen lachte kurz bei der Erinnerung. »Diese naive Person wollte mich mit einigen billigen Illusionen beeindrucken, aber der Umgang mit der anderen Seite hat meine Sinne geschärft. Trotzdem ließ ich den Mann reden, und siehe da: Er hat mir selber eine Lösung für mein Problem angeboten.«

»Wie das denn?«, fragte der zweite Sprecher überrascht.

Das Holz, an dem Berna hing, ächzte. Sofort bremste die Gauklerin ihre Bewegung ab und verhielt sich ganz still, doch die Männer hinter der Hauswand konnten den knarrenden Balken nicht von den allgegenwärtigen Geräuschen des Winterwindes unterscheiden. Ohne Unterbrechung setzten sie ihr Gespräch fort:

»Er erzählte mir, wie sie von unserem Versteck erfahren hatten, und bot mir an, Ruhe zu geben, wenn ich seine Kameradin gehen lasse. Er war ganz verängstigt und richtig dankbar, als ich beide ihrer Wege ziehen ließ.«

»Du hast sie gehen lassen?«, schrie der andere Mann auf. »Bist du wahnsinnig? Erst den Knecht und jetzt zwei weitere Zeugen gegen uns.«

»Still, Travidan«, unterbrach Angar sein Gegenüber. »Der Geist des Knechtes ist auf alle Zeit im Reich der Herrin gefangen. Zweifelst du an ihrer Macht? Und die beiden neuen Eindringlinge: Sie wussten gar nichts und sind zufällig auf unser Heiligtum gestoßen. Ihre einzige Sorge war, dass ich sie an die Stadtwache ausliefere.«

»Vielleicht sind sie dir gefolgt?«, stieß der andere Mann besorgt hervor.

Angar wies diesen Gedanken von sich: »Nein, niemand kann mir ungesehen folgen. Moth und Roth wachen über mich und hätten mich unfehlbar gewarnt. Ohne Zweifel: Diese Leute sind neugierig und werden wiederkommen. Aber im Augenblick sind sie eingeschüchtert und das verschafft uns Zeit. Wir können sie unauffällig aus dem Weg räumen. Verstehst du? Ein Unfall, irgendwo in einem anderen Stadtviertel. Kein weiterer Todesfall so nahe am Heiligtum – und niemand wird auf uns aufmerksam. Morgen nutzen wir unsere Kontakte und spähen sorgfältig aus, wer alles unseren Treffpunkt kennt.«

»Du sagst, sie wussten von nichts. Warum, bei der Herrin, drangen sie dann in dein Grundstück ein?«

»Sie haben einen gewissen Verrückten gesucht«, meinte Toberen und betonte die Worte mit unverkennbarer Ironie. »Aber sie wissen nichts von Angrond Velunt. Wahrscheinlich hoffen sie auf eine Belohnung für den entsprungenen Gemütskranken. Für sie ist das wohl kaum mehr als ein Spiel.«

»Aber nicht für uns!«, knurrte Travidan. »Früher hatte niemand in Wehrheim die mindeste Ahnung von unserem Heiligtum! Dann beherbergst du diesen seltsamen Kerl einmal kurz in deinem Haus und die ganze

Stadt kommt auf seinen Spuren vorbei. All die Geheimhaltung, alles umsonst.«

Allmählich verspürte Berna einen Schmerz in den Armen. Sie konnte sich kaum bewegen und über kurz oder lang würden ihre Muskeln sich vollends verkrampfen.

»Mehr Respekt!«, zischte Angar. »Immerhin haben wir ein Zeichen erhalten: Wenn Thargunitoth einen Platz als Göttin hat, müssen wir nicht mehr um die Brosamen aus Alveran betteln. Wir können Unsterblichkeit erlangen: Unser Fleisch mag vergehen, doch unser Geist wird eine neue Hülle wählen.«

»Sprich ihren Namen nicht laut aus! Selbst die Brosamen aus dem Reich der Götter waren mehr, als die Herrin uns bisher für unsere Dienste gegeben hat.«

»Sei nicht so wehleidig«, entgegnete Angar kalt. »Du hast den Pakt wie wir alle gezeichnet. Vielleicht dauert es länger, als wir erwartet haben. Am Ende jedoch wird die Herrin uns belohnen – aber wenn du ihrer lästerst, wirst du alles verlieren. Vergiss das nicht, Travidan.«

»Schon gut. Bisher haben wir allerdings wenig genug bekommen. Wie man Leichname beherrscht, haben wir gelernt. Wunderbar! Ist das der Sieg über den Tod, den du uns versprochen hast? Ich spüre, wie die Schwäche in meine Glieder zieht. Ich altere vor der Zeit! Und du hast immer nur neue Versprechungen. Deine Herrin nimmt, sage ich, aber geben will sie nichts. Reichtum und Macht wollten wir haben, stattdessen haben wir die Gnade der Götter für immer verloren.«

Berna ließ sich fallen und rollte geschickt auf dem Boden ab. Dann schüttelte sie ihre Arme. Hätte sie länger durchhalten sollen? Sie hatte so viel gehört, genug, um ihre schlimmsten Befürchtungen zu bestätigen. Aber sie hatte kaum die Hälfte verstanden.

Andererseits: Hätte sie länger vor diesem Fenster gehangen, wäre sie am Ende wie ein Eiszapfen vom Dach gefallen und auf dem Boden zerbrochen …

Sie grinste bei der absurden Vorstellung, doch rasch wurde sie wieder ernst. Das alles war äußerst gefährlich! Es wurde Zeit, ihre Erkenntnisse mit Marwan zu teilen: Thargunitoth, was war das für ein Name? Herrin?

Wieder musste sie grinsen, denn ihr fiel auch ein, was sie Marwan zuerst erzählen würde: wie respektlos der kleine Edle vom Rabenhaus die ach so gelungene Verkleidung kommentiert hatte! Berna dachte nach. War ihr nicht irgendetwas entfallen, etwas Wichtiges ...?

11. Kapitel

Jelais allein im Keller

An eine der Schmalseiten der Villa schmiegte sich ein kleiner Anbau. Die Bardin schlich daran vorbei. Es raschelte in den Sträuchern, dünne Zweige bogen sich und schabten aneinander. Die Elfe hörte den Winterwind flüstern, doch da war eine Bewegung im Gehölz, ein Geräusch, das nicht zu dieser Melodie passte.

Sie verzögerte ihre Schritte, hielt auf die Hauswand zu, und dann, leicht und lautlos wie eine fallende Schneeflocke, huschte sie um die Ecke auf die Rückseite des Anwesens.

Es bestand kein Zweifel: Verstohlene Bewegungen folgten ihr durch den Garten. Kleine Pfoten tippelten an ihrer Seite durch die Büsche, entfernten und näherten sich wieder. Je mehr Jelais sich auf die Geräusche konzentrierte, umso mehr wuchs ihre Gewissheit: Sie stand im Zentrum der verstohlenen Bewegung.

Während sie um das Haus des Angar Toberen schlich, wurde sie selbst verfolgt.

Wieder hielt Jelais inne, um zu lauschen. Ihr Herz pochte und ihre Hände tasteten in ihren Taschen nach einer Waffe. Als Elfe hatte sie ein sehr feines Gespür für ihre Umgebung und wusste daher, dass sie es mit Tieren von geringer Größe zu tun hatte. Dennoch war da etwas anderes. Sie fühlte es wie einen Kloß im Hals, einen Stein auf der Brust. Wie einen leichten Druck hinter der Stirn …

Sie spürte Furcht, ohne die Ursache benennen zu können.

Vielleicht sollte sie zurück zu Berna eilen und mit ihr gemeinsam das Haus durchsuchen. Oder mit ihr zusammen das Anwesen verlassen.

Dann hörte sie das Pfeifen.

Ratten!

Jelais hatte eine Abneigung gegen Ratten. In ihrer Heimat waren diese Tiere selten und wenig auffällig. Die Ratten in der Nähe menschlicher Ansiedlungen waren anders: Entweder lebten sie so verborgen und verstohlen, dass die Elfe hinter dieser Scheu eine gewisse Verschlagenheit erahnte. Oder die Tiere waren feist, schmutzig und dreist. Das Verhalten der Ratten in diesem Garten verstand sie nicht, aber die Tiere verursachten ihr eine Gänsehaut, ehe sie überhaupt eines gesehen hatte.

Viele Menschen empfanden Abscheu vor Ratten, ja mitunter sogar abergläubische Furcht. Jelais erinnerte sich an die Warnungen ihrer Mutter: Wenn sie sich zu sehr mit den Menschen einließe, würde sie Anteil an deren verworrenem Seelenleben haben. Hatten die Menschen sie mit ihrer Furcht vor Ratten angesteckt?

Das Pfeifen der Tiere erklang in kurzen, gedämpften Trillern, als bedienten die Kreaturen sich einer geheimen Sprache. Die Elfe schüttelte ihre langen Haare, um einen klaren Kopf zu bekommen.

Wenn sie konzentriert lauschte, konnte sie deutlich zwei Tiere unterscheiden. Ihre elfischen Sinne waren fein, trotzdem vermittelten sie in diesem Augenblick seltsam Widersprüchliches: Einerseits hätte sie die Gegenwart der kleinen Lebewesen deutlicher spüren müssen, andererseits empfand sie die Anwesenheit von etwas Fremdem, nicht Greifbarem … Was brütete sie da für abergläubischen Unsinn aus, der eher Berna anstand?

Fast war sie geneigt, diese Tiere zu bewundern. Augenscheinlich widerstanden sie bestens der Winterkälte und huschten so flink durch den Garten, dass sie in jedem Augenblick an anderer Stelle zu hören waren. Ging es ihnen gut, weil sie einen Weg in Angar Toberens Vorratskeller gefunden hatten? Das war womöglich eine Erklärung für die Aufregung der Tiere: Die Elfe war ihrem Versteck zu nahe gekommen.

Jelais schüttelte ihre Beklommenheit ab und betrachtete eingehender den Sockel der Hauswand. An einigen Stellen wucherten Pflanzen empor: trockene Ranken, die auf bessere Zeiten hofften, einige kahle Sträucher und ein niedriges Nadelgehölz.

Als die Bardin vorsichtig zwischen den Nadeln tastete, fand sie tatsächlich eine Öffnung: ein dunkles Rechteck, ohne Fenster, ohne Laden.

Jelais überlegte kurz, dann steckte sie den Kopf ein Stück in das Loch. Es war eng. Sicher weit genug für eine Ratte und auch für die geschmeidige Gauklerin Berna. Eine zierliche Elfe würde sich jedoch wohl nur mit Mühe hindurchwinden können. Immerhin, sie hatte einen ungesicherten Zugang zum Haus gefunden!

Vorsichtig kroch Jelais in den Schacht. Vom Keller gab es gewiss einen Zugang zur Villa und dann konnte sie Berna von innen die Haustür aufschließen. Sie lächelte bei der Vorstellung: Hallo, Berna, was stehst du denn in der Kälte herum? Komm doch herein!

Das Grinsen verging ihr, als sich eine Haarsträhne irgendwo verfing und gleichzeitig ihr Brustkorb an einer plötzlichen Biegung stecken blieb. Gequält keuchte sie auf und drückte ihren Körper etwas schräger vor, um so ihrer misslichen Lage zu entkommen. Der Weg war noch schwieriger, als sie zunächst angenommen hatte. Einen Fingerbreit um den anderen stieß sie sich voran und mehr als einmal steckte sie empfindlich fest.

Ihr schräg gelegter Kopf blickte nach vorn, aber es war dunkel wie im finstersten Abgrund. Sie spürte eine Bewegung – waren bereits Ratten in diesem Keller?

Jelais konnte nicht mehr zurück und wand sich qualvoll langsam immer weiter voran. Niemals hätte sie erwartet, dass sich ein Kellerschacht so lang hinziehen konnte.

Nein, da war nichts vor ihr, kein Geräusch, kein Luftzug. Ein erschreckender Gedanke kam ihr: Was, wenn dieser Schacht blind endete? Sie konnte sich nicht umdrehen oder zurückbewegen und würde derart eingeklemmt noch vor Sonnenaufgang ersticken.

In diesem Augenblick konnte sie die Menschen verstehen, die in hilflosen Situationen nach der Hilfe übernatürlicher Wesen flehten.

War da nicht ein Kratzen? Nur ihr eigener Leib schabte über den kalten Stein.

Hörte sie ein Zischen? Ihr eigener Atem rasselte schwerfällig zwischen den zusammengebissenen Zähnen. Allmählich sah sie schon aus Mangel an Luft farbige Lichter vor ihren Augen tanzen.

Ihr rechter Fuß verhakte sich und schmerzhaft kratzte etwas an ihrem Unterschenkel.

»Autsch!«, schimpfte die Elfe und trat panisch nach hinten. Da! Ihr Fuß kam wieder frei und traf dumpf auf etwas Weiches; sie spürte borstiges Fell an einem Streifen bloßer Haut. Die Ratten! Sie waren bei ihr, hinter ihr, und sie kratzten sie und bissen tatsächlich nach ihren Beinen, während sie hilflos im Schacht hing.

Von dem Aufenthalt im winterlichen, feuchten Garten fühlten sich die Tiere so klamm an wie der Tod …

Die Elfe erinnerte sich an ihre Vision auf dem Friedhof, und vor ihrem inneren Auge sah sie keine Tiere, sondern knochige Totenfinger aus einem Grab heraus nach ihr fassen.

So sehr Jelais mit den Beinen schlug, die Ratten wurde sie nicht los. Gelegentlich stieß sie die hartnäckigen kleinen Biester zurück, aber sie konnte nicht weit genug ausholen, um die Angreifer ernsthaft zu verletzen. Bei jeder Berührung zuckte die Elfe zusammen, so schmutzig, so krank fühlten sich diese Kreaturen an. Sie vermochte die Bilder in ihrem Kopf nicht zu verdrängen, die sich immer verwirrender mit der Wirklichkeit vermischten. Sie bekam einfach nicht genug Luft!

Jelais grub die Zähne in ihre Unterlippe und unterdrückte einen Schrei, als die Geschöpfe sie durch die Hose hindurch bissen und lange, spitze Zähne sich tief in ihr Fleisch bohrten. Tränen liefen ihr über die Wangen und verzweifelt stieß sie sich immer tiefer in den Schacht. Der musste sich doch irgendwann zu einem Kellerraum erweitern! Sie brauchte dringend Bewegungsfreiheit, um diese Plagegeister abzuschütteln.

Das Blut lief warm und feucht über Jelais' Beine, die Ratten nagten wie trunken an den Wunden. Rissen sie Fetzen von der Hose oder war es etwa ihre Haut? Während an manchen Stellen heißer Schmerz in den Waden brannte, fühlten andere sich merkwürdig taub an.

Dann war Jelais vollends in den Durchgang gerutscht. Jetzt konnte sie kaum noch die Beine bewegen, um die Angreifer abzuschütteln. Die waren mutiger geworden und zwängten sich durch schmale Zwischenräume an der Elfe vorbei, arbeiteten sich höher an den Beinen empor und suchten nach empfindlicheren Regionen des Körpers.

Jelais mochte sich nicht vorstellen, was geschähe, wenn die Ratten an ihren Leib gelangten. Und was, wenn sie sich an ihren Schultern vorbeizwängten? Erreichten sie erst den Hals, konnten die ekligen Viecher ohne weiteres tödliche Wunden schlagen.

Da erinnerte die Bardin sich ihres bunten Mantels, den sie immer noch hinter sich herzog. Mühsam drückte sie ihn nach hinten und zappelte mit den Beinen. Als sie weiter den Schacht hinabrutschte, breitete sie so den fülligen Stoff aus, blockierte zugleich den Schacht und schützte ihre Beine.

Tatsächlich drängte sie die Ratten zurück. Der Schmerz wütete weiter in ihren blutenden Verletzungen, doch wenigstens kamen keine neuen Bisse hinzu.

Sie fühlte einen Lufthauch vor sich und dann ging es rasch: Ihre Arme tasteten ins Leere, und als ihre Schultern freikamen, zog sie mühelos den restlichen Körper in einen finsteren Kellerraum.

Jelais fand Halt auf einigen Holzbalken, zwischen denen das Kellerfenster mündete. Unter ihr fiel der Boden tiefer ab, als sie mit ihren Händen ausmessen konnte.

Aber erst einmal der Schacht!

Die Bardin nahm ihren Mantel und stopfte ihn in die Öffnung, während sie gleichzeitig auf den Holzträgern balancierte. Sie musste den Zugang blockieren, damit die Tiere ihr nicht folgten.

Zu spät! Es pfiff unmittelbar an ihrem Ohr, Pelz streifte ihre Hand. Rechts und links huschten die kleinen Leiber an dem Mantel vorbei und schon kratzten die nadelfeinen Krallen auf Holz.

Jelais schrie auf und schlug blindlings in die Finsternis. Ein-, zweimal trafen ihre Fäuste schmerzhaft auf die Balken, ein weiterer ungeschickter Schlag knickte ihren Mittelfinger um – aber auch die Angreifer wurden von ihren Plätzen gefegt und landeten mit einem weichen Geräusch auf dem Boden. Der befand sich nicht weit unterhalb, denn der Sturz schien den Ratten nicht zu schaden. Jelais hörte scharrendes Tappen auf Stein und die Pfiffe ihrer Gegner weniger als zwei Schritt unter ihrem Platz.

Immerhin, für den Augenblick war sie in Sicherheit. Sie schob den Mantel mit den Beinen noch tiefer in die Öffnung, damit keine weiteren Nager aus dem Garten hinzukamen. Dann atmete sie tief durch. Sie befand sich unterhalb des Kellerdachs, die Ratten waren auf dem Boden. So geschickt sie auch sein mochten – eine Mannshöhe emporspringen konnten sie nicht.

Hoffte Jelais jedenfalls.

Oder gab es für die Biester einen Weg herauf?

Sie brauchte dringend Licht.

Jelais lächelte gequält. Als sie ihre Heimat Quillyana verlassen hatte, war sie nicht im Einklang mit ihrer Familie gewesen. Sie war sprunghaft und unstet gewesen und hatte in den Augen der anderen ihren Sinn immer viel zu stark auf die Welt außerhalb der elfischen Lebenskreise gerichtet. Aber auf diese Weise hatte sie Dinge gelernt, die ihr nützlich waren.

»Die Kunst des magischen Lichts benötigen wir nicht«, hatte ihre Mutter erklärt, als Jelais in ihrer Kindheit diesen Zauber hatte erlernen wollen. »Im nächtlichen Zwielicht der Wälder sehen wir auch ohne Lichtquelle gut genug, eine solche Leuchtkugel würde uns hingegen nur blenden.«

Doch Jelais hatte das Geheimnis des magischen Lichts so rasch erlernt, als habe es ihr immer schon im Blut gelegen. Das hatte sie als Beweis genommen, dass sie auf dem richtigen Weg war und ihre Eltern sich im Irrtum befanden.

Als sie nun den Zauber wob und murmelnd die Silben sang, die das Muster in die richtige Ordnung brachten, wurden die Vergleiche mit ihrem früheren Leben bedeutungslos. Sie hatte ihre eigene Harmonie gefunden …

Eine bläulich leuchtende Kugel erstrahlte über Jelais' Hand, und als ihre Augen sich an das Licht gewöhnt hatten, konnte sie ihre Umgebung gut erkennen.

Sie befand sich in einem Gang. Wie sie bereits im Dunkel ertastet hatte, zog sich ein unregelmäßiges Geflecht von Holzstreben unter der Decke des Kellers entlang, und auf einem dieser Balken lag sie jetzt.

Der freie Raum unter dem Holz maß kaum über anderthalb Schritt, denn mehr als ein Schritt der großzügigen Kellerhöhe wurde von dem Netz aus Balken eingenommen. Irgendwo zwischen ihnen war die Einmündung des Fensterschachtes verborgen. Von unten her war die Öffnung beinahe unsichtbar, und obwohl Jelais direkt daneben auf einem Träger lag, konnte sie den Zugang auch im bläulichen Zauberlicht nur undeutlich ausmachen.

Auf dem Boden lauerten zwei Ratten. Jelais erschauderte unwillkürlich beim Anblick dieser abgrundhässlichen Tiere: Die Kreaturen waren so groß wie kleine Katzen, und obwohl ihre Leiber außergewöhnlich feist und plump wirkten, warf ihre Haut speckige Falten, die kaum von den kurzen Borstenhaaren verdeckt wurden. Die fast kahlen Schädel liefen sehr spitz zu und die bösartigen kleinen Äuglein schimmerten rot zu der Elfe empor.

Jelais konnte sich kaum von den beiden Tieren abwenden. Da war eine Tiefe in deren Blick, ein fremdartiger Ausdruck, den die Elfe nicht deuten konnte.

»Ratten wie euch habe ich noch nie gesehen«, murmelte die Bardin nachdenklich.

Aus den Augenwinkeln nahm sie wahr, wie sich ein Balken träge bewegte.

Sie zuckte zusammen und hob ihr Licht ein wenig an, versuchte, an der Kugel vorbei mehr zu erkennen.

Die Holzträger an dieser Seite standen in einer merkwürdigen Form zueinander. Ein Balken war besonders dick, mit Ausbuchtungen an der Oberfläche, ein anderer Träger in der Nähe war nur armdünn. Jelais bewegte ihr Licht hin und her, um das Schattenspiel der Dachträger besser zu durchdringen.

Nicht jede Bewegung ließ sich mit den wandernden Schatten erklären – an manchen Stellen schien das Holz selbst zu zittern, anderswo wie in Wellen zu fließen. Was für ein seltsames Leben erfüllte diesen Ort?

Da blitzten direkt neben ihr zwei Augen in kaltem Schimmer auf. Jelais erkannte einen dreieckigen, schmalen Kopf, der hastig hinter eine Deckung schnellte.

Sie hatte genug gesehen!

Gedankenschnell ließ sie sich zu Boden fallen, als von einer Seite her ein massiger Schlangenleib in ihre Richtung vorstieß.

Die beiden Ratten quiekten empört, als Jelais neben ihnen landete, und sprangen in Sicherheit. Ehe sie sich neu orientiert hatten, stand die Elfe bereits sicher auf den Füßen und hastete gebeugt nach links.

Zu dritt nahmen die Tiere die Verfolgung auf: Die Ratten waren erstaunlich schnell auf ihren grotesk dürren Beinchen. Die Würgeschlange folgte gemessener über die Balken.

Mit wenigen Schritten erreichte Jelais einen größeren Raum. Ihr Licht spiegelte sich kalt auf polierten weißen Steinfliesen und ließ sie blassblau glitzern wie eine Eisfläche. Die Halle war groß, aber gut überschaubar. Am anderen Ende erkannte die Elfe ein zweiflügeliges Portal aus weißem Holz. Die Lackierung war matter als die polierten Steine; kunstvolle Ranken aus Blattgold schimmerten Jelais entgegen, die jedoch keinen Blick für die kühle Pracht des Kellerraums übrig hatte. Sie durchmaß die Halle mit langen Schritten und legte die Hand auf den Griff des Portals.

Zum Glück war der Durchgang nicht verschlossen.

Jelais bewegte sich vorsichtig und riss den Türflügel nicht auf. Dadurch verlor sie zwar ihren Vorsprung vor den Rattenwesen, konnte jedoch sicherstellen, dass die Tiere nicht mit ihr zusammen durch das Tor stürmten.

Sie öffnete das Portal einen Spalt und stellte sich rücklings davor. Deutlich sah sie auf den weißen Fliesen die Blutstropfen, die in gerader Linie vom düsteren Gang bis zu ihr führten. Am anderen Ende dieser Spur ließ sich das große Reptil von den Holzverstrebungen herab und setzte die Verfolgung auf dem Boden fort. Die Ratten sprangen von beiden Seiten mit blitzenden Zähnen ihre Waden an.

Die Elfe trat zu. Einem Angreifer konnte sie ausweichen, den anderen erwischte sie im Sprung und schleuderte ihn gegen die Wand. Noch bevor die Ratte auf dem Boden landete, hatte sie ihre Bewegungen wieder unter Kontrolle, und das zweite Biest schnappte erneut nach Jelais' Füßen.

Die Bardin wartete weitere Angriffe nicht ab. Mit einem Sprung war sie im angrenzenden Raum und zog blitzschnell die Tür hinter sich zu.

Leider verlor sie dabei die Kontrolle über ihren Zauber, da sie beide Hände benötigte: Ihre Lichtkugel zerfiel zu einem glühenden Nebel und verging innerhalb eines Wimpernschlages.

Jelais stand in der Dunkelheit, auf der anderen Seite des Tores raschelten und kratzten ihre Verfolger. Wenn sie beharrlich blieben, konnten sie ein Loch durch das dünne Holz fressen.

Aber nicht sofort. Der Elfe blieb zumindest eine Verschnaufpause.

Seufzend ließ sie sich auf dem Boden nieder. In der Nähe fühlte sie etwas Hartes; ein hölzernes Möbelstück ragte dort auf und sie lehnte ihren Rücken daran.

Das Brennen in ihren Beinen wich dumpf pochendem Schmerz.

Im letzten Aufflackern der Lichtkugel hatte Jelais einen vagen Eindruck von ihrem Aufenthaltsort bekommen: Ein Saal, nicht so groß, doch düsterer als der vorige. Sie hatte schemenhaft wohlgeordnete Möbel erkannt sowie eine finstere Gestalt am anderen Ende des Raumes.

Das hätte sie erschrecken müssen, aber im Augenblick fühlte sie bloß Erschöpfung. Und sie konnte das Schattenspiel des Zwielichts von wirklichen Wesen unterscheiden: Hier drin spürte sie nichts, ihre Sinne registrierten keine Bewegung, hörten nichts anderes als das Rasseln ihres eigenen Atems.

Und das Schaben und Knistern von Rattenzähnen hinter der Tür. Jelais betastete ihr Bein und stöhnte auf. Kurz dachte sie daran, wieder ein Licht zu entzünden und sich in der neuen Umgebung umzusehen. Vielleicht gab es einen weiteren Ausgang? Oder eine Öffnung, von der aus neue Gefahr drohte?

Andererseits hatte sie das Blut gesehen. Die vielen Wunden an ihren Beinen mochten klein und oberflächlich sein, Jelais fühlte sich trotzdem geschwächt. Und sie brauchte jetzt beide Hände!

Sie zog die Jacke aus und trennte die Ärmel von ihrem Oberteil. Dann tupfte sie mit dem Stoff über die freien Stellen ihrer Beine. Vor Schmerz biss sie die Zähne zusammen.

Es hatte keinen Wert. Ohne Licht sah sie nicht, was zu tun war. Sie konnte das Tuch allenfalls blind um ihre Verletzungen wickeln. Oder sie konnte ihre geistigen Kräfte auf die Heilung konzentrieren. Das hatte sie zwar nie zuvor getan, aber viele Elfen besaßen diese Fähigkeit. So schwierig konnte es gewiss nicht sein.

Ehe sie sich entscheiden konnte, erschütterte ein harter Schlag das Portal.

Was war das? Jelais schrak hoch und hielt erschrocken den Atem an; schwache, verzerrte Echos erstarben allmählich zu einem Flüstern.

Das waren nicht die Ratten! Konnte etwa die Riesenschlange das Tor zerschmettern?

Wieder schlug etwas Schweres gegen das Portal. Das Holz knirschte, Schloss und Angeln klirrten.

Jelais musste etwas tun, aber sie fühlte sich zu schwach zum Fortlaufen. Daher griff sie unter ihre Kleidung und zog einen verborgenen, ausgepolsterten Beutel hervor. Er enthielt ein Instrument, das sie selten für öffentliche Darbietungen verwendete: eine zierliche Flöte aus Mammuton. Diese Flöte war ihr *iama,* ein Teil von ihr selbst.

So wie ein Elf nicht vor jedem Menschen seine Seele

entblößen würde, so wenig spielte Jelais zur bloßen Unterhaltung auf diesem Instrument. Aber was auch immer an Kraft in ihr lag, das *iama* hatte Anteil daran. Und Jelais erinnerte sich an Marwans Geschichten über tulamidische Gaukler, die Schlangen zu Flötenklängen tanzen ließen.

Auch die Elfen kannten Lieder für Tiere und vielleicht erreichten ihre Flötenklänge den unerbittlichen Feind auf der anderen Seite der Tür ... Weshalb fraß die verfluchte Schlange nicht lieber das Rattenpack, statt weiter hinter ihr herzujagen?

Jelais verbannte alle feindseligen, hasserfüllten Gedanken aus ihrem Geist und setzte die Flöte an die Lippen. Sie kam nicht leicht zur Ruhe, denn der Zorn war ihr stets ein Begleiter gewesen, mehr, als es einer Elfe anstand.

Schwach stiegen die Töne aus der beinernen Flöte.

Sie gingen unter in der dröhnenden Erschütterung eines weiteren Rammstoßes. Gewannen an Kraft im Nachhall des zornigen Ansturms, glitten sanft zu Boden wie klingende Blütenblätter. Bald füllten die Flötenklänge wie Feenstimmen den Raum und suchten sich ihren Weg durch die Ritzen nach draußen. Jelais vergaß die Dunkelheit um sich. Sie spürte nicht länger die Schmerzen in ihren Beinen, denn in diesem Augenblick war sie selbst die Musik, die sie spielte.

Kein weiterer Stoß traf die Tür.

Aber unablässig knirschten die Rattenzähne über das Holz. Durch erste feine Löcher drückten sich gierig schnüffelnde Nasen in den Raum. In den Öffnungen fanden die Zähne besseren Halt und rissen große Späne aus einem Torflügel ...

»Das ist bedauerlich«, meinte Marwan traurig, nachdem er den Bericht der Gauklerin gehört hatte. »Ich hatte gehofft, dass meine Verkleidung mir unfehlbar alle Türen öffnen würde.«

»Hat sie doch«, versetzte Berna ungerührt. »Wen kümmert's, was Toberen von dir hält? Wir sind frei und diesen Bösewichten einen Schritt voraus. Was sind das überhaupt für Leute?«

»Du hattest den Namen dieser Herrin erwähnt, von der die beiden sprachen«, flüsterte der Zauberer vorsichtig. »Es ist ein Name, den ich schon einmal vernommen habe: Es handelt sich um eine überaus mächtige dämonische Kreatur, die auf boronslästerliche Weise mit den Mächten des Todes spielt und zudem grauenvolle Albträume schicken kann.«

Berna schauderte. »Warum sollte jemand ein solches Ungeheuer verehren?«

»Toberen und seine Handlanger ließen sich wohl von dem Gedanken an Macht und Reichtum blenden«, gab Marwan leise zurück. »Womöglich haben sie gar nicht bedacht, auf welchem Weg ihre Herrin ihnen die erhofften Wohltaten zukommen lassen könnte. Von jener Kreatur geht die Fama, dass sie ihre Anhänger verrate und ins Unglück führe – aber das ist über alle Dämonen zu lesen.«

Nach einer Pause fügte er hinzu: »Ich möchte mich mit derlei Dingen gar nicht befassen, doch wenn wir nichts unternehmen, so werden diese Dämonenanbeter uns töten. Andererseits können wir unsere Verdächtigungen auch nicht einfach der Stadtwache melden. Immerhin ist Angar Toberen ein angesehener Mann von Stand, während ich selbst bloß als heimatloser Scharlatan gelte. Und wir haben kein Indizium vorzulegen denn unser Zeugnis.«

Berna dachte nach. »Mir ist im Haus etwas aufgefallen: Angar hat gesagt, ihm fehle zu der prachtvollen Kellertür der Schlüssel und er wolle sie nicht aufbrechen. Allerdings war neben dem Schloss eine Holztafel ausgetauscht, ich erinnere mich jetzt deutlich. Eine frische Reparatur. Warum hat Toberen uns angelogen?«

Die Gauklerin stutzte und schlug die Hand vor den Mund: »Die Villa! Wir wollten nach Jelais sehen! Meinst du, sie ist immer noch dort?«

Der Illusionist zuckte zusammen, meinte dann allerdings beschwichtigend: »Ich vermute, dass sie sich bereits nach Hause begeben hat. Sie wird kaum in Gefahr geraten sein, denn immerhin ist Angar Toberen bei uns und sein Anwesen leer.«

»Lass uns trotzdem zurückgehen«, befand Berna. »Vielleicht wartet sie vor dem rückwärtigen Gartentor und steht sich die Beine in den Bauch!«

Sie verließen den verborgenen Winkel an der Mauer und eilten zurück zur Straße. In diesem Augenblick verließ Angar Toberen das Haus – die beiden Gefährten konnten sich gerade noch verbergen und sahen hilflos zu, wie der Edelmann zurück zu seinem Anwesen hastete und dabei misstrauisch um sich blickte.

»Wir kommen nicht unauffällig an ihm vorbei«, befand Berna.

Marwan stimmte ihr zu. »Hoffen wir darauf, dass Jelais sich still verhält, sofern sie noch auf dem Grundstück weilt. Lässt sie sich vom Hausherrn erwischen, so hätte ich Mühe, eine Exkusation für sie zu finden.«

In gebührendem Abstand folgten sie Angar. Die Straßen waren still, die Patrouille längst weitergezogen. Der Zauberer war auch seine Geräuschillusion losgeworden, daher weckte er die schlafenden Bürger Wehrheims kein zweites Mal.

Der Edle betrat sein eigenes Grundstück unauffällig durch den hinteren Zugang und schlich dabei so verstohlen wie ein Dieb. Berna und Marwan sahen einander an, sprachen aber nicht. Sie waren dem Verfolgten nahe und jedes Wort konnte sie verraten.

Im Gegensatz zu den beiden Frauen, die früher in dieser Nacht auf dem gleichen Weg in den Garten eingedrungen waren, hatte Angar einen Schlüssel für das

Tor. Nachdem er hindurchgegangen war, verschloss er es sorgsam. Marwan und die Gauklerin traten im Schatten der Hecke heran und beobachteten den Edlen durch das Gitter.

Angar Toberen schritt durch den Garten. Plötzlich verharrte er und hielt lauschend den Kopf schräg. Dann ging er einige Schritte weiter um das Haus herum und kam hinter dem Buschwerk außer Sicht, ehe er plötzlich wieder zurückkehrte. Er trat an einen Strauch, der dicht an der Hauswand emporwucherte, und ließ sich auf Hände und Knie nieder.

»Schau! Er hat was entdeckt!«

Die beiden Beobachter hielten den Atem an, als der Edle würdelos auf dem feuchten Gartenboden umherkroch.

Endlich richtete er sich auf. In den Händen hielt er ein Bündel, das er kopfschüttelnd betrachtete. Als er den Stoff auseinander schüttelte, erkannten Berna und Marwan den Mantel ihrer Begleiterin.

Mit einem unterdrückten Laut ließ Angar das Kleidungsstück fallen und eilte um seine Villa. Die beiden Beobachter blieben allein zurück. Die Winterkälte war in Marwans Herz gezogen und stach bei jedem Atemzug. Es war Furcht. Furcht um die elfische Bardin, aber mehr noch vor dem, was sie jetzt unternehmen mussten.

»Jelais ist dort«, sprach Berna es laut aus. »Sie hätte niemals ihren Mantel zurückgelassen.«

»Wir müssen ihr zur Unterstützung eilen«, hauchte Marwan. Unschlüssig umklammerte er das Gittertor. »Wenn sie sich noch in diesem Anwesen aufhält, so muss ihr etwas widerfahren sein. Es ist mindestens eine Stunde verstrichen, seitdem ihr den Einstieg gewagt habt. Und jetzt … Wenn Angar sie findet, wird er sie gewiss umbringen.«

Die beiden tauschten einen Blick.

»Wir sind ohne Waffen und wissen nicht, was uns in

dem Anwesen erwarten mag«, fuhr Marwan zögernd fort. »Immerhin ist Jelais dort verschwunden, obgleich der Hausherr abwesend war. Wir könnten uns Wächtern gegenübersehen, Fallen oder gar dämonischen Mächten. Wir müssen Hilfe holen!«

»Jetzt wäre ich fast dankbar für diesen Bannstrahler …«, gab Berna zu.

»Wir müssen die Stadtwache benachrichtigen«, hauchte der Illusionist. Davor hatte er fast mehr Angst als vor den Helfershelfern Thargunitoths: Die Dämonin war eine unbekannte Kraft, die er nur aus Gerüchten kannte. Die Stadtwache war hingegen eine Macht, die ihm schon oft und viel Ärger bereitet hatte. Dennoch blieb ihm keine Wahl: Hier ging es um Leben und Tod. Die Stadtwache würde nicht billigen, was sie in den letzten Tagen getan hatten. Aber die Strafen, die darauf folgen mochten, würden vorübergehen …

Berna erkannte, wovor ihr Gefährte sich fürchtete, und beruhigte ihn: »Die Stadtwache kann Angar Toberen auf frischer Tat ertappen. Wird er als Dämonenanbeter entlarvt, haben wir göttergefällig gehandelt.«

»Es mag sein, dass wir selbst der Teilhabe an Angars Konjuration verdächtigt werden – und wenn Angar sich herausredet, bleiben wir auf den Schulden sitzen …«

»… und bis wir kommen, hat er Jelais vielleicht schon ermordet!«, setzte die Gauklerin hinzu. »Hör zu, wir trennen uns, und zwar schnell: Einer holt die Wachen, der andere hält Angar auf und versucht, alle Beweise offen zu legen, bis die Soldaten hier sind.«

»Wohlan«, stimmte Marwan zu. »So magst du um Hilfe nachsuchen, ich gebe indes mein Bestes, um …«

Während Marwan sprach, hatte die Gauklerin bereits nach dem Gitter gegriffen und sich emporgeschwungen.

»Sei nicht albern«, sagte sie mit gedämpfter Stimme und einem leichten Lächeln. »Du kommst nicht mal über das Tor, ohne dich aufzuspießen. Ich bin schneller als du und gewandter …«

»Ich bin zauberkundig!«, unterbrach der Illusionist seine Gefährtin. »Wir bekommen es möglicherweise mit Zauberei zu tun, da wird dir deine Geschicklichkeit kaum von Nutzen sein!«

Marwan war aufgebracht und vergaß darüber seine Vorsicht. Seine Stimme wurde lauter.

»Du kannst auch besser mit Worten umgehen«, überzeugte ihn Berna. »Das brauchst du für die Soldaten. Mich sperren sie doch gleich ein!«

»Dann wärest du zumindest keinen weiteren Bedrohungen ausgesetzt!«, rief Marwan. »Ich kann nicht schon wieder dich und Jelais alleine der Gefahr entgegentreten lassen! Hier geht es nicht mehr um Peinlichkeiten und Gesetzesübertritte. Du selbst hast gehört, dass Angar uns aus dem Weg räumen möchte. Wenn gar Dämonen involviert sind, ist womöglich die Seele selbst in Gefahr!«

Die Gauklerin hörte nicht mehr zu. Während sie hier Worte wechselten, verstrich die Zeit. Jeder von ihnen, dachte Berna, sollte tun, was er am besten konnte.

Sie ließ sich in den Garten fallen und lief um das Haus. Dabei folgte sie dem Weg, auf dem vorher schon Angar Toberen verschwunden war. Was sie erwartete, wusste sie nicht. Aber solange sie lief und sich bewegte, etwas tat, war ihre Angst viel geringer …

Marwan blickte einige Augenblicke hinter ihr her, bevor er sich abwandte und seinerseits davonlief. Für einen weiteren beeindruckenden Auftritt fehlte ihm die Kraft, und wenn er durchschaut wurde, mochte das seine Glaubwürdigkeit erst recht erschüttern. Diesmal musste er sich also vor der Stadtwache allein auf seine Worte verlassen. Würden Soldaten tatsächlich nachts in die Villa eines Adligen eindringen, weil ein ortsfremder Scharlatan das für notwendig hielt?

12. Kapitel

Harte Beweise und Geräusche durch die Tür

Als Angar Toberen zu Ulmenbogen den fremden Mantel in seinem Kellerschacht entdeckte, verlor er beinahe die Fassung. Schreck mischte sich mit Zorn. Dieser Jahrmarktszauberer hatte ihn übertölpelt! Während er, Toberen, den beiden neugierigen Eindringlingen die harmlosen Räume seines Hauses gezeigt hatte, war ein dritter Einbrecher durch den Schacht in den Keller eingedrungen.

Angar steckte den Kopf in die Öffnung, aber er sah nichts. Er hörte allerdings die feine Musik, die ihm bereits im Garten aufgefallen war, durchsetzt von einem leisen Knistern wie von einem kleinen Feuer. Diese Geräusche waren ihm ein Rätsel. In jedem Fall war der Eindringling nicht in dem engen Tunnel stecken geblieben, wie der Edle insgeheim erhofft hatte.

»Moth? Roth?«, rief er leise. Dann richtete er sich auf und wiederholte den Ruf. Niemand reagierte. Also waren die von Thargunitoths Dämonen beherrschten Ratten, die zum Schutz des Heiligtums dienten, abgelenkt – oder etwa vernichtet worden?

Hoffentlich waren die beiden Kreaturen zusammen mit dem dritten Wächter des Tempels im Keller, dachte er. Dann hatten sie womöglich den Spion gestellt, vielleicht gar getötet.

Eilig lief er ins Haus, um die Lage zu klären.

Er schloss das Rabentor auf und verriegelte es hinter

sich. Er war lange fort gewesen, genug Zeit für einen Einbrecher, den Tempel zu entdecken und die Inquisition zu ihm zu führen.

Angar entzündete eine Laterne. Seine Hände zitterten dabei und der Schweiß trat auf seine Stirn. Vielleicht war alles zu spät. Womöglich blieb ihm kaum Zeit, ein Pferd aus dem Stall zu holen und aus Wehrheim zu fliehen …

Nein. In der Nacht kam er ohnehin nicht durch das Stadttor. Wie zuvor griff er sich eine der Zierwaffen aus dem Flur, einen kurzen Sauspieß mit zwei Spann langem Blatt, und mit Licht und Waffe schritt er die breite Treppe zum geheimen Keller hinab. Vor dem Portal hielt er inne, stellte den Spieß ab und nestelte an einer langen Schnur seinen Schlüsselbund hervor. Hastig entriegelte er den Zugang und griff sogleich wieder zur Waffe, ehe er vorsichtig mit dem Fuß einen schmalen Torflügel aufstieß.

Bei der Herrin! Wenn er diese Angelegenheit gut überstand, schwor er sich, dann würde er eine stählerne Platte in das Portal einsetzen lassen, damit niemand mehr die allzu filigrane Holztür eintreten konnte. Und ein Gitter im Kellerschacht würde auch diesen Zugang für jeden Menschen verschließen …

Er ließ das Tor ins Schloss fallen.

Die Spitze seines Spießes schlug in einen Holzbalken, als er unachtsam den niedrigen Kellergang betrat. Toberen senkte die Waffe und schritt weiter; die Sturmlampe schickte weißes Licht voran. Da eilten zwei kleine Gestalten quiekend dem Hausherrn entgegen und Angar beugte sich hinunter.

»Moth! Roth!«, begrüßte er die Rattengeschöpfe. »Was ist hier unten los?«

Ihn durchfuhr ein erschreckender Gedanke: War der Eindringling fort? Die Ratten wuselten aufgeregt um die Füße ihres Herrn. Sie zupften an den Hosen des Edlen und zogen ihn voran, dem Tempel entgegen.

Jetzt hörte Angar wieder die leise Musik. Er erkannte Flötenklänge, die Melodie drang jedoch so unwirklich an sein Ohr, als käme sie aus dem Feenreich.

Trotzdem! Es gab bloß eine Erklärung: Der Einbrecher war noch hier und er spielte im Tempelraum selbst das Instrument.

Zornig ging der Hausherr weiter. Die dämonischen Ratten liefen mit schrillen Rufen voraus.

Die Tür zum Tempel war geschlossen. Moth und Roth verweilten am Türspalt, wo sie mit Krallen und Zähnen das Holz bearbeiteten. Die Rattenwesen hatten bereits einen Riss geschaffen, durch den sie sich fast hindurchzwängen konnten. Auf der Höhe des Schlosses zeigten sich Blutspuren am Holz und vor der Türe verharrte halb aufgerichtet die große Würgeschlange. Das Maul, mit dem sie gegen die Tempeltür geschlagen hatte, war mit eingetrocknetem Blut verschmiert …

Der dreieckige Kopf der Schlange schob sich langsam im Rhythmus vor und zurück, als würde er von der Musik aus dem Tempelraum wie von Wellen bewegt. Gelegentlich züngelte die gespaltene Zunge hervor und das leise Zischen des Reptils fügte sich harmonisch in das Flötenspiel. Zwar war die Schlange taub, aber augenscheinlich hatten die Schwingungen der Musik eine hypnotische Wirkung auf sie.

Angar Toberen schleuderte wütend seinen Spieß gegen das Tempelportal, wo er im Holz stecken blieb. Das brach den Bann: Die Schlange bäumte sich auf und fuhr zusammen, die Ratten rannten quiekend zur Seite. Und die Musik verstummte.

Angar sprang vor und riss die Tür auf. Das Licht seiner Lampe fiel in das Heiligtum, das er Thargunitoth in seinem Keller errichtet hatte: Zwei Drittel des Raumes waren mit Bankreihen angefüllt, das letzte Drittel war von einem dicken, roten Tau abgetrennt und wies einen kleinen Altar aus Stein und Holz auf, dahinter ein Räucherbecken und wieder dahinter das beeindruckende Abbild eines großen, rabenähnlichen Vogels mit ausgebreiteten Schwingen. Wie gesträubte Federn standen speziell geformte Kerzen von den Flügeln ab, doch das dunkle Wachs war zum Großteil heruntergebrannt.

Während der Zeremonien konnte Angar die Macht der Herrin unter seiner Haut prickeln fühlen, nun war der Tempel ohne Leben – von einer jungen Elfe abgesehen, die wenige Schritte vor seinen Füßen auf dem Boden kauerte.

Angar griff nach seinem Spieß und sprach zu der Elfe: »Du hast das Heiligtum der Herrin entweiht und dafür wirst du sterben!«

Die Elfe ließ ihre Flöte sinken und richtete sich mühsam auf. Schwankend und steifbeinig stand sie vor dem Bewaffneten. Sie sagte nichts, obwohl ihre zitternden Lippen nach Worten suchten. Unter den dunklen Haaren musterten glanzlose Augen den Hausherrn; das Gesicht der Elfe wirkte erschöpft und eingefallen.

Obwohl die Ratten und die Schlange ihm abwartend zur Seite standen, fühlte Angar sich beklommen und unsicher. Er ruckelte an seiner Waffe, die sich widerwillig aus dem Holz löste. Seine eigenen Worte klangen fremd in seinen Ohren.

In der vergangenen Nacht hatte er sich stark gefühlt, als er den Wahnsinn der Erzdämonin gegen seine Feinde gelenkt hatte. Der Praiosritter war sein Feind gewesen, den er in einem magischen Kampf bezwungen hatte.

Aber jetzt war er allein und seine Herrin war fern.

Seine Gegnerin war eine erschöpfte junge Frau, die ihn zwar an die Inquisition verraten und somit sein Leben bedrohen konnte, die aber in diesem Augenblick keine körperliche Bedrohung darstellte.

Und er selbst war nichts weiter als ein alternder Adliger, der sich wahllos eine Zierwaffe aus seiner Sammlung gegriffen hatte, um sein Haus gegen Einbrecher zu verteidigen.

Als Angar endlich den Spieß in der Hand hielt, zögerte er. Es war etwas anderes, im Rausch einer ekstatischen Beschwörung zu töten, Pläne zu schmieden, deren Erfüllung in weiter Ferne lagen – oder einen Menschen auf ganz profane und blutige Weise mit einer Klinge umzubringen, ohne unmittelbare Not und allein aus Vernunftgründen.

Klang er nicht lächerlich, wenn er hier in seinem Keller von einem Heiligtum sprach?

Er atmete tief ein und wünschte sich, er hätte damals nicht unter einer Bodenfliese diesen merkwürdigen, ledergebundenen Folianten gefunden. Er war kein Gelehrter gewesen, nur ein gelangweilter Müßiggänger. Als er diesen Tempel nach den Worten im Buch errichtet hatte, war es bloß ein Abenteuer gewesen.

Wann hatte er die Kontrolle verloren?

Jetzt blieb ihm keine Wahl mehr. Er hob den Spieß. Angar war kein Krieger, trotzdem … »Ich muss dich töten, um das Geheimnis zu wahren«, keuchte er, fast entschuldigend. Schließlich war es auch kein Mensch, der vor ihm stand. Es war eine Elfe, in gewisser Hinsicht so fremdartig wie die Dämonin, der er diente. Und gewiss gefährlicher, als sie aussah, redete Toberen sich ein.

Jelais starrte wortlos in das bleiche, verzerrte Gesicht des Mannes, der ihr gegenüberstand. Der Stahl des Spießes blitzte im Licht der langsam an ihrem Griff schwingenden Laterne.

Berna lief um das Haus zum Haupteingang. Widerwillig legte sie die Hände auf die Rabenflügel und drückte dagegen, doch die Bronzetür war verschlossen. Die Gauklerin presste das Gesicht gegen die Fensterscheiben. In der Eingangshalle war alles dunkel. Hatte Angar Toberen das Haus überhaupt betreten?

Berna dachte kurz darüber nach, gewaltsam einzubrechen, dann entschied sie sich dagegen. Machte sie zu viel Lärm, war die Überraschung nicht mehr auf ihrer Seite. Und in einem offenen Kampf zog sie wahrscheinlich den Kürzeren.

Das erinnerte sie daran, dass sie ohne Waffe war. Ihr langer, fester Stab lag leider zu Hause, denn es wäre zu auffällig gewesen, ihn mit durch das nächtliche Wehrheim zu nehmen.

Sie blickte sich um. Die Büsche in der Nähe wogten und raschelten sanft im Nachtwind, aber Berna achtete nicht darauf. Sie hielt nach geeigneten Waffen Ausschau. Nichts Waffenähnliches lag auf der Veranda und alle dickeren Äste im Garten, die möglicherweise als Keule dienen konnten, ließen sich leider nicht so einfach abbrechen.

Die Gauklerin verschwendete keine weitere Zeit, sondern eilte wieder zur Rückseite der Villa. Dort hatte der Hausherr den Mantel der Elfe gefunden. Vielleicht hatte Jelais an dieser Stelle einen Zugang zum Haus entdeckt, der auch für sie, Berna, gangbar war.

Berna schwankte zwischen Eile und Vorsicht. Wohin war Angar verschwunden und was geschah in diesem Augenblick mit ihrer Gefährtin? Sie durfte nicht zaudern – andererseits, wenn sie den Gefahren mit bloßen Händen entgegentrat, konnte sie womöglich ihre einzige Gelegenheit nicht nutzen!

Auf dem Weg um das Haus suchte die Frau zwischen den Pflanzen nach herabgefallenen Ästen oder vergessenen Gartengeräten. Doch so ungepflegt dieser Park auch aussah: Angar Toberen sorgte auf seine Weise für Ordnung.

Berna schimpfte in sich hinein. Das war typisch für diese Stadt!

Da fing ein sanftes Funkeln ihre Aufmerksamkeit.

Zwischen dem Bewuchs am Fuß der Gartenhecke

war ein goldener Glanz sichtbar. Ebenso neugierig wie vorsichtig näherte sich die Gauklerin. Zu ihrer Überraschung erkannte sie Marwans Zauberstab, den der Illusionist offenbar von der anderen Seite her durch die Hecke halb in den Garten geschoben hatte.

Sie traute ihren Augen nicht.

Wie kam der Stab hierhin? War das ein Gaukelspiel, eine Falle der Dämonenanbeter?

Berna blickte sich hastig um, aber im Park war es so still wie in der düster hinter ihr dräuenden Villa.

Hatte Marwan an sie gedacht und auf dem Weg zur Stadtwache seinen Stab hier platziert, damit sie eine Waffe hatte? Dieser Gedanke war abwegig. Zudem erinnerte sich Berna nicht daran, wann sie den Stab zuletzt gesehen hatte – hatte der Illusionist ihn überhaupt bei sich getragen, als sie Angar Toberen verfolgt hatten? Der goldene Glanz der Kristallkugel war auffällig, trotzdem konnte sich Berna nicht daran entsinnen.

Doch sei's drum! Die Gauklerin ließ das schwere Ende des Stabes in ihre Linke klatschen und schüttelte übermütig die roten Haare. Schon konnte sie wieder lächeln!

Es war immerhin ein Zauberstab und somit ein Geschenk der Göttin Hesinde. Sie würde es dankbar und ohne Frage akzeptieren – und in der einzigen Weise gebrauchen, die in ihren Kräften lag …

Ohne weitere Ablenkungen erreichte Berna die Rückfront des Anwesens und fand den Umhang der Elfe, den Angar dort auf dem Boden hatte liegen lassen. Wo hatte er ihn gefunden? Die Gauklerin kroch hinter den Busch und fand nach wenigen Augenblicken den mittlerweile nicht mehr so geheimen Kellerschacht.

Unschlüssig hielt sie den Zauberstab hinein. Sie sah zwar das schimmernde Licht der Kristallkugel, doch es erhellte nichts.

Aber möglicherweise war das der Zugang, den sie suchte.

Sie kroch mit den Händen voran durch die Öffnung, und kaum hatte sie den Oberkörper in den Schacht gezwängt, da nahm sie vor sich einen schwachen Lichtschimmer und Geräusche wahr.

Mit neuem Mut zwängte sie sich weiter. Dicht hinter dem Zugang beschrieb der Schacht einen leichten Knick nach unten; die geschmeidige Gauklerin ließ sich davon allerdings kaum aufhalten. Mit schlangenhaften Bewegungen drückte sie sich voran und empfand beinahe Vergnügen dabei. Marwan hätte sich gewiss nicht durch dieses Loch zwängen können!

Als der Stab des Illusionisten kurz über den Stein scharrte, barg die Akrobatin ihn in der Armbeuge. Geräuschlos ließ sie sich kurz darauf in den Keller hinab und blickte sich um.

Von der einen Seite fiel Licht in den Flur und tanzte zwischen den Holzbalken. Berna hielt darauf zu.

Vor ihr erweiterte sich der Gang zu einer Halle und dort sah sie im Lampenschein eine menschliche Gestalt. Die Gauklerin drückte sich gegen die Wand und hielt den Atem an. Niemand bemerkte sie. Verstohlen rückte sie näher. Ein Mann, Toberen, stand vor einem geöffneten Portal und neben ihm lauerten irgendwelche kleinen Tiere – was war das?

Sie schob den Kopf ein wenig vor und spähte. Eine merkwürdige Versammlung … Da hob der Adlige seinen Spieß. Das konnte nur eines bedeuten!

Sie zögerte nicht länger, sprang in die Vorhalle hinein und ließ Marwans plumpen Zauberstab über ihrem Kopf kreisen. Wenige weite Sprünge brachten sie zum Hausherrn und schwungvoll schlug sie mit ihrer behelfsmäßigen Waffe zu, bevor sie mit ihrem ganzen Körpergewicht gegen Angars Rücken prallte.

Die Lampe fiel klappernd auf den Boden und mit einem lauten Klirren schlug auch der Spieß gegen die Fliesen. Der Hausherr stürzte und seine drei tierischen

Begleiter schossen in alle Richtungen davon. Eine Weile herrschte Verwirrung. Obgleich das Glas nicht gebrochen war, leckte Öl aus dem Tank. Geisterhafte blaue Flämmchen züngelten über den Boden, während das gleißende Licht im Innern der Laterne matter wurde.

Mit einem ängstlichen Zischen wich die Schlange zum Gang zurück und suchte den Schutz der Deckenbalken. Die Ratten erholten sich schnell von der Überraschung und stellten sich dem neuen Angreifer.

Trotzdem war Berna schneller.

Der heftige Schlag ließ ihre Hand schmerzen und die »Keule« entglitt ihren Fingern. Die Gauklerin griff nicht danach, sondern nahm sich stattdessen Angars Spieß und schlug damit flach über den Boden nach den Ratten.

Der schwere Schaft zerschmetterte eines der Tiere. Als Berna die Waffe hob, quoll eine gelbe Dampfwolke aus dem zerdrückten, hässlichen Rattenleib. Ein schwacher Schwefelgeruch zog durch die Halle.

Berna wich zurück und angelte mit dem Spieß nach der Laterne; inzwischen floh das zweite Tier mit einem empörten Quieken und verschwand irgendwo in den Schatten. Dann hatte die Gauklerin die Sturmlampe aufrecht hingestellt und das Licht wurde heller. Es enthüllte einen Körper, der allenfalls schwache Ähnlichkeit mit einem Rattenleib hatte. Jegliches Fleisch und jede Fülle war aus dem toten Tier gesengt worden, Haut und Knochen waren zu papierdünner schwarzer Asche verbrannt.

Obwohl nicht der leiseste Lufthauch durch den Keller zog, verlor diese Asche vor Bernas Augen ihre Form und wehte in schmierigen Fetzen durch die Halle, bis nur noch ein dunkler Fleck auf dem Boden von der toten Ratte zeugte.

Angeekelt wandte die Gauklerin den Kopf ab. Dabei fiel ihr Blick auf Jelais.

»Berna!«, rief die Elfe und taumelte ihrer Gefährtin entgegen. Die fing sie auf und umarmte sie. Lachend und unter Tränen drückte Berna die Freundin an sich und suchte nach den richtigen Worten.

»Was machst du hier? Wo … ach was!«, fand sie zu gewohntem freundschaftlichem Spott zurück: »Ich dachte, ihr Elfen versteht euch mit den Tieren des Waldes!«

»Ach«, flüsterte Jelais und brach in Tränen aus. Eine Weile weinte sie stumm, dann straffte sie sich.

»Wir müssen fort von hier …«, sagte sie und wischte sich die Tränen ab.

Von der zweiten Ratte war nichts mehr zu sehen und ganz in ihrer Nähe lag Angar Toberens regloser Körper. Ob der Edle tot war oder ohne Bewusstsein, war nicht auszumachen. Berna sah den Zauberstab auf dem Boden liegen.

»Wir müssen Marwans Stab mitnehmen …«, meinte sie verlegen.

Es gab so viele Dinge mit ihrer Freundin zu bereden. Sie wusste einfach nicht, wo sie anfangen sollte. »Und wir müssen an die Luft«, setzte sie endlich hinzu. »Ich ersticke in diesem Gewölbe!«

Sie griff nach Jelais' Hand, um sie herauszuführen. In diesem Augenblick kehrte die riesige Schlange zurück und blockierte den Weg. Das Reptil bäumte sich vor ihnen auf und zischte gereizt, als Berna ungeschickt mit dem Spieß nach ihm schlug.

»Was machen wir nun?«, wandte sie sich an die Elfe, doch Jelais schüttelte den Kopf und wich zurück. Sie war so müde und benommen. Alle Lieder hatten ihren Kopf verlassen.

Jetzt, wo Berna sich auf einen Kampf konzentrieren musste, fiel es ihr plötzlich schwer. Rasche, impulsive Schläge – damit war sie erfolgreich. Aber sie konnte mit dem schweren Spieß keine gezielten Angriffe führen und die Schlange wich all ihren unbeholfenen Stößen mühelos aus. Es war fast lächerlich: Sollte so ein Wurm sie aufhalten, nachdem sie schon so gut wie gesiegt hatten?

Dieser Wurm war allerdings vier Schritt lang und jede seiner Bewegungen verriet die Kraft seines gewaltigen Körpers. Berna hielt das Reptil auf Abstand, aber beharrlich und mit fast menschlichem Verstand suchte die Schlange sie zu zermürben und lauerte auf Lücken in der Deckung.

Wieder ging ein Stoß mit dem Sauspieß ins Leere und Stahl kratzte singend über die Steinfliesen.

»Marwan, es wird Zeit für die Verstärkung!«, zischte Berna zwischen zusammengebissenen Zähnen.

Marwan hatte Glück. Weibel Korber, der ihn bereits kannte, hatte die ganze Woche über Nachtdienst und war an diesem Tag auf Bereitschaft im Quartier der Stadtwache. Marwan war nicht mehr der charismatische Meister Regenbogenlicht, als er abgehetzt bei der Wache vorsprach. Er war nur ein ortsfremder Bittsteller, bleich und verfroren, der auf schmerzenden Füßen in das Gebäude am Viehmarkt humpelte.

Aber vielleicht wirkte die unzusammenhängende Geschichte von Mord und Dämonen, die der Zauberer stotternd vorbrachte, für den Weibel gerade deswegen umso glaubwürdiger.

In Begleitung von vier Soldaten folgte Korber dem Illusionisten, der gar nicht eilig genug seinen Freunden zur Hilfe kommen konnte. Vor dem großen Tor zum Anwesen des Angar Toberen zu Ulmenbogen blieb die kleine Gruppe stehen.

Alles war still und weder Geräusche noch Licht waren von der Villa her wahrzunehmen.

»Ihr seid sicher, dass in diesem Haus etwas vorgeht?«, fragte Korber zweifelnd.

»Ganz sicher, bei den zwölf gerechten Göttern! Während wir hier warten, werden meine Bekannten vielleicht so ermordet, wie es gestern dem Praiosritter widerfahren ist! Wir müssen dort hinein.«

»So schnell nicht«, murmelte Korber, dann ließ er einen Soldaten mit der Hellebarde gegen das Gittertor schlagen und rief selbst laut nach dem Hausherrn. »Wenn das ein peinlicher Irrtum ist«, wandte er sich an Marwan, »dann werde ich mir genug Ärger einhandeln. Immerhin reiße ich einen edlen Herrn mitten in der Nacht aus dem Schlaf, von dem Gerede in der Nachbarschaft ganz zu schweigen. Ich werde nicht auch noch gewaltsam in sein Haus eindringen und meine Karriere vollends ruinieren.«

Obwohl die Villa des Herrn zu Ulmenbogen abseits stand, erregte der Auftritt der Stadtwache Aufmerksamkeit. In einigen nahe gelegenen Gebäuden flammten Lichter auf und unmittelbar in ihrem Rücken verharrte der Posten auf der Mauerkrone der Kavalleriekaserne und blickte neugierig zu den Bewaffneten hinab.

In der großen Villa blieb alles dunkel.

»Es ist alles ruhig«, meinte Korber nachdenklich und knetete nachdenklich sein Kinn.

»Eben!«, rief Marwan aufgebracht. »Das Schlafzimmer des Herrn von Ulmenbogen ist in dem Eckturm gelegen. Wenn er von unseren Rufen nicht aus dem Schlaf geschreckt wird, ist dies doch bereits ein Beweis, dass er in dieser Nacht nicht wie ein anständiger Bürger im Bett liegt.«

»Ihr seid gut vertraut mit den Verhältnissen des Edlen von Toberen«, entgegnete der Weibel; dennoch ließ er seine Wachen das Tor aufhebeln. Er fühlte sich unwohl dabei, aber nachdem er mit seinen Leuten angerückt war, konnte er nicht einfach unverrichteter Dinge wieder abziehen. Das würde nicht allein ihn, sondern die ganze Wache zum Gespött der Stadt machen.

Außerdem hatte Marwan an die mächtigen Bannstrahl-Ritter erinnert. Die Praiosritter würden es nicht gerne sehen, wenn er dem Hinweis nicht nachging.

Ein wenig zu zaghaft schlichen die Stadtwachen durch den Park. Dem Soldaten auf der Mauer fiel das offensichtlich auf, denn er rief aufmunternd hinter der Gruppe her: »Ho, Leute, holt euch die Schurken! Braucht ihr Verstärkung?«

Korber lief rot an, erwiderte jedoch nichts. Womöglich war es dem Wachsoldaten ja ernst mit seinem Angebot, in den Ohren des verunsicherten Weibels klangen die Worte allerdings wie Spott und Hohn.

»Schneller, Leute!«, trieb er seine Wachen an und ging selbst mit gutem Beispiel voran.

Vor dem Rabentor hielt er inne und hob die Laterne höher.

»Wer so einen Türschmuck hat, dem traue ich alles zu!«, stieß er heiser hervor. Das flackernde Licht tanzte über die Bronze und ließ die Flügel des Raben schlagen, den scharfen Schnabel nach den Eindringlingen hacken.

Nach einem kurzen, erschrockenen Zögern streckte der Weibel seine ledergeschützte Hand aus, zog sie jedoch zurück und schlug stattdessen seinen Schwertknauf gegen die Tür.

Die Stimmung hatte sich geändert.

Die Türzier hatte etwas Bedrohliches an sich und stärkte zugleich die Entschlossenheit der Soldaten. Trotzdem war Korber darauf bedacht, die Form zu wahren.

Niemand antwortete auf sein Klopfen. Das Haus hinter den Fenstern blieb dunkel.

»Es ist eine sehr stabile Tür«, meinte er nach einigen Augenblicken unbehaglichen Wartens zu seinen Begleitern. »So leicht kommen wir hier nicht rein.«

»Die Tür ist schwer«, erklärte Marwan hastig. »Doch es sind nur einige dünne Bolzen auf der Innenseite, die sie verriegelt halten!«

»Kommt ihr klar?«, drang die Stimme des Wachsoldaten zu ihnen und womöglich gab das den Ausschlag. Weibel Korber selbst stocherte mit seiner Schwertklinge in der Fuge zwischen den Türflügeln, nicht ahnend, dass in der vergangenen Nacht ein Praiosritter dasselbe getan hatte.

Wenn er auf Widerstand traf, drückte er die Waffe fester dagegen, und endlich war der Weg in die Eingangshalle frei. Nicht ohne Befangenheit traten die Soldaten in den prachtvollen Saal und blieben dicht hinter der Tür stehen.

»Hier ist niemand«, meinte einer.

»Ich glaube, ich habe da hinten beim Treppenabgang Licht gesehen!«, merkte Korber nachdenklich an. »Sehen wir nach dem Rechten – Alena, komm du mit mir! Ihr anderen wartet beim Eingang …«

Marwan fühlte sich von dem Befehl nicht angesprochen und folgte den beiden Bewaffneten vorsichtig. Er wusste, seine Freundinnen waren irgendwo in diesem Gebäude. Wenn sie bisher nicht aufgetaucht waren, konnte das nichts Gutes bedeuten.

Die drei blieben auf halbem Wege die breite Treppe hinab stehen und lauschten. Im Licht ihrer eigenen Laterne war kein anderer Schimmer auszumachen. Die Soldatin Alena wies auf die weißgoldene Kellertür zu ihren Füßen: »Die Geräusche sind dahinter! Gedämpft, doch ich erkenne das Geklirr von Waffen!«

Marwan stürmte vor und drückte gegen die Tür. Selbstverständlich war das Portal verschlossen. »Das sind meine Begleiterinnen – wir müssen zu ihnen!«

»Du bist dir sicher?«, fragte Korber bei Alena nach. Er hörte nichts.

»Ich weiß nicht, ob gekämpft wird. Aber da sind leise Geräusche!«, entgegnete Alena fest.

»Dann müssen wir diese Tür gleichfalls aufbrechen«, seufzte der Weibel.

Marwan griff nach seinem Arm: »Wer weiß, wie dick

dieses Portal ist!«, merkte er an. »Mir ist ein anderer Weg in den Keller bekannt!«

Er rannte zurück, die Treppe empor in die Eingangshalle und so schnell hindurch, dass die dort zurückgebliebenen Soldaten ihm erstaunt nachblickten. Der Weibel folgte einige Schritte dahinter und winkte seine Leute heran.

»Einer bleibt in der Halle!«, befahl er.

Dann verschwand der Trupp über den zweiten Zugang in den verwinkelten Kellerräumen, die Angar zuvor seinen ungebetenen Besuchern gezeigt hatte.

Marwan führte die Soldaten von einem kleinen Raum in den nächsten. Je weiter sie kamen, umso langsamer und ratloser ging er voran. Eigentlich hatte er erwartet, früher etwas im Keller zu finden – die gedämpften Geräusche, die nur noch Alena erlauschen konnte, hatten vermuten lassen, dass der Kampf weitab von dem verschlossenen Eingang und näher am anderen Portal tobte.

»Hier ist überhaupt niemand«, murrte Korber, als sie schließlich doch vor der anderen Seite der goldverzierten Flügeltür standen. »Alena hat wohl ein Rauschen in den Ohren!«

Er trat vor und schlug mit der Faust gegen das Holz.

»Alena! Hier ist niemand!«

Die Soldatin war vor dem Portal zurückgeblieben. Trotzdem reagierte sie nicht auf das Gebrüll ihres Vorgesetzten.

»Alena!«, donnerte Korber. »Gib gefälligst Antwort, wenn ich dich rufe! Die ist ja tauber, als ich dachte«, wandte er sich an seine Begleiter. »Lasst uns umkehren. Ich weiß nicht, was ich hier noch tun kann.«

»Weibel«, merkte einer der Soldaten an, ein hoch gewachsener Jüngling mit dünnem Bart. »Alena hat gute Ohren. Was auch immer sie im Keller vernommen hat – uns kann sie nicht überhören, wenn sie noch da ist!«

Korber zuckte zusammen und verstand sofort.

»Bei Rondra! Ich hätte sie nicht allein zurücklassen sollen. Ingalf, renn diese Tür ein! Wir nehmen den kurzen Weg zurück.«

Der angesprochene Soldat trat so weit zurück, wie es die Tiefe des Kellerraums erlaubte, ehe er gebeugt vorwärts stürmte und sein ganzes Körpergewicht in den Stoß legte. Das Holz barst und der Oberkörper des stämmigen Mannes drückte sich durch das Portal. Dann wurde Ingalf abrupt abgebremst und taumelte stöhnend zurück in den Kellerraum.

»Meine Schulter ist gebrochen!«, rief er aus, stöhnte und fluchte. Sein rechter Arm hing wie leblos herab.

Korber blickte verwirrt drein, trat auf die eingedrückte Tür zu und spähte hindurch. Ungläubig streckte er eine Hand durch den Riss. Das Portal führte in einen blinden Winkel, einen Spann hinter dem Holz endete der Keller mit einer massiven Steinwand.

»Bei Phexens List!«, stieß der Soldat fassungslos hervor. »Was hat dieses Blendwerk zu bedeuten?«

Unschlüssig ging er einige Schritte hierhin und dorthin und ordnete seine Gedanken neu.

»Vielleicht ist dieser Keller mit Bedacht so verwinkelt angelegt, dass man die Entfernungen nicht richtig kalkulieren kann«, mutmaßte Marwan. »Die falsche Tür soll von dem richtigen Portal in der Halle ablenken, hinter welchem Angar seine unheiligen Umtriebe vor den Augen der Götter verbirgt.«

»Dann haben wir viel Zeit verloren und Alena allein vor dieser Pforte postiert«, erkannte Weibel Korber. »Kommt, zurück. Hoffentlich ist nichts geschehen!«

Benommen eilte der Trupp nach oben. Ingalf, der das Tempo nicht halten konnte, blieb fluchend zurück. Ohne eigene Lampe musste er sich den Weg durch den Keller ertasten.

Alena stand neben der Tür und meldete keine besonderen Vorkommnisse. Korber kratzte sich am Kopf.

»Wir haben einen Lärm hier veranstaltet wie eine Räuberhorde«, verkündete der Weibel. »Wenn niemand auf uns aufmerksam wurde, kann ich eigentlich kaum glauben, dass sich hier jemand aufhält.«

Sorgsam postierte er seine verbliebenen Leute vor der richtigen Kellertür, und so sehr Marwan auch zur Eile drängte, Korber ließ das Portal vorsichtig mit der Spitze einer Hellebarde aufhebeln.

Diesmal lag allerdings ein Flur dahinter und vom anderen Ende fiel Licht herein.

Mit gestreckten Waffen rückte der Trupp vor. Als die Soldaten eine weiß geflieste Halle betraten, erwartete sie ein seltsamer Anblick: Vor einem geöffneten Portal hockten zwei Frauen im Schein einer Sturmlaterne. Zwischen ihnen lag reglos der Körper eines Mannes, der gut mit einem roten Tau verschnürt war. Korber blickte über die beiden hinweg in den dahinter liegenden Tempelraum und schluckte. Er schüttelte den Kopf.

»Bei den Zwölfen!«, stieß er fassungslos hervor. »Ihr hattet Recht! Doch das ist zu viel für uns. Wir werden diese Räume versiegeln und den Kirchen Bescheid geben. Ein Fall von Götterfrevel …«

Als Berna die Neuankömmlinge erblickte, griff sie zuerst nach der Waffe. Dann aber erkannte sie Marwan, der hinter den Soldaten hervortrat, und lief ihm freudig entgegen.

»Ihr habt euch so viel Zeit gelassen!«, rief sie aus. »Wir hätten tot sein können! Hätte Jelais nicht ihren Dolch geworfen und die Schlange vertrieben …«

Aber die Gauklerin war erleichtert und ihr Zorn nicht echt.

Korber hielt sie zurück.

»Vielleicht erstattet Ihr auch mir einmal Bericht, und zwar von vorne. Dieser Mann, der betäubt und gefesselt auf dem Boden liegt, ist das der edle Herr Toberen?«

»Ja, ein feiner Edelmann!«, stieß Berna voll Verachtung hervor.

Sie und Marwan sahen sich nach Jelais um, die eigentlich fürs Erzählen zuständig war. Dabei entdeckte der Illusionist seinen Zauberstab, der unbeachtet auf dem Boden lag. »Wie kommt der denn an diesen Ort!«, rief er aus und hob das Artefakt auf, streichelte es wie ein Kind und sah mit einem Mal glücklich und versonnen aus.

Die Elfe zeigte kein großes Interesse an den Neuankömmlingen. Sie kauerte auf dem Boden und strich mit der Hand wieder und wieder über das getrocknete Blut an ihren Beinen, als wolle sie es abwaschen.

»Das waren keine Ratten, nicht einmal Ratten!«, stieß sie hervor, als sie die Blicke der anderen auf sich ruhen spürte. »Versteht ihr? Und sie haben mich gebissen. Oh …«

Korber räusperte sich und verstand nicht.

»Gut, eure Gefährtin wurde verwundet, wie ich sehe. Sichern wir diesen Ort und kehren wir zur Wache zurück. Dort soll die Elfe versorgt werden und wir können reden …«

13. Kapitel

Schlechte Träume, schlechtes Wetter

Zunächst kümmerte sich der Weibel um seinen Gefangenen. Der Feldscher der Nachtwache versorgte inzwischen Jelais' Beine. Die Wunden waren zwar sehr schmerzhaft und hatten stark geblutet, aber sie würden bald heilen.

Anschließend mussten die drei dem Weibel Rede und Antwort stehen. Es gab weniger Unannehmlichkeiten, als Marwan und Berna befürchtet hatten. Marwan erzählte nur das Allernötigste, Korber wirkte zerstreut und stellte kaum Fragen. Das Geständnis des Angar Toberen hatte ihn verstört: Als der Edle zu Bewusstsein gekommen war, hatte er Dinge berichtet, die der bodenständige Soldat niemals in seinem Leben hatte hören wollen.

Vielleicht hatte der Schlag auf den Kopf Angar redselig werden lassen, vielleicht lag es an seinem schlechten Gewissen.

Jedenfalls enthüllte er bereitwillig Einzelheiten seiner unheiligen Riten und Korber ließ den Gefangenen daraufhin in eine einsame Zelle bringen. So schnell wie möglich wollte er den Fall in die fähigeren Hände der Inquisition legen.

»Sonst habe ich es im schlimmsten Fall mit gewalttätigen Verbrechern zu tun«, erklärte Weibel Korber den drei Gefährten zum Abschied. »Aber diese Geschichte … Bei Praios! Sind wir hier nicht in Wehrheim? Unfassbar! Morgen werden andere Euch sicher ausführlicher befragen. Haltet Euch also im Haus des Herrn von Beregren bereit! Aber …« – bei diesen Worten beugte er sich vor und seine Stimme klang grimmig und kalt – »… mit den Verbrechen, die Ihr begangen habt, kenne ich mich sehr wohl aus! Eigenmächtige Ermittlungen hören da auf, wo Einbrüche in fremde Häuser oder Belästigungen harmloser Bürger anfangen. Ginge es nach mir, solltet Ihr vor einem Richter stehen. Ihr hättet den Fall beim ersten Verdacht anzeigen müssen!«

Dann lehnte der Mann sich zurück und fügte mit plötzlich müder Stimme hinzu: »Trotzdem bin ich froh, wenn ich mich nicht mehr um diese Sache kümmern muss. Ihr mögt Glück haben und Eure Gesetzesübertritte im Schatten des gewaltigen Verbrechens, das Ihr entdeckt habt, verbergen können. Die Priester und Praiosritter werden kaum Aufmerksamkeit für alltägliche Verfehlungen haben und die Stadtwache mischt sich nicht in einen Fall, der in den Händen der Inquisition liegt. Doch denkt daran: Von jetzt an werden meine Leute und ich ein Auge auf Euch haben!«

Mit diesen wenig aufmunternden Worten waren die Freunde entlassen und traten bedrückt auf die Straße. Jeder hing seinen eigenen Gedanken nach und nicht nur das Wetter ließ sie mit eingezogenen Köpfen und zusammengekauert heimwärts stapfen.

Ein Sturm war über Wehrheim gekommen!

Während die Gefährten in der Wachstube gewartet hatten, waren harte Schläge auf das Dach geprasselt. Ein Hagelschauer, kurz, aber heftig. Mit dem Hagel war ein Brausen aufgekommen, das immer mehr anschwoll. Wind fegte durch die Gassen, rüttelte an den Fensterläden und riss alles mit sich, was unzureichend befestigt war.

Der Wind brachte auch Schnee. Dichte, feuchte Flocken flogen fast waagerecht zwischen den Häusern entlang und überzogen im Nu die Kleidung der nächtlichen Wanderer mit einer pappigen Schicht. Sie kamen schlecht voran: Manche Straße, die dem Sturm ungeschützt ausgeliefert war, blieb fast schneefrei, in anderen Gassen gab es durch die hohen Verwehungen kaum ein Durchkommen.

»Wir sind fast schon im Monat des Phex!«, jammerte Berna, die am leichtesten bekleidet war. »Da sollte kein solches Firunswetter mehr aufkommen.«

Der Wind riss ihr die Worte von den Lippen und die beiden anderen antworteten nicht. Marwan wollte sich orientieren und den besten Weg errechnen. Doch er hatte Mühe, überhaupt die richtige Richtung zu halten.

Die Flocken bissen Jelais in die Augen und sie stolperte hinter ihren Freunden her wie blind.

Endlich kamen sie zu Hause an. Es war spät in der Nacht und ohne weitere Worte sanken sie erschöpft in die Betten.

Die Elfe schlief unruhig. Während der Wind um Oswins Fachwerkhaus brauste und an allen Läden um Einlass rüttelte, war es Jelais, als sinke sie mit den Beinen voran in einen feurigen Pfuhl. Gesichter waren dort und tote Hände griffen nach ihr – Stimmen um sie herum …

Es war die körperlose Stimme einer Frau, die zu ihr sprach. Die Stimme drohte und forderte …

»Das ist nur ein Schreckgespenst der Menschen«, sagte sich Jelais, während ihr Geist seltsam unbeteiligt über den Albträumen schwebte. »Morgen im Licht wird es vergangen sein.«

So überstand Jelais die giftigen Bisse der Diener Thargunitoths, und als die Morgensonne mit scharfen Strahlen durch jeden Spalt der Fensterläden schnitt, da wachte sie auf und war an ihrer Seele unberührt von den Schrecken der Niederhöllen.

Seit Angar ihn aufgesucht hatte, kam Fredo nicht mehr zur Ruhe.

Er wälzte sich aufgeregt im Bett, bis seine Frau ihn

aus dem Zimmer warf und vor dem Kachelofen in der Stube schlafen hieß. Doch dann ertönte Lärm vom Nachbargrundstück, der Hela nach unten lockte.

»Es ist nichts, Liebling«, versicherte Fredo seiner Gemahlin. »Etwas Unruhe bei unseren Nachbarn.«

»Das kommt von diesem Toberen«, schimpfte Hela. »Deinem edlen Saufkumpan. Gleich morgen sagst du ihm, wenn er noch einmal so viel Lärm veranstaltet, holen wir die Stadtwache!«

»Ja, Liebes«, antwortete Fredo ruhig. Dabei lächelte er innerlich, denn endlich trugen seine Pläne Früchte.

Der Sturm tobte um das Haus, aber da war ein anderes Geräusch, etwas Näheres …

Seufzend erhob sich Fredo Korninger und ging leise zur Hintertür. Ja, da war ein deutliches Scharren zu vernehmen. Der kleine Kaufmann öffnete die Tür einen Spalt weit und sah einen Folianten auf der Schwelle liegen, in schwarzes Leder gebunden und umhüllt von einer Aureole aus wirbelnden Schneeflocken. Der Wind zerrte an dem Buch, aber eine große Ratte saß auf dem Einband und hielt die pergamentenen Seiten geschlossen.

Moth oder Roth, so genau konnte Fredo die beiden Diener des Tempels Thargunitoths nicht auseinander halten.

Der Mann kniete nieder und streckte die Hände nach dem Buch aus. Quiekend sprang die entstellte Ratte herunter und huschte an ihm vorbei ins Haus. Wie hatte das kleine Tier das schwere Buch vor seine Haustür schaffen können?, fragte Fredo sich. Er war zwar der nächste Nachbar von Angar Toberen, doch ohne Hilfe konnte keine Ratte eine solche Last so weit bewegen.

Dann verschwendete Fredo keinen Gedanken mehr an dieses Rätsel.

Hauptsache, das Buch war in seinen Händen!

Er drückte es an die Brust und schützte es mit seinem

Körper vor dem Schnee, der in dichten Wolken durch die Tür stob. Irgendwo schlug ein Fenster wie rasend und rasch schloss der schmächtige Hausherr die Hintertür. Er wollte seine Frau kein zweites Mal wecken, denn es wartete Arbeit auf ihn.

Mit bedächtigen Schritten trug er den Folianten in sein Kontor und schloss dort die Tür hinter sich ab. Moth – oder Roth – saß bereits erwartungsvoll auf dem Schreibpult, die zitternden Schnurrhaare aufmerksam aufgestellt. Ja, der Tempelwächter diente nun seinem neuen Herrn, dachte Fredo befriedigt.

Er hatte es gewusst: Als nächster Nachbar und ältester Mitverschwörer des Angar Toberen würde alle Macht im Kult an ihn fallen, sobald dem Meister etwas zustieß. Gleichgültig, was die anderen von ihm dachten. Jetzt musste er sich allein vor der Herrin bewähren, dann war er der mächtigste Mann in Wehrheim.

Zugegeben, er hatte dem Schicksal ein wenig nachgeholfen, aber wenn er entschlossen das Heft an sich riss und Toberens Werk fortsetzte, würde Thargunitoth ihm gewiss verzeihen.

Die Herrin scherte sich nicht darum, wie ihre Diener untereinander verfuhren. Sie wusste Stärke zu entlohnen – und die würde er beweisen. Endlich bekam er dazu Gelegenheit!

Er strich mit der Handfläche über das Leder des Einbands; die raue Oberfläche schmeichelte seinem Griff. Endlich sein! Dann schlug er das Buch auf und suchte nach der Formel. Er musste vor dem Morgengrauen alle Spuren beseitigt haben, damit der Schaden auf Angar beschränkt blieb und nicht der gesamte Kult in Mitleidenschaft gezogen wurde.

Es klopfte.

»Fredo, was treibst du dich wieder nächtens herum?«, schimpfte eine Frauenstimme – Hela. »Warum ist es an der Hintertür so nass? Kannst du nicht etwas

Ordnung halten, du Taugenichts? Geh gefälligst schlafen, sonst verrechnest du dich morgen bei der Arbeit und verschenkst unser gutes Geld.«

»Gleich, Liebling«, wiegelte Fredo ab. »Es ist so unruhig draußen, ich kann wirklich nicht schlafen. Ich nutze die Zeit zur Buchführung, um mich zu beruhigen.«

»Ha, Unruhe!«, hielt Hela dagegen. »Es ist dieser Angar Toberen, der für Unruhe sorgt. Wenn der weiterhin so einen schlechten Einfluss auf dich hat, dann wirst du dich nicht mehr mit ihm treffen. Hörst du? Es ist endgültig genug! Ich habe dich nicht geheiratet, damit du dich ungestört mit deinen leichtsinnigen Kumpanen herumtreiben kannst …«

Helas Stimme wurde jedoch leiser, sie stand nicht mehr vor der Tür, sondern war wohl auf dem Weg zurück ins Bett. Gut, seufzte Fredo. Endlich Ruhe. Ja, Liebling, dachte er – du hast Recht: Ich werde mich nicht mehr mit diesem Angar Toberen treffen!

Der dünne, grauhaarige Händler entblößte die Zähne zu einem Grinsen und rief die Namen seiner Herrin.

Er fühlte die Macht in seinem Leib pulsieren. Die Welt um ihn änderte sich, und er spürte, wie sein Geist in die entlegensten Winkel der Sphären drang. Ein ekstatischer Rausch überkam ihn. Endlich, endlich rief er selbst die Mächte herbei und musste sich nicht mit den Resten begnügen, die Angar ihm ließ!

Angar, den er auf immerdar zum Schweigen bringen würde.

Dann schrie er auf. Er schrie vor Wut und Enttäuschung.

»Angar! Du hast mir wieder alles verdorben!«

Mit einem Knall schloss er das Buch und zitternd kam sein aufgewühlter Körper zur Ruhe. Sein Geist raste weiter: Wenngleich Fredo soeben den Fluch der Herrin auf Angar gelenkt hatte und dieser von nun an niemals mehr Zeugnis gegen seine ehemaligen Mitverschwörer ablegen konnte, hatte der Edle doch schon zwei der Anhänger Thargunitoths verraten. Die Erzdämonin selbst hatte es ihm in einer Vision enthüllt: Angars Besuche in der letzten Nacht waren beobachtet worden und am morgigen Tage würde die Inquisition bei Travidan und Fredo selbst vorsprechen.

Dem Kaufmann blieb nur eine Hoffnung: die Flucht. Er und Travidan würden mit dem Morgengrauen aus Wehrheim fliehen müssen. Hoffentlich klopften die Schergen nicht bereits vorher an ihre Türen oder ließen die Straßen überwachen.

Und hoffentlich, dachte Fredo, hat Hela meinen Schrei nicht gehört. Ich habe keine Zeit, ich muss alles für meine Flucht zusammensuchen und Travidan warnen …

Trotz der drängenden Gedanken blieb der kleine Mann an seinem Pult stehen. Sein Kopf sank auf das Buch Thargunitoths, für das er solche Risiken eingegangen war, und er weinte. Angst und Verzweiflung brachen sich Bahn.

Erst nach der Mittagsstunde des folgenden Tages holte ein einzelner Soldat die drei Freunde zur Befragung ab. Er brachte sie nicht zum Quartier der Stadtwache, sondern zum Sitz der Inquisitionsbehörde in Wehrheim. Trotzdem wirkte dieser Gang hoffnungsvoller als der Weg, den sie Stunden zuvor zurückgelegt hatten: Die Sonne schien auf die Schneeverwehungen, die entlang der schmucken schwarz-weißen Fassaden liegen geblieben oder erst dorthin gefegt worden waren. Die Gefährten waren warm und trocken angezogen und die Schrecken der letzten Nacht verblassten wie ein Traum.

Die drei fühlten sich müde von den zurückliegenden Strapazen und unbehaglich beim Gedanken an das bevorstehende Verhör. Sie überspielten die Unsicherheit, indem sie scheinbar sorglos miteinander flachsten und dem Soldaten gegenüber ihre »Heldentaten« herausstrichen.

»Bitte«, meinte dieser und warf Blicke auf vorübergehende Passanten. »Wir sollen die Einzelheiten dieses Falles vor der Öffentlichkeit verborgen halten.«

Tatsächlich trug der Mann, der sie befragen sollte, die weiß-goldenen Gewänder des Bannstrahl-Ordens. Ritter Praiodan Bernfried von Bregelsaum führte die Ermittlungen für den zuständigen Inquisitionsrat und vernahm die Zeugen einzeln. Er lenkte das Augenmerk auf den fast vergessenen Ursprung ihres Abenteuers und erwähnte den Verrückten Lechdan Babek – in auffällig beiläufiger Weise. Marwan und Berna waren davon überrascht und umso erstaunter, als Praiodan bei ihren gestotterten, unsicheren Antworten kaum nachfragte, sondern die Befragung in beinahe gottloser Hast durchzog.

Jelais war als Letzte an der Reihe. Ritter Praiodan stellte Fragen und nickte zu den Antworten, die ein Schreiber zu Protokoll nahm. Nicht einmal mit einem Zucken seiner Mundwinkel gab er zu verstehen, was er von den Aussagen hielt.

Jelais war damit nicht zufrieden.

»Seid Ihr ein Freund von Ritter Berman?«, fragte sie unvermittelt.

Ritter Praiodan zuckte zusammen und runzelte die Brauen. Er musterte die Elfe abschätzig, dann entspannten sich seine Züge. Mit ausdrucksloser Stimme sagte er: »Ritter Berman gehörte unserem Orden an. Er starb als Märtyrer – wenn Ihr das verstehen könnt.«

Jelais sah ihn an. Die Augen in dem kantigen Gesicht wurden von den gewellten und praiosgefällig goldschimmernden Haaren beschattet. Trotzdem bemerkte die Bardin, dass sie tief in den Höhlen lagen und Müdigkeit verrieten. Ritter Praiodan hatte sich etwas zurückgelehnt. Seine Hände, an denen der Praiosritter selbst hier in der warmen Wachstube weiße Handschuhe trug, waren ineinander verschränkt.

»Ihr habt also nicht mehr den Knecht im Verdacht?«, sagte die Elfe. »Er ist nämlich unschuldig – glauben wir. Toberen steckt irgendwie dahinter!«

Der Ritter nickte, sagte allerdings nichts dazu.

Jelais wagte eine weitere Frage: »Was habt Ihr überhaupt von Angar Toberen erfahren? Wir haben zwar seinen unheiligen Tempel entdeckt, doch wir wissen nicht, was er dort getrieben hat.«

»Wir führen unsere Ermittlungen nicht, um Eure Neugierde zu befriedigen«, warf der stämmige Krieger ein. Trotz der abweisenden Antwort klang seine Stimme unerwartet gelassen, als er fortfuhr: »Dennoch will ich es Euch sagen: Er ist dem Wahnsinn verfallen, wie der Diener von Ritter Berman. Sie, deren Namen ich nicht aussprechen will, hat ihren Lakaien zum Schweigen gebracht und ihre Geheimnisse gewahrt. Die unheilige Höllenkreatur vermag den Geist derer, die ihr ausgeliefert sind, in einer Weise zu verwirren, dass kein einziger klarer Gedanke mehr vor das Licht des Himmelsfürsten gebracht werden kann. Bei Praios, ich wünschte, dieser Weibel hätte die Befragung fortgeführt, ehe er Toberen dem Schlaf und den Albträumen überließ.«

»Was ist mit seinen Mitverschwörern?«, fragte Jelais.

»Wir haben heute Vormittag Bewaffnete zu den Häusern geschickt, in denen Eure Gefährten Toberen gestern gesehen haben. Aber sowohl Fredo Korninger als auch Travidan Steinhauer mit seiner gesamten Familie haben die Stadt verlassen. Im Morgengrauen, in aller Eile, trotz Eis und Schnee! Wir haben Korningers Frau und die Diener verhaftet und befragen sie noch, doch augenscheinlich haben sich alle Mitwisser, die wir kennen, Praios' Antlitz entzogen.«

Jelais erschauderte.

»Es war ein Versäumnis der Stadtwache, dass hier nichts weiter unternommen wurde, ehe ein Verantwortlicher der Kirche bestimmt war«, fuhr Praiodan fort. »Und wertvolle Zeit wurde verschenkt, ehe meine Kompetenz für die Angelegenheit gesichert war. Ich spreche offen zu Euch, um Euch die Dringlichkeit vor Augen zu führen: Eure Aussage ist wichtig! Erinnert Ihr Euch an etwas, das uns weiterhelfen mag?«, drang der Ritter in die Elfe. »Das versiegelte Un-Heiligtum wurde in der letzten Nacht verwüstet. Jemand muss zurückgeblieben sein, der die unheilige Widersacherin des Totengottes selbst herbeirufen konnte – vielleicht der Nachbar, den der Götterfrevler zuerst besuchte.«

Jelais dachte an eine große Ratte mit funkelnden Augen und schüttelte den Kopf.

»Wenn Euch etwas einfällt, sagt es uns!«, meinte Praiodan. »Wir haben nicht viel Zeit für die Ermittlungen vor Ort. Schon ist ein Trupp zusammengestellt, den ich auf die Spuren von Korninger und Steinhauer führen werde, sobald die Dinge hier notdürftig geregelt sind. Wie es hieß, wurde ein Gemütskranker von Angar Toberen entführt. Habt Ihr einen Hinweis auf seinen Verbleib gefunden?«

Jelais dachte nach. Sie forschte in ihren Erinnerungen, fragte sich zugleich jedoch auch, welche Informationen sie diesem Praioten überhaupt anvertrauen durfte. Aber die Spur, der sie bis zu Toberens Haus gefolgt waren, endete eben da: Lechdan war dort gewesen, wenn Berna richtig gehört hatte. Was war dann mit ihm geschehen?

»Ihr könntet mich mit auf Eure Suche nehmen«, kam es Jelais in den Sinn.

Praiodan machte eine abwehrende Geste, doch die Elfe ließ ihn nicht zu Wort kommen. Sie trat den gefürchteten Bannstrahlern gegenüber unbefangener auf als ihre Gefährten.

»Ich bin eine Elfe und vertraut mit Spuren. Ich kann Euch nützlich sein!«, setzte sie rasch hinzu.

Praiodan unterbrach sie: »Ihr kennt Euch hier nicht aus. Dort draußen ist kein wilder Wald, und wir haben ortskundige Begleiter, die Praios treu ergeben sind.«

»Wir haben viel über Lechdan in Erfahrung gebracht und die Machenschaften des Toberen aufgedeckt. Im Augenblick fällt mir kein nützlicher Hinweis mehr ein, doch vielleicht helfen unsere Erfahrungen, Hinweise bei Eurer Suche richtig zu deuten!«

Praiodan seufzte. Er lehnte sich zurück und faltete die behandschuhten Hände. Dann gab er zu Jelais' Überraschung nach: »Also gut, Ihr mögt uns begleiten. Seid in zwei Stunden beim Osttor. Aber dies ist keine Eurer leichtfertigen Unternehmungen: Ihr werdet mir mit Rat zur Seite stehen, die Ordnung achten und Gehorsam zeigen. Der Himmelskönig möge mir vergeben, dass ich mich mit Euch einlasse ...«

Als die Elfe gegangen war, dehnte Praiodan seine müden Glieder und verzog das Gesicht. Er schämte sich seiner Schwäche, aber ihm war nicht wohl bei der Angelegenheit. Zu viel Unerfreuliches kam zusammen.

Er war erschöpft. Seit dem Kampf gegen Angrond Velunt waren gerade drei Wochen vergangen und er hatte sich kaum davon erholt. Und in den vergangenen beiden Tagen, seit er nach Wehrheim gekommen war, hatte er mit vielen Leuten sprechen und seinen vollen Einfluss geltend machen müssen, um einen Posten zu bekommen, der ihm im Grunde nicht zustand.

Es war nicht gut, persönliche Angelegenheiten mit den Pflichten seines Ordens zu vermengen. Doch es ging um eine Familienangelegenheit. Dafür musste er ein Risiko eingehen und, wenn nötig, auch eine Sünde wagen.

Auf dem Heimweg erzählte Jelais ihren Freunden, was sie mit dem Ritter ausgehandelt hatte. Marwan war alles andere als begeistert.

»Ha«, versetzte er grimmig. »Mit solcher Dummheit bin ich nicht geschlagen! Mit einem Bannstrahler auf Dämonenjagd zu gehen – dazu wirst du mich niemals bringen!«

Oswin hatte ein Mittagessen vorbereitet, aber wenn sie die Verabredung am Tor einhalten wollten, blieb ihnen kaum Zeit. Dabei hatten sie nicht viel Gepäck mitzunehmen. Marwan rührte in seinem Getreidebrei und pickte die Fischstückchen heraus. Es hatte ihm den Appetit verschlagen, und er hoffte nur, die Sache möge sich im Sande verlaufen, wenn er nichts dazu sagte.

»Auch ich habe mich ein wenig umgehört«, merkte Oswin an. Der Gelehrte war vollständig genesen und aufmerksam bei der Sache. Er hatte sich am Morgen die Ereignisse der Nacht schildern lassen, ehe die drei abgeholt worden waren. »Ein alter Freund kannte den Edlen Toberen aus Zeiten größerer Geselligkeit. Er wusste zu berichten, dass Toberen ein wenig Land außerhalb der Stadt besitzt, eine Tagesreise den Fluss Dergel hinab: ein sehr kleiner Besitz, eine Jagdhütte in einer morastigen und wenig einträglichen Gegend ...«

»Angar Toberen ist nicht mehr in die Angelegenheit involviert, wie Jelais zu vermelden wusste«, warf Marwan von der Seite her ein.

Jelais hingegen meinte: »Ein abgelegenes Haus wäre ein gutes Versteck für die entflohenen Verschwörer. Andererseits haben sie womöglich eigene Rückzugsmöglichkeiten.«

»Zählen wir nunmehr zur Inquisition«, bemerkte der Illusionist spitz, »dass wir den Teilnehmern der Konjuration des Angar Toberen nachspüren? Wenn ich mich recht entsinne, wollten wir einen entflohenen Geisteskranken finden.«

»Selbst der edle Ritter Praiodan weiß offenkundig nicht so recht, wen er eigentlich finden möchte«, entgegnete Jelais. »Meiner Ansicht nach sind die beiden Angelegenheiten zu einer geworden.«

Bernas Blick schweifte über die Decke, während sie auf den hinteren beiden Stuhlbeinen balancierte.

»Wir haben keine Hinweise, wo der Verschwundene abgeblieben sein mag«, warf der Zauberer unwirsch ein. »Sicher, er war irgendwann einmal im Hause des Angar Toberen. Doch meiner Ansicht nach wurde er dann in einem gottlosen Ritual geopfert. Diese Meinung habe ich auch im Verhör kundgetan.«

»Meine verschwundene Tante hätte bestimmt keine Sache halb erledigt aufgegeben und sich für ihre Geschichten mit Vermutungen begnügt«, warf Jelais hitzig ein.

»Es ist denkbar, dass deine Tante eben deshalb verschwunden ist!«, hielt der Illusionist dagegen.

Marwan war zu weit gegangen. Mit einem Knall landete Bernas Stuhl auf den Vorderbeinen, die Gauklerin sprang auf und rief: »Reden wir nicht herum! Tun wir lieber was, anstatt zu streiten!«

Jelais akzeptierte die Ablenkung dankbar. »Du wirst dir irgendwann den Hals brechen«, kommentierte sie trocken, »wenn du weiter so herumhampelst.«

»Ach was«, gab Berna betont heiter zurück. »Ich lande immer auf den Füßen!«

Die beiden Frauen gingen nach oben und holten ihre Sachen. Als sie zurückkamen, saß Marwan immer noch vor seiner Schüssel.

Berna zwinkerte ihm kokett zu: »Du möchtest uns doch gewiss nicht alleine gehen lassen?«

14. Kapitel

Der Sumpf der Verderbnis

Die Reise an Gut Binsböckel vorbei dergelabwärts war nass, kalt und schmutzig. Der kurze Schneefall war rasch dem Regen gewichen, und am Fluss verlief nur eine unbefestigte Nebenstraße, in der sich das Wasser sammelte und einen kleinen Bachlauf formte.

Ritter Praiodan ritt mit seinen zehn Bewaffneten vorneweg, Jelais, Berna und Marwan hielten Abstand von den Reitern und dem Schlamm, der von den Pferdehufen aufspritzte. Die Beine der Elfe brannten und juckten. Sie war zu schnell nach ihrem nächtlichen Kampf gegen die Ratten aufgebrochen und unter den Strapazen der Reise heilten die Kratzer nur langsam.

Nicht allein deshalb war die Stimmung schlecht: Der Bannstrahler ließ die Elfe spüren, dass sie bei der Gruppe lediglich geduldet war, und die Anwesenheit der beiden anderen war ein ständiges Ärgernis für den stolzen Praiosritter.

Dass der Beauftragte der Inquisition die unwillkommenen Helfer nicht schon längst zurückgeschickt hatte, lag in erster Linie am Erfolg ihrer Suche. Jelais hatte ihn auf die Jagdhütte des Angar Toberen aufmerksam gemacht, und seitdem sie dorthin unterwegs waren, fanden sie stetig Hinweise auf die entflohenen Dämonenanbeter. Und auch Hinweise auf Lechdan Babek: Viele Zeugen hatten einen Mann gesehen, auf den Lechdans Beschreibung passte. Eine schweigsame, schwerfällige Gestalt, die allein mit einem Maultier unterwegs war, schon einige Tage vor den anderen Gesuchten.

Das hatte alle überrascht, Ritter Praiodan jedoch war fassungslos.

»Er reist allein? Lechdan konnte nie für sich selbst sorgen!«, murmelte er vor sich hin. Jedenfalls war der Suchtrupp auf der richtigen Spur. Dafür zollte der Ritter der Elfe widerwilligen Respekt. Trotzdem bereute Jelais es beinahe, ihre Hilfe angeboten zu haben.

»Wir hätten mit unseren Hinweisen alleine losziehen sollen«, beschwerte sie sich zum wiederholten Male flüsternd bei ihren Freunden. »Dann könnte ich bald von unseren Taten singen und dieser Praiot würde mit seinem Stolz im Regen stehen!«

»Das fehlte noch«, brummte Marwan. »Ich schätze es gewiss nicht, dass ich hier unwillkommen bin und einzig deshalb nicht dimittiert werde, weil der Herr Ritter sich zu fein ist, mir so viel Beachtung zu schenken. Doch kann ich dir mit Gewissheit sagen, dass ich nicht alleine mit euch zwei Damen losgezogen wäre, um eine Bande gefährlicher Dämonenanbeter zu stellen.«

»Letzte Nacht war einer der Soldaten zugänglicher ...«, setzte die Gauklerin an.

»Zudringlicher, meinst du wohl«, fiel ihr der Zauberer übel gelaunt ins Wort.

»Unterbrich mich nicht«, schimpfte Berna. »Also, der Soldat hat mir jedenfalls erklärt, warum Ritter Praiodan uns nicht mag: Der Ritter wollte unbedingt mit der heiligen Zahl von zwölf Leuten aufbrechen. Als Jelais uns mitbrachte, war das ein schlechtes Vorzeichen für ihn. Deshalb ist er so ungehalten!«

»Praiodan soll auch alles Mögliche unternommen haben, um die Verantwortung für diesen Fall übertragen zu bekommen«, ergänzte Jelais eifrig. »Ritter Berman war nämlich ein angeheirateter Verwandter von ihm.« Unter den Soldaten kursierten allerhand Gerüchte, wenn ihr Befehlshaber nicht in der Nähe war.

»Unfug«, murrte Marwan. »Was soll das für ein

Grund sein? Die edlen Familien sind doch allesamt angeheiratete Verwandte voneinander. Was auch immer den Bannstrahler antreiben mag: Wir hätten in Wehrheim verweilen sollen, um das Ergebnis der Ermittlungen abzuwarten.«

»Ich möchte zumindest dabei sein, wenn dieser Fall aufgelöst wird!«, beharrte die Bardin. »Ansonsten erfahren wir nie etwas!«

»Was ist das für ein Getuschel im Zug?«, rief der Praiosritter. »Elfe Jelais, kommt nach vorne – Ihr habt Euch als Führerin anerboten. Macht Euch nützlich: Hadrunk liegt vor uns und von dort aus müssen wir den Weg zu der verdächtigen Jagdhütte suchen.«

Jelais wollte vor dem Befehlston aufbrausen, biss dann allerdings die Zähne zusammen und gehorchte. Trotzdem brachte sie es nicht über sich, den Ritter einer höflichen Antwort zu würdigen. Einige erbärmliche Hütten lagen vor ihr, viele davon standen dicht am Ufer des Dergels und waren mit Anlegestellen für kleine Boote versehen. Als die Bewaffneten ins Dorf ritten, liefen die Einwohner zusammen. Obwohl Praiodan die Elfe zu sich gerufen hatte, bedurfte er keiner Hilfe. Er kannte sich aus und wusste, welche Leute er anzusprechen hatte – wie Jelais unterwegs erfahren hatte, gehörte das Umland dem Vater des Ritters. Und Praiodan selbst war der Vogt einer Ordensburg, die nicht weit entfernt lag, obgleich von Hadrunk durch einen ausgedehnten Wald und eine Hügelkette abgegrenzt.

Er besprach sich mit einigen Dörflern und anschließend mit seinen Leuten.

»Die Hütte des Angar Toberen ist hier bekannt«, erläuterte Praiodan. »Doch sie ist schwer zu erreichen. Die Fischerin Hesine wird uns mit Booten hinbringen ...«

Die Krieger musterten die beiden Kähne, die am Ufer lagen. Sie waren kaum groß genug für den Trupp. Pfede konnten sie darin nicht transportieren.

»Es gefällt mir nicht, diesen Vorteil aufzugeben!«, gab der Weibel der Soldaten zu bedenken. »Zumal wir vermutlich noch heute den Verschwörern gegenüberstehen werden.«

»Die Jagdhütte des Toberen liegt in einem weglosen Streifen Wildnis«, erwiderte Praiodan. »Die Pferde würden uns dort keinen Vorteil bringen.«

Sein Blick suchte nach Jelais und ihren Gefährten.

»Elfe«, befahl er. »Bringt unsere Tiere unter und sorgt dafür, dass sie bei unserer Rückkehr bereit stehen.«

Es dauerte einen Augenblick, ehe die Bardin erkannte, dass sie und ihre Freunde mit diesem Befehl zurückgelassen werden sollten.

»Was soll das bedeuten?«, protestierte sie. »Ich sollte Euch als Führerin in die Wildnis begleiten. Nun geht Ihr in die Wildnis. Da könnt Ihr mich nicht ausschließen!«

»Ich habe die Befehlsgewalt!«, donnerte Praiodan. »Für das letzte Wegstück haben wir die Fischerin Hesine, die hier ortskundig ist. Ihr habt keine Ansprüche gegen uns – im Gegenteil habt Ihr meine Geduld schon über Gebühr strapaziert, als Ihr Eure überflüssigen Freunde angeschleppt habt. Denkt Ihr etwa, wir befinden uns auf einer Lustreise?«

Mit vier Soldaten und der Fischerin bestieg er das erste Boot, die übrigen sechs Bewaffneten fanden im zweiten Platz. Jelais, Berna und Marwan blieben mit elf Pferden zurück – die Elfe war bleich vor Zorn und voller unziemlicher Schimpfworte, aber ihre Freunde drückten sie in den Schatten der Reittiere, hielten ihr den Mund zu und redeten beruhigend auf sie ein.

»Bitte, Jelais, warte und wäge deine Worte ab«, flüsterte Marwan eindringlich.

»Menschen! Menschen!«, zischte Jelais endlich empört. »Ich lasse mich von diesem aufgeblasenen Pfau nicht ausnutzen und zum Pferdeknecht machen!«

Langsam trieben die Boote mit den Bewaffneten dergelabwärts und waren bald den Blicken der Gefährten entschwunden.

Die drei brachten die Pferde sicher unter, ehe sie weitere Pläne schmiedeten.

»Und all das nur, weil der Ritter eine Fischerin gefunden hat, um seine zwölfe voll zu machen! Nein, so lasse ich mich nicht behandeln!«, verkündete Jelais. »Ich habe all die Unverschämtheiten ertragen, um weiterhin dabei zu sein. Wir suchen uns einen eigenen Führer und lassen uns durch den Wald zur Jagdhütte bringen!«

»Bist du von Sinnen?«, rief Marwan erschrocken. »Du kannst nicht ernsthaft in Erwägung ziehen, dass wir allein in der Wildnis den verwerflichen Lakaien höllischer Mächte entgegentreten.«

»Überleg mal«, erklärte die Elfe. »Wir sind zu Fuß viel langsamer als Praiodan mit den Booten. Wenn wir ankommen, sind die Soldaten schon da und die Gefahr ist vorüber.«

»Also können wir ebenso gut sicher hier verweilen, bis die Kämpfer zurückkehren. Dann magst du sie befragen, um deine Neugierde zu befriedigen.«

»Das kann auch nur einem Menschen einfallen!«, begehrte Jelais auf. »Eine elfische Bardin muss etwas sehen, ehe sie darüber singen kann. Um ihre Lieder zu *erfinden,* hätte meine Tante nicht ihre Heimat verlassen müssen!«

Sie gingen vom Fluss fort und am Rand der Siedlung entlang, wo der Schlamm knöcheltief zwischen den schäbigen, geduckten Holzhäusern stand. Marwan folgte den beiden Frauen und wich missmutig den Pfützen aus.

Vor einem besonders winzigen Haus, kaum mehr als ein Verschlag, saß ein stämmiger kleiner Mann unter einem Vordach, flickte eine Reuse und starrte grimmig durch die Regenschleier.

»Hallo, guter Mann, kennt Ihr Euch in der Gegend aus?«, sprach die Elfenbardin ihn unbefangen an.

Der Mann bog die Krempe seines Lederhutes hoch und musterte die drei Besucher ausgiebig, ehe er etwas Unverständliches brummelte. Jelais blieb höflich: »Ihr seid Fischer?«

Der Mann sah auf die Reuse in seiner Hand und hatte jetzt offenbar mehr zu sagen. »Ne«, antwortete er mit breitem Grinsen. »Hab ich'n Boot hier? Bessre den Korb nur aus. Stell sonst Fallen … Jost bin ich!«

Die Elfe nickte und nannte ihren Namen und die ihrer Begleiter.

»Wenn Ihr so weit herumkommt, wisst Ihr gewiss, wo die Jagdhütte des Herrn Angar Toberen zu Ulmenbogen liegt?«, fuhr sie fort.

Jost lachte und spuckte aus. »Ist im Auwald weiter den Fluss runter. Hat der Herr da aber mehr nach Fischen gejagt oder was weiß ich … War seit den Schwarzpelzen nicht mehr da.«

»Könnt Ihr uns zu der Hütte führen?«, fragte Jelais.

»Is nass jetzt durch'n Sumpf«, wandte der Fallensteller ein. »Und sollen sich wohl noch Orkenbanditen innem Wald verstecken, heißt es. Abtrünnige vom großen Heer und noch mehr Gesindel, als das Schwarzpelzpack ohnehin is. War Hesine vom Fluss, die den Herrn sonst mit dem Boot zu seiner Hütte gebracht hat – wie den Ritter und die Bewaffneten eben im Ort. Warum seid Ihr da nicht mitgefahren?«

»Wir sind wasserscheu«, erklärte Berna freudlos. Die Gauklerin stopfte ein paar triefende Strähnen unter die Kapuze.

»Versteh ja nich, was Ihr hier wollt und die Soldaten.« Der Fallensteller schüttelte den Kopf. »Versteh ja nich, was da jetzt los is. Geht mich auch nichts an. Der

Herr Toberen is nie gekommen, wenn's so kalt oder nass war. Wusste, warum.«

»Wir bezahlen natürlich für Eure Hilfe«, bot Jelais an und brachte einen Silbertaler zum Vorschein. Bernas Kinnlade sackte nach unten und entgeistert prüfte die Gauklerin ihre Taschen. Sie hätte schwören können, dass sie die magere Reisekasse sicher vor der leichtfertigen Elfe verborgen hatte.

Der Fallensteller legte die Korbreuse beiseite und sah gierig nach der Münze. Laut sagte er: »Kostet aber was mehr, wenn ich Euch bei dem Wetter durch den Sumpf führen soll!«

Berna brauste auf und schlug wütend mit ihrem Stab in ein Schlammloch: »Da fahren wir doch lieber mit dem Boot ...«

Jelais stieß sie an und versprach gönnerhaft: »Wenn Ihr uns sicher zum Jagdhaus führt, haben unsere Freunde gewiss ein weiteres Silberstück für Euch. Können wir das heute noch schaffen?«

Jost blickte sich um und zuckte mit den Schultern: »Seid Ihr Städter gut zu Fuß? ... Müsst aber nicht im Dreck stehn bei den Geschäften – gehn wir doch ins Haus.«

Er öffnete die Tür, und aus der Hütte drang ein solcher Gestank nach verwesenden Fleischresten und verrottenden Fellen, dass die Elfe angewidert einen Schritt zurückwich. Sie fing die abweisende Bewegung jedoch mit einem angedeuteten Knicks auf:

»Verzeiht, guter Mann – Jost, wir haben es wirklich eilig. Lasst uns sofort aufbrechen, denn wir werden heute Abend noch erwartet.«

Der heruntergekommene Fallensteller drückte die Tür zu. Dann griff er unter seine Bank und zog einen Umhang hervor, der aus zahllosen winzigen Fellfetzen zusammengenäht und auf der Lederseite geteert war. Jost warf sich das steife Kleidungsstück über die Schultern und war schon reisefertig.

Kurz hinter Hadrunk wurden die Wälder dichter und die Straße fächerte sich in zahllose kleine Pfade durch das Gehölz auf. Hier hätten die Reisenden rasch die Orientierung verloren, ihr Führer Jost kannte sich allerdings aus: Selbst wenn auf dem Boden kein Weg sichtbar war, fand der Fallensteller immer mit traumwandlerischer Sicherheit gangbare Lücken im Unterholz.

»Ich trage einen Mantel, der doppelt so schwer ist wie der deinige, und dennoch bin ich als Einziger bis auf die Haut durchnässt. Wie kommt das nur?«, schimpfte Marwan.

Jelais lachte: »Doppelt so schwer stimmt nicht mehr ganz. Inzwischen hat dein Filztuch so viel Wasser aufgesogen, dass es bestimmt das Dreifache wiegt!«

Berna drückte indes mit ihrem Stab das Buschwerk beiseite und hielt auf diese Weise geschickt Abstand vom tropfnassen Pflanzenbewuchs. Sie war froh, dass sie die gut zwei Schritt lange, mit Metall verstärkte Stange bei sich hatte: Das feste Holz ließ sich auch als Waffe verwenden und im Haus des Angar Toberen hatte sie es sehr vermisst.

Ein lautes Klatschen ertönte und Marwan fluchte: »Gib doch Acht, wohin du gehst! Du hast mir den nassen Zweig mitten ins Gesicht schnellen lassen!«

»Die Äste schnellen immer nach hinten – wenn du nicht so trödeln würdest, träfen sie dich nicht«, versetzte Berna mitleidlos.

»Sei froh, dass es kahle Zweige sind. In belaubten Bäumen würde sich mehr Wasser sammeln«, merkte Jelais an.

Jost lachte dazu und eilte weiter. Marwan verstummte beleidigt und ließ sich zurückfallen. Tatsächlich hatte er an allem etwas auszusetzen: Es gab wenige Nadelbäume in diesem Wald und so fiel der Regen fast ungehindert durch das kahle Geäst. Da Jost sie sicher um jede Senke führte, war der Weg trockener geworden.

Das nutzte dem Illusionisten allerdings wenig, denn das Wasser stand in seinen Stiefeln und quatschte bei jedem Schritt. Wie sollte es da erst zugehen, wenn das Gelände sumpfig wurde?

»Mach schon!«, rief Berna. »Den Letzten beißen die Orks.«

Sie hielt die beiden anderen zurück, bis Marwan aufgeschlossen hatte.

»Du willst ihn doch nur in Reichweite deiner Äste haben«, meinte Jelais grinsend.

»Wenn hier jemandem eine Gefahr von den Orks droht, so ist das unsere Spott-Elfe«, keuchte der Illusionist.

»Still«, warf ihr Führer ein. »Der Wald is groß genug, dass wir dem Raubgesindel nicht begegnen. Bringt Gefahren aber auch herbei, wenn man von redet. Travia mag keinen Übermut!«

»Travia!«, seufzte der Illusionist, und die Bardin sah ihm an, dass er von einem warmen Herdfeuer träumte. Sie schlug sich mit der Hand vor die Stirn und ging weiter.

Gegen Mittag machten die vier Rast an einer Stelle, wo sich ein halbes Dutzend hoch gewachsener Tannen über eine kleine Lichtung beugten. Unter den Bäumen fanden sie ein fast trockenes Fleckchen, wo sie eng zusammenrückten.

Marwan griff in sein Bündel und zog eine Korbflasche hervor.

»Nun werde ich mich mal dem einzig Guten zuwenden, das mir auf dieser Reise unter die Augen kam!«, verkündete er. »Wenigstens gibt es Wein in diesem feuchten Landstrich.«

»Gestern im Gasthaus war er dir zu sauer«, mäkelte Berna.

»Dennoch muss ich sagen, dass er mir diese Rast versüßt«, lächelte der Illusionist. Er ließ die Flasche kreisen; die Frauen hielten sich zurück, doch Jost sprach dem Getränk wacker zu.

»Du bist doch sonst nicht so!« Jelais stupste ihre Gefährtin auffordernd an.

»Was denkst du von mir? Ich trinke doch nicht alles!«, wehrte die Gauklerin empört ab.

Dann saßen sie schweigend und lauschten dem Regen.

»Das muss doch einmal aufhören«, flüsterte Berna. »Hast du nicht ein heldenhaftes Lied für uns, liebe Jelais? Dann ertragen wir die Unbilden gewiss leichter.«

Jelais summte leise eine Melodie, dann kamen die Worte hinzu.

Der Held ist auf der Suche lang
Nach Drachen, Lindgewürm und Schlang'.
Als er des Untiers Rauch erblickt,
Da hat das Glück ihm zugenickt

Das Ross stürmt vor in schnellem Lauf,
Der Ritter stützt die Lanze auf.
Vergessen ist des Todes Fron –
Der Drache schnaubt und wartet schon

Die Klauen spitz, die Zähne blank:
»Für meinen Tod, was sei dein Dank?«
Da lacht der Recke voller Hohn:
»Gunst, Ruhm und Ehre sei mein Lohn!«

Der Kampf tobt wild und lang und schwer,
Dort, wo einst Gras, kein' Blümlein mehr:
Nur Asche, Staub und Stein und Rauch,
Der Drache schwarz, der Ritter auch.

Der Drache strauchelt bald und dann
Greift ihn der Ritter mutig an,
Schnell kommet jetzt der Todesstoß –
Es triumphieren Held und Ross

Das ist die Mär vom Drachenheld
Der weiterhin bereist die Welt
Auf dass er neue Taten find't –
Und auch die Sänger tätig sind!

Das Lied hatte Berna kaum aufgemuntert, denn für ihren Geschmack kam der Held zu schlecht weg. Ihr war nicht nach so scherzhaftem Ton zumute. Eine solche Tat muss doch auch jemandem nutzen, dachte die Gauklerin. Man begibt sich nicht in solche Gefahren, nur damit in Liedern davon gesungen wird.

Sie blickte von der Seite auf die Bardin und fragte sich, was ihre Gefährtin eigentlich antrieb. Sie hoffte jedenfalls, dass bei diesem Abenteuer mehr heraussprang als ein warmes Abendessen für die Bardin, die davon sang.

Endlich standen sie auf und gingen weiter. Die Gauklerin war erleichtert, dass sie sich bewegen konnte und nicht mehr grübeln musste. Jost hingegen wurde zunehmend unruhiger. Häufig ließ er sich an die Seite des Illusionisten zurückfallen und sprach mit ihm, drängelte, obwohl seine Worte nicht unfreundlich waren: »Müssen schnell machen, wenn wir's heute schaffen wollen!«

»Wir sind ja noch nicht einmal im Sumpf«, stöhnte Marwan.

Sie wanderten so lange wie möglich auf höherem Grund, weil sie dort schneller vorankamen. Erst gegen Ende des Weges wollte Jost zum Dergel hinab und in das Überflutungsgebiet des Auwaldes. Doch im Verlauf des Nachmittags kam Nebel auf. Bald waren die kahlen Bäume nur noch verschwommene Schemen, während Dunst und lichtere Flecken um die Gefährten wogten.

»Brrr«, begrüßte Berna den Witterungsumschwung. »Der Monat des Phex – der Gott der Diebe schickt seine Gunst jedem, der sich verstohlen bewegen will.«

»Ausgerechnet jetzt«, krächzte Marwan. Der Illusionist hatte sich verkühlt und jedes Wort kratzte in seinem Hals. So war er ungewohnt kurz angebunden.

»Finde bei jedem Wetter meinen Weg«, merkte der Fallensteller zuversichtlich an, doch Jelais erkannte die Unsicherheit in seiner Stimme. Wenigstens fiel nicht länger der eiskalte Regen.

Die Elfe wanderte zwischen Jost und ihren Freunden. Während ihr Führer geschmeidig seinen Weg suchte, hielt er den Fellmantel um sich gerafft. Dennoch wurden hin und wieder die Pelze auf der Innenseite sichtbar, und so schien eine kleine Rattenschar jeder Bewegung des Fallenstellers zu folgen, verstohlen zwischen Gestrüpp und Bäumen.

Erschreckt zuckte die Elfe zusammen und hielt Abstand von Jost. Aber das Unbehagen verschlimmerte sich. Die Fellfetzen huschten um die Füße des Führers und schienen sich durch das Unterholz auszubreiten.

Jelais' Zähne schlugen aufeinander, und das nicht allein wegen der Kälte. Eisige Furcht kroch in ihre Gliedmaßen und die schlecht verheilten Bisse an ihren Beinen brannten. Es war nur der unförmige Pelzmantel des Fallenstellers – aber die Elfe sah sich von Ratten umringt und fühlte sich zurückversetzt in die Nacht bei Angar Toberen. Ihr Herz schlug bei der Erinnerung.

Kaum noch nahm sie ihre wirkliche Umwelt wahr und ließ sich mit bleischweren Schritten zwischen ihren Begleitern treiben.

Bald wurde der Boden feuchter und Jost lenkte die Gruppe zwischen größer werdenden Pfützen und Morastlöchern entlang, wobei sie kaum mehr als zehn Schritt weit sehen konnten.

»Müssen langsamer gehen, aber hab'n es nich mehr weit«, kommentierte der Führer.

Nach einiger Zeit erreichten sie einen größeren Tümpel. Der Nebel zog sich dichter zusammen und die

Reisegefährten konnten zwar die andere Seite des Wasserlochs erkennen, nicht jedoch, wie weit es sich zur Rechten und zur Linken erstreckte. Als Jost stehen blieb, trat Jelais einige Schritte zurück und vermied jede Berührung mit dem Pelzmantel, vor dem sie einen unerklärlichen Ekel empfand.

Er hat nichts mit den Ratten zu tun, redete die Elfe sich ein. Ihre Finger zitterten und sie blickte zu Boden.

»Kann nicht lang sein, das Wasserloch«, meinte Jost nachdenklich, »würde mich sonst dran erinnern. Ich denke, es ist egal, ob wir rechts oder links herumgehen.«

»Das geht auch einfacher!«, meinte Berna und grinste übermütig. Sie stach mit ihrem Stab in den Tümpel und spürte Grund. »Dieser Wasserlauf ist nicht tief – schaut her, wie wir hinüberkommen!«

Die Gauklerin nahm einige Schritte Anlauf, sprang dann von der Böschung ab und rammte ihre Stange in den Tümpel, um ihren Schwung zu verlängern. Aber als der Stab senkrecht stand, neigte er sich nicht zum anderen Ufer hin. Stattdessen sank er im schlammigen Untergrund ein und steckte fest.

Berna klammerte sich an der Stange fest und machte ein so überraschtes Gesicht, dass Jelais unwillkürlich lachen musste. Dann verlor die Gauklerin den Halt am feuchten Holz und rutschte langsam ins Wasser.

Auch der Stab sank eine weitere Handbreit tiefer.

»Ein Sumpfloch!«, rief Jost aus. »Ist Morast unterm Wasser. Wir müssen sie rasch herausholen, ehe sie tiefer einsinkt und stecken bleibt.«

Jelais hatte zum Glück ein Seil dabei, mit dem sie die Gefährtin zum Ufer zerren und mit vereinten Kräften herausziehen konnten.

Marwan fluchte und hustete, als die tropfnassen Gewänder der Gauklerin mit seiner eigenen Kleidung in Berührung kamen. Unglücklich und begossen stand

Berna schließlich an Land. Jelais drückte ihr den Stab in die Hand, den die Elfe mit einem geschickten Seilwurf hatte bergen können, und merkte an: »Immerhin bist du auf den Füßen gelandet!«

Tatsächlich waren die Füße und Beine bis hinauf zu den Knien von Schlamm bedeckt; sämtliche Kleidung und auch das Gepäck der Gauklerin waren durchweicht vom Sumpfwasser.

Trotz seiner zunehmenden Halsschmerzen konnte Marwan eine Schimpftirade nicht unterdrücken: »Was sollte dieser Leichtsinn? Du kannst dir den Tod holen. Das Wasser zieht dir den letzten Rest Lebenswärme aus dem Körper, weißt du das nicht? Bei dieser Winterkälte weiche ich Wasser aus – außer einem heißen Bad!«

Jost grinste ihn von der Seite an und meinte vertraulich: »Kommst aber nich um ein kaltes Bad rum. Wusstest wohl nich, dass die Hütte auf einer Insel liegt. Müssen alle durch'n kleinen Flussarm waten.«

Mit einem Achselzucken blickte der Fallensteller auf die unglücklich dreinschauende Gauklerin. »Weiß gar nicht, ob du dich für das kurze verbliebene Wegstück noch umziehen musst …«

Als die vier Gefährten erneut an einem größeren Wasserlauf standen, war es schon spät am Nachmittag, dafür hatte sich der Nebel gehoben. Berna hatte von ihren Reisegefährten trockene Kleidung geborgt. »Ich sehe aus wie eine Flickenpuppe!«, kommentierte sie ihr Erscheinungsbild. Ihr tropfendes Bündel balancierte sie am Ende ihres Stabes über der Schulter möglichst weit vom Körper weg. Zuvor hatte sie aus dem Gepäck eine Dose mit einer rauen Paste geholt und das Holz damit behandelt.

»Da rutsche ich nicht noch mal ab!«, meinte die Artistin mit grimmiger Befriedigung.

»Was für eine Verschwendung!«, kommentierte Jelais

kopfschüttelnd. »Es lag nicht an dem Stab – es lag an deinem Leichtsinn!«

Über einen Streifen freien Wassers blickten sie hinüber zum Ufer der fünfzig Schritt entfernten Insel. Die Jagdhütte war nicht zu sehen. Es blieb still.

»Seltsam«, murmelte die Elfe. »Ein Dutzend Leute sind mit den Booten aufgebrochen. Wie können sie sich so ruhig verhalten?«

»Wir waren sehr lange unterwegs«, merkte Marwan hoffnungsvoll an. »Möglicherweise sind Ritter Praiodan und seine Leute zu Wasser bereits eingetroffen, haben ihre Geschäfte erledigt und sind wieder abgerückt.«

»Dann haben wir zumindest eine geräumige Hütte für die Nacht«, warf Berna ein. »Ich gehe heute jedenfalls nicht mehr zurück.«

Die Elfe schüttelte den Kopf und beugte sich zum Wasser hinab. »Nein«, meinte sie nachdenklich. »Es ist zu ruhig. Eine größere Unruhe, ein Kampf hätte Spuren hinterlassen, die ich auch jetzt noch fühlen müsste. Da ist nur eine verhaltene Anspannung in der Luft …«

Jost blickte sie verständnislos an.

Gurgelnd bewegte sich das Wasser wenige Schritt abseits des Ufers. Verunsichert warfen die vier einen Blick dorthin.

»Lassen wir die anderen aufschließen!«, befand Ritter Praiodan. Sie trieben durch einen Irrgarten aus toten Flussarmen und morastigen Tümpeln und an irgendeinem Abzweig hatte das zweite Boot seinen Anschluss verloren. Nun hatten sie wieder ein breiteres Gewässer erreicht und konnten freier manövrieren.

»Sind wir auf dem Dergel?«, fragte Praiodans Knappe und blickte sich um. Ringsum wucherte dorniges Buschwerk bis an die Ufer und das Land wirkte leer und wild. Kaum zu glauben, dass sie gerade zwei Wegstunden von der nächsten größeren Ansiedlung entfernt waren.

Hesine, ihre Bootsführerin, schüttelte den Kopf und beantwortete damit beide Fragen. »Nein, edle Herren. Das ist nur ein Seitenarm. Die schmale Schneise dort drüben wäre der Wasserlauf, der zu der gesuchten Insel führt.«

Sie wies an das Ufer, aber Praiodan sah dort keinen schiffbaren Durchgang – nur eine besonders schlammige Senke, die kaum bis zum Wasserspiegel abfiel.

»Was soll das?«, fragte er. »Kommen wir dort durch?«

Die Bootsführerin senkte ihr Haupt. »Nein, Herr«, erklärte sie leise. »Der Wasserstand muss in den letzten Tagen stark gefallen sein. Das hatte ich nicht erwartet. Jetzt gibt es keinen freien Wasserweg mehr – wir kommen mit den Booten nicht weiter …«

Praiodan ballte die Fäuste und seine Begleiter schwiegen betreten. »Dann werden wir hier an Land gehen und uns zu Fuß durchschlagen. Ihr werdet uns führen!«, befahl er schließlich.

Ohne aufzublicken schüttelte Hesine den Kopf. Ihre Stimme klang angespannt: »Verzeiht, Herr. Doch das ist nicht möglich: Ihr seht diese Senke: Wo ansonsten das Wasser tief genug stand, dass wir mit den Booten entlang fahren konnten, steht nunmehr eine sumpfige Brühe. Mit den Booten würden wir stecken bleiben, aber zu Fuß sinken wir ein.«

»Und was schlagt Ihr dann vor?«, fragte der Ritter gefährlich ruhig.

»Wir müssen umkehren«, sagte die Bootsführerin leise. »Der Sumpf versperrt derzeit alle Wege zur Jagdhütte des Herrn Toberen. So etwas kommt zuzeiten vor …«, setzte sie noch entschuldigend hinzu.

»Damit könnt Ihr uns nicht aufhalten!«, brüllte Praiodan und sprang zornig auf. Der leichte Kahn geriet ins Schaukeln und nur mühsam hielt der Ritter sein

Gleichgewicht. Endlich hatte er sich gefangen und ließ sich bedächtig nieder. Die Gesichter seiner Leute waren kalkweiß und auch er selbst war erschrocken – um ein Haar wäre das Boot gekentert und hätte sie alle ins eiskalte Wasser geschleudert.

Immer noch ging sein Puls schneller und in ihm brannte ein heftiger Zorn. Aber er hatte sich wieder im Griff. Mit einem Daumennagel kratzte er über die Glieder seines Kettenhemds und sagte mit beherrschter Stimme: »Nun gut. So gehen wir bei der nächsten halbwegs trockenen Erhebung an Land und warten auf das zweite Boot. Und dann machen wir uns Gedanken über das weitere Vorgehen.«

Hesine blickte wieder auf und meinte eifrig: »Ein weiser Entschluss, Herr. Das Wetter unterliegt dem Willen der Götter, es ist müßig, damit zu hadern. Schon morgen mag der Weg wieder schiffbar sein oder das Wasser sinkt weiter und legt den Morast gänzlich trocken.«

Praiodan hörte ihr nicht zu. Er nickte mit versteinerter Miene und hing seinen eigenen Gedanken nach: Diese Frau musste ihn für töricht halten, wenn sie ihn auf derartige Weise zu täuschen versuchte. Aber er hatte sie durchschaut!

Sie war diejenige gewesen, die den frevlerischen Angar Toberen bei seinen Besuchen hier versorgt hatte – und irgendwie musste sie in die Verschwörung verwickelt sein! Er hätte misstrauischer sein müssen, dachte Praiodan. Sie sprach schon allzu verständig für eine einfache Dorfbewohnerin. Ohne Zweifel hatte sie sich mit Dingen befasst, die ihr nicht anstanden.

Der Ritter war überzeugt davon, dass Hesine seinen Trupp bewusst in die Irre geleitet hatte, um Zeit zu gewinnen und ihren Mitverschwörern in der Jagdhütte Gelegenheit zur Flucht zu verschaffen. Aber das sollte ihr nicht gelingen! Hatten sie erst mal festen Boden unter den Füßen, würde er sie befragen und die Wahrheit aus ihr herauspressen. Zur Not würde er auch ohne ihre Hilfe einen gangbaren Weg zu den Dämonenpaktierern finden – und wenn er mit seinen Leuten jede Insel in diesem Sumpf aufsuchen musste, so lange Praios' Auge über sie wachte! Die Gerechtigkeit des Götterfürsten ließ sich nicht aufhalten …

»Könntet vielleicht eure Freunde rufen«, merkte der Führer zweifelnd an. »Angar Toberen hatte ein Boot bei der Hütte, kann euch abholen.«

»Welche Wahl haben wir?«, brummelte Marwan. »Ist es so sumpfig wie Bernas Wasserloch?«

Jost schüttelte den Kopf: »Nein, ist ein fließendes Gewässer. Die Strömung merkt man kaum, hält aber den Boden frei. Da sinkt ihr nicht ein, höchstens bis an die Knie. Kann man durchwaten …«

»Ziehen wir vorher die Hosen aus, dann haben wir auf der anderen Seite noch trockene Sachen übrig!«, meinte Berna.

Wieder sahen sie eine Bewegung an der Wasseroberfläche und ein unruhiges Kräuseln wühlte den Flussarm auf.

»Was ist das?«, fragte Jelais irritiert, aber ihr Führer fand keine Zeit zu einer Antwort. Die vier Reisenden sprangen erschrocken vom Ufer zurück, als sich ein Körper aus dem seichten Wasser erhob.

Auf den ersten Blick schien es ein merkwürdig gekleideter Mensch zu sein, doch der zweite Blick enthüllte Einzelheiten: Was wie Kleidung aussah, war ein Belag aus toten Wasserranken; darunter waren nur fleischlose Knochen. Leere Augenhöhlen starrten den Neuankömmlingen entgegen.

Das untote Geschöpf stakte aus dem Wasser und mit einem entsetzten Schrei suchte Jost das Weite und verzichtete auf die ausstehende Bezahlung. Die drei anderen wichen in einem Halbkreis zurück und nahmen den Blick nicht von dem bedrohlichen Geschöpf. Das Skelett wankte ein wenig unschlüssig hin und her und streckte die Hände nach den Lebenden aus. Bei jeder Bewegung prasselten Wasser und Pflanzenreste zu Boden.

»Bei den Zwölfen, ein Untoter«, murmelte der Illusionist.

»Tu etwas, du bist ein Zauberer!«, rief Jelais ihm zu.

»Nicht so«, stotterte Marwan rau. »Ich weiß nicht. Die Soldaten …«

Obwohl das Gerippe weder Augen noch Ohren hatte, schien es doch zuvorderst auf Geräusche zu reagieren. Der grinsende Totenschädel bewegte sich von einem Sprecher zum nächsten und schließlich hielt der Angreifer auf Marwan zu. Jelais überlegte, was sie tun sollte – sie kannte nicht einmal einen Zauber gegen dieses Geschöpf. Es lebte nicht und war ihr fremd. Sollten sie unverrichteter Dinge fliehen? Das Ding war nicht schnell, wenn es sie allerdings durch den Sumpf verfolgte, würden sie ohne ihren Führer entweder dem Morast oder dem Untoten zum Opfer fallen.

Berna reagierte schneller: Sie schüttelte ihren Packen ab, sprang vor und setzte das eine Ende ihres Stabes der Kreatur auf die Brust. Das Holz glitt durch den Unrat, mit dem das Knochengerüst bedeckt war, und verkeilte sich dann in dem leeren Brustkorb.

Das Geschöpf presste dagegen und schlug nach der Gauklerin, aber durch den Stab auf Abstand gehalten, griffen die Knochenfinger ins Leere. Für einen Augenblick konnte Berna die Kreatur aufhalten: Zwar drückte das Wesen mit übermenschlicher Kraft gegen das Hindernis und schob Berna am Ufer entlang, die Artistin nutzte dagegen jede ungeschickte Bewegung ihres Gegners, um ihn in eine andere Richtung zu hebeln.

Der Blick der Gauklerin war starr vor Entsetzen, aber

sie erlaubte sich nicht, ihrer Furcht nachzugeben. Wenn sie das Skelett nicht aufhalten konnten, dann waren sie alle verloren! Doch dieser Gegner war anders als alles, was sie jemals gesehen hatte, als sie sich vorstellen konnte. Die Knochen waren nicht bleich, sondern gelbbraun verfärbt, und die Finger, die nach ihrem Gesicht stachen, wirkten schmutzig, unrein. Die Rippen brachen nicht spröde unter dem Druck ihres Stabes, sondern waren hart und biegsam.

Jelais wickelte indes hastig ihren Bogen aus und zog die Sehne auf. Dann verharrte sie kurz, legte die Hände auf die Augen und konzentrierte sich auf den bevorstehenden Schuss. Sie wusste nicht, was ihre Waffe überhaupt gegen ein Gerippe ausrichten konnte. Aber sie wollte zumindest all ihre Fähigkeiten in diesen Schuss legen.

Schräg von hinten traf der Pfeil den Schädel der Kreatur und blieb stecken. Das Geschöpf nahm die Verletzung mit einem Kopfschütteln hin, das die Wucht des Pfeilschusses erzwang.

Jelais schwitzte. Mit einem solchen Kampf hatte sie nicht gerechnet. Immerhin hätte ein Dutzend Soldaten schon vor Stunden hier ankommen müssen. Mit Pfeilen richtete sie keinen Schaden an und auch über ihren Dolch würde der Untote nur … Außerdem hätte sie um ein Haar ihre eigene Gefährtin getroffen, die viel zu nah am Gegner war.

Marwan war inzwischen nicht untätig. Er wühlte in seinem Bündel und zog ein kleines Beil hervor, das die Gefährten für Feuerholz mitgenommen hatten. Damit eilte er von hinten herbei und schlug nach der Kreatur. Der Schlag war unbeholfen und das schräg geführte Blatt durchtrennte eine Rippe, verkeilte sich dann aber. Marwan zerrte an dem Beil, um es wieder freizubekommen.

Das Skelett wirbelte herum, unsicher, aber zu schnell

für den schlaksigen Zauberer. Mit einem machtvollen Schlag traf der Handrücken des Geschöpfs Marwans Gesicht. Der Illusionist kippte auf den Rücken und blieb reglos liegen. Das Ungeheuer schüttelte die Axt ab und sah sich nach weiteren Gegnern um.

Bernas Stab war bei der plötzlichen Bewegung des Gerippes abgeglitten und die überraschte Gauklerin war zu Boden gestürzt. Jetzt aber machte sie aus der Not eine Tugend, schob ihre Waffe zwischen die Füße des Gegners und brachte den abgelenkten Untoten tatsächlich zu Fall.

Sie war schneller auf den Beinen als das Skelett. Mit verzweifelter Entschlossenheit hob sie ihre schwere Stange und schlug sie dem Knochengerüst krachend in den Nacken, als es sich gerade aufrichten wollte. Ein zersprungener Wirbel wurde fortgeschleudert, ein Totenschädel rollte über den feuchten Boden.

Dann war auch Jelais heran. Sie nahm das Beil auf und gemeinsam zerschlugen die beiden Frauen die verfärbten Knochen. Erst als sich nichts mehr regte, hielten sie atemlos inne. Sie dachten wieder an ihren Gefährten und eilten an seine Seite.

Der Illusionist lag verkrampft auf dem feuchten Boden, aber er lebte. Jelais nahm beunruhigt wahr, dass ihm ein dünner Blutfaden aus der Nase rann, obwohl ihn der Schlag der Kreatur gar nicht an dieser Stelle getroffen hatte.

Vorsichtig tastete sie den Zauberer ab.

»Es ist nichts gebrochen«, stellte sie fest, »auch nicht der Hals.«

Vorsichtig tätschelten die Frauen Marwans Wangen. Als der Illusionist stöhnend zu Bewusstsein kam, beugte er sich erst einmal zur Seite und übergab sich. Dann taumelte er, auf seine Begleiterinnen gestützt, zum Wasserlauf, wo er sich das Blut aus dem Gesicht spülte.

Marwan war kaum in der Lage zu gehen und sprach auch nicht. Bedrückt und schweigend saßen die Gefährten im nassen Gras.

»Da ist etwas auf der Insel!«, meinte Berna erschrocken.

Die Elfe hörte mehr. »Es wird gekämpft! Die Krieger sind endlich gekommen, das muss es sein.«

Plötzlich leuchteten ihre Augen auf, während ihre Begleiter nur müde dreinblickten. Doch Jelais trieb sie an: »Auf! Nun sind wir in Sicherheit und schauen nur noch zu. Lasst uns durch das Wasser waten. Ich muss etwas sehen, ehe ich darüber singen kann!«

15. Kapitel

Die Mühle der Tränen

Die Jagdhütte des Angar Toberen bestand aus einem einzigen Raum, kaum groß genug für die sechs Menschen, die darin Zuflucht gesucht hatten. An einer Schmalseite des Blockhauses war eine Kiste mit schwarzem Tuch abgedeckt. Darauf stand ein kleiner Rabenvogel aus Obsidian. Das Arrangement wirkte wie ein Altar und erinnerte an das pervertierte Heiligtum im Hause des Angar Toberen.

Neben diesem Altar kauerte der Verrückte Lechdan Babek. Er wiegte den Oberkörper vor und zurück und achtete wenig auf die anderen Anwesenden. Auf der anderen Seite des Raumes saßen eine Frau und zwei Kinder apathisch in einem Winkel, so weit entfernt wie möglich von dem Irren und seinem Schrein. Diese drei suchten Trost beieinander vor Ereignissen, von denen sie nichts verstanden.

Am Tisch allerdings saßen Travidan Steinhauer und Fredo Korninger und die beiden Männer stritten seit dem vorigen Tage beinahe ununterbrochen.

»Wir können hier nicht warten, bis wir in die Niederhöllen fahren!«, brauste Travidan auf. Seine Frau zuckte wenige Schritte entfernt zusammen und eines der Kinder wimmerte. Fredo blickte abfällig auf die drei. Sein Freund war ein Schwächling! Warum hatte er diese nutzlose Familie mitgenommen?

»Man sucht nach uns!«, erklärte er scheinbar ruhig. »Wir müssen uns verstecken.«

Seine Hände spielten auf dem rauen Einband des Buches, das er aus Wehrheim mitgenommen hatte. Seine Macht, für die er einen hohen Preis bezahlt hatte. Er würde sie bis zum Letzten nutzen, auch wenn er von wimmernden Schwächlingen umgeben war. Sicher, er saß in einer schäbigen Hütte inmitten eines Sumpfes fest; wenn er jedoch die nächsten Tage überstand, war er frei und mächtig genug, sich anderswo eine neue Existenz aufzubauen. Was Hela wohl sagen würde, wenn sie ihn so sehen könnte?

Pah, bestimmt würde sie bloß den Schmutz und die erbärmliche Gegenwart sehen. Sie war eine Frau ohne Visionen, und es geschah ihr Recht, dass die Inquisition zuerst bei ihr nachforschen würde.

»Zu viele Leute wissen von dieser Hütte«, klagte Travidan weiter. »Früher oder später werden sie uns hier finden. Selbst die beiden Orks sind kein ausreichender Schutz.«

»Wir sind nicht auf einem Boronanger und können nur die Hilfe beschwören, die wir hier vorfinden«, erwiderte Fredo ungerührt. Seine Fingerkuppen fuhren über die Pergamentkanten des Buches. »Aber«, fügte er dann boshaft hinzu und senkte seine Stimme zu einem Flüstern. »Wir können unsere Truppen verstärken – erfüllt von der Macht der Herrin, wären deine Frau und deine Bälger zu etwas nütze!«

Travidan fuhr entsetzt zurück. »Travia bewahre!«, stieß er hervor. »Ich habe genug Unheil über sie gebracht. Worauf habe ich mich nur eingelassen? Kann ich bei aller Macht, die Toberen mir versprochen hat, nicht einmal mehr für meine Familie sorgen? Meinen Namen, mein Vermögen, alles verloren …«

Wenn du wüsstest, was ich dazu beigetragen habe, dachte Fredo und entblößte hässliche Zähne, während er hämisch grinste. Je mehr Travidan klagte, umso mehr Vergnügen fand Fredo an der hilflosen Verzweiflung des Mitverschwörers. Er fühlte sich stärker, je mehr Schwäche der andere zeigte – und deshalb genoss er jede Gelegenheit, Travidan seine Überlegenheit spüren zu lassen.

Da zuckte er zusammen.

»Es kommt jemand!«, rief er aus.

Travidan blickte sich um, aber es war alles still. Er eilte zur Tür, doch Fredos Ruf hielt ihn zurück.

»Wo willst du hin, du Narr?«, zischte der ältere Dämonenanbeter. »Es ist noch am jenseitigen Ufer.«

»Woher willst du das wissen?«, fragte Travidan.

Fredo stand auf und stieß Thargunitoths Buch mit beiden Händen vor die Brust seines stämmigeren Gefährten.

»Weil ich die Gunst der Herrin habe, du Schwächling«, knurrte er. »Weil ich den Wächter auf der anderen Seite spüre, du Narr. Er wird angegriffen und wir müssen uns vorbereiten.«

Travidan eilte zu seiner Familie.

»Packt die Sachen zusammen«, wies er die schreckerstarrte Frau an. »Wir gehen zum Boot.«

Fredo schüttelte den Kopf. Travidan hatte ein so nutzloses, schwächliches Weib geheiratet, dass sie allenfalls tot etwas wert sein mochte.

Er trat vor den hockenden Lechdan und drückte den schweren Folianten auf dessen Knie. Der Verrückte blickte auf und Fredo sah aus zusammengekniffenen Augen auf ihn herab. Trotz seiner starken Worte fühlte der Kaufmann, wie langsam die Furcht in ihm aufstieg und sein Magen sich zu einer harten Kugel verkrampfte.

»Jetzt zeig, was du kannst«, krächzte er. »Angar Toberen hielt dich für den wiedergeborenen Angrond Velunt und einen mächtigen Diener der Herrin. Ich habe dich bisher bloß sabbernd in der Ecke sitzen sehen. Angar Toberen meinte, du brauchtest Zeit, um wieder zu dir zu finden. Ich sage dir, die Zeit ist abgelaufen. Nun muss jeder das Seine tun. Ich werde tun, was nötig ist.«

Er richtete sich auf und ging zu den Waffen hinüber, die sie mitgebracht hatten. Dann griff er nach einem kurzen Spieß und blickte sich nach Travidan um.

Lechdan blickte indes auf seinen Schoß. Er hielt die Hände vom Körper fort und berührte das Buch nicht. Aber sein Kopf sank immer tiefer hinab, legte sich am Ende auf den ledernen Einband. Dann drückte der Verrückte lauschend sein Ohr darauf, rieb seine Wange liebkosend darüber und murmelte kehlige Silben.

Bei der Jagdhütte war alles still. Der windschiefe Holzbau stand mitten auf der Insel, umgeben von kahlen Weidenstämmen, und dahinter, auf der anderen Seite des Eilandes, erklangen Kampfgeräusche und laute Rufe.

Jelais umrundete das Haus einmal; ihre erschöpften Freunde warteten ein Dutzend Schritte entfernt in Deckung. Sie hörte das Getümmel auf der anderen Seite der Insel, aber der Bewuchs versperrte ihr die Sicht.

Obwohl sie wegen des Kampfes gekommen war, scheute sie nun davor zurück, näher heranzutreten. Es war nicht so sehr die Angst, in diesen Kampf hineingezogen zu werden, als vielmehr eine unbestimmbare Furcht: Ein Abscheu erregender, fauliger Geruch lag in der Luft und sie spürte die Anwesenheit einer unnatürlichen Kraft. Ganz so wie bei den Ratten in Angar Toberens Haus.

Jelais blieb bei der Jagdhütte. War sie leer? Alle Läden waren verschlossen, trotzdem fanden sich Spalten, die der scharfäugigen Elfe einen Blick hinein erlaubten.

Sie erkannte die Umrisse eines Bettes und anderer Möbel. Und eine zusammengekauerte Gestalt, die etwas an sich presste und rhythmisch den Oberkörper bewegte. Gelegentlich war ein undeutliches Murmeln zu hören, aber es wirkte nicht bedrohlich. So hatten die Noioniten Lechdan beschrieben. Vielleicht war der Verrückte tatsächlich entführt worden und die Leute aus Wehrheim hatten ihn einfach zurückgelassen, als sie von den Soldaten angegriffen wurden.

Jelais wollte ihre Vermutung mit einer List überprüfen. Die Bardin klopfte gegen die windschiefe Tür. Erst nach dem dritten Klopfen kam eine vorsichtige Antwort.

»Wer ist da?«, fragte eine zitternde Männerstimme.

Das klang nicht verrückt, aber auch nicht gefährlich. In jedem Fall sprach man mit ihr.

»Verzeiht, Herr«, improvisierte die Elfe, um einen Mitleid erregenden Tonfall bemüht. »Wir sind Gaukler, die vom Weg abgekommen sind und sich im Sumpf verlaufen haben. Wir bitten um Einlass, um uns aufzuwärmen. Könnt Ihr uns den Weg zur nächsten Siedlung beschreiben?«

Eine Weile herrschte Schweigen. Schon fragte sich Jelais, ob der Mann irgendeinen Angriff plante, als doch noch eine Antwort kam: »Augenblick ... äh«, stammelte der Bewohner der Hütte. »Ich, hm, muss erst ein wenig aufräumen, ehe ich Gäste einlassen kann.«

Jelais trat einen Schritt zurück und kratzte sich am Kopf.

Von innen hörte sie das Knarren und Scharren von Holz, als würden Möbel verschoben.

Durch eine Bewegung am Waldrand wurde sie aufmerksam und wandte sich um: Berna und Marwan winkten ihr zu. Die Elfe trat die wenigen Schritte zu ihren Freunden und berichtete ihnen von ihrem Erfolg.

»Wenn er uns gleich die Tür öffnet«, flüsterte sie triumphierend, »dann haben wir endlich Lechdan gefunden.«

Berna verdrehte die Augen und Marwan schüttelte den Kopf, hielt ihn jedoch im nächsten Augenblick mit schmerzverzerrtem Gesicht fest und gab würgende Geräusche von sich.

Stattdessen ließ Berna die Elfe wissen, was sie von

dem Plan hielt: »Bei Phex – bist du naiv!«, entfuhr es der Gauklerin. »Diesen Blödsinn hast du geglaubt?«

»Wieso?«, verteidigte sich Jelais. »Ihr Menschen seid doch so. Du bist das ganze letzte Jahr mit mir gereist und musst dich erinnern: Viele unserer Gastgeber haben extra im Haus aufgeräumt und geputzt, wenn sie Besuch bekamen. Ich halte das für eine weit verbreitete menschliche Eigenart!«

Berna verdrehte die Augen: »Aber was ist mit deiner unglaubwürdigen Geschichte? Weißt du, wie weit ab wir vom Weg sind? Wie sollten verirrte Wanderer ausgerechnet auf diese Insel stoßen, zumal wenn auf der anderen Seite gekämpft wird? Das ist unsinnig!«

»Für einen Verrückten sollte die Geschichte gut genug sein«, brummelte Jelais. »Er hat sie ja geglaubt!«

Da stieß Marwan einen leisen Schrei aus und wies an der Hütte vorbei. Jelais blickte in die Richtung und sah eine Gestalt davoneilen.

»Er ist durch ein Fenster an der Rückseite geflohen!«, mutmaßte Berna.

Jelais zögerte. Der Verrückte, wenn es Lechdan war, floh auf die Kampfgeräusche zu. Sollte sie ihm folgen?

Die Sonne schimmerte bleich durch den Dunst, der Nachmittag war schon weit fortgeschritten. Praiodan von Bregelsaum führte die beiden Boote durch verästelte Kanäle und suchte den Rückweg zum Fluss.

»Es hat keinen Zweck«, rief der Weibel vom anderen Kahn aus. »Ohne Führer finden wir in diesem Sumpf nichts. Wir können froh sein, wenn wir bei Tageslicht zurückkehren – es wird schnell dunkel in dieser Jahreszeit.«

Die Bootsführerin hatte sich bei der Befragung verstockt gezeigt und zu einem intensiveren Verhör fehlten unter gegebenen Umständen die Mittel. Und die Zeit drängte. So hatte der Bannstrahler sich Praios' Führung anvertraut und auf eigene Faust die Suche fortgesetzt. Die Verräterin war mit einer Wache auf der Insel zurückgeblieben, und nach einer langen Irrfahrt durch den Auwald war Praiodan nicht einmal sicher, ob sie diesen Lagerplatz ohne Probleme wiederfinden konnten.

»Siehst du diesen Hügel?«, meinte er. »Ich glaube, dort ist eine Hütte zwischen den Bäumen.«

Der Weibel wischte sich müde durch das Gesicht und nickte dann. Schon einige Schritt vor dem Ufer schabte der Kiel des Ruderbootes über Grund, ein weiches, saugendes Geräusch wie von einem Schwamm. Aber das Wasserfahrzeug blieb lange genug beweglich, sodass die Soldaten in Griffweite des Uferbewuchses kamen und sich an Land ziehen konnten.

Praiodan blickte sich um.

Vom Wasser aus stieg das Land an. Oben auf der Kuppe war von hier unten aus bloß ein kleines Weidenwäldchen zu sehen, keine Spur mehr von einem Gebäude. In Ufernähe, wo die Soldaten sich befanden, wuchsen niedrige Büsche, gekrümmte Bäume und ein Bodenbelag aus Moos und Gras. Das Erdreich hier war nicht gefroren und federte unter ihren Füßen, nur auf vereinzelten Findlingen glitzerte eine dünne Eisschicht – ein tückisches Gelände.

»Machen wir rasch!«, merkte Praiodan an, aber er bewegte sich müde und schwerfällig. Immerhin hatte er den ganzen Tag bei Eiseskälte in einem engen Kahn gesessen.

»Da kommt jemand!«, rief Praiodans Knappe aus, der eine Flanke sicherte.

Die übrigen Krieger blickten auf.

»Von dort auch!«, schrie eine Soldatin und Schrecken lag in ihrer Stimme. Praiodans müder Blick erfasste die Ursache: Zwei Gestalten erhoben sich direkt aus dem Flussarm wie Wasserbewohner. Die Haut dieser Kreaturen war dunkel angelaufen, Kopf und Leib aufgedunsen.

Es waren Moorleichen, Untote, die kaum noch etwas Menschliches an sich hatten.

Von den Seiten griffen drei andere Wesen, von unheiligem Leben erfüllt, die Eindringlinge an: eine weitere aufgequollene Wasserleiche, und die beiden anderen Gegner waren …

»Was machen denn die Schwarzpelze hier?«, schimpfte der Weibel, der einen Schritt zurückwich und seine Waffen fester fasste. Dadurch kam er in die Reichweite eines anderen Angreifers, der von hinten nach ihm griff.

Auch Praiodan zog sein Schwert und die Müdigkeit fiel von ihm ab. Er war beinahe dankbar für die Gelegenheit, seine steif gefrorenen Glieder durch einen Kampf zu wärmen.

»Das lass uns ein anderes Mal ergründen«, stieß er zwischen den Zähnen hervor. »Jedenfalls sind wir hier am richtigen Ort!«

Keinem der Kämpfer fiel es leicht, den untoten Wesen entgegenzutreten. Aber Praiodans Begleiter waren nicht unerfahren. Seine eigenen Leute hatten an seiner Seite gegen Angrond Velunt gekämpft und die Soldaten aus Wehrheim waren nicht grundlos in den Dienst der Inquisition gestellt worden. Zum ersten Mal standen sie hier allerdings einem solchen Gegner bei Tageslicht gegenüber, nahmen alle Einzelheiten der verrottenden Körper wahr und Abscheu erfüllte sie.

Haut, Fleisch und Knochen waren bei den Moorleichen zu einer kompakten, schwammigen Masse verschmolzen. Ein Soldat schlug mit seiner Keule nach einem Angreifer und die stumpfe Waffe sank tief in die Brust des Untoten, ohne ihm eine sichtbare Wunde zuzufügen. Die Kreatur gab einen gurgelnden Laut von sich und wollte den Krieger umklammern, der aber ließ seine Waffe fallen und sprang hastig zurück.

Die Untoten waren erschreckend anzusehen, bewegten sich jedoch langsam. Die Lebenden hielten ihnen stand. Sie deckten sich gegenseitig und schlugen jetzt mit scharfen Schwertern und Beilen auf die Kreaturen ein. Obgleich diese zäh waren und der Wunden in ihrem toten Fleisch keine Beachtung schenkten, waren die Soldaten ihnen doch zahlenmäßig überlegen – und nur eine einzige Moorleiche war bewaffnet!

Etwas anderes war es mit den Orks: Die beiden Schwarzpelze trugen Rüstungen, Schild und Säbel. Ihre Augen waren starr und verschleiert, leblos. Trotzdem waren ihre Körper gut erhalten und kaum verfärbt – der Tod war vor nicht allzu langer Zeit zu ihnen gekommen.

Praiodan stellte sich diesen gefährlichen Gegnern zuerst. Der Kampfesrausch verflog jedoch rasch und der Ritter spürte einen stechenden Schmerz in seiner rechten Schulter, tief in den Muskeln. Mit jeder Bewegung wurde es schlimmer, und je länger der Kampf andauerte, umso mehr Kraft rann aus seinem Körper.

Der Bannstrahler meinte, kaum schneller oder sicherer zu kämpfen als der untote Feind, und er fragte sich, ob es den anderen ebenso erging: Mit kalten, steif gesessenen Gliedern in die Hitze eines Kampfes, das war keine günstige Ausgangslage.

Er schlug zu und sein Langschwert glitt am gekrümmten Säbel des Orks ab, fuhr klirrend die Klinge hinab und schlug in den Schildrand. Das Gesicht der lebenden Leiche blieb ausdruckslos, obwohl die zurückgezogenen Lippen die Zähne entblößten. Auf Praiodan wirkte das wie ein höhnisches Grinsen und die toten Augen unter der wulstigen Stirn hatten etwas Hypnotisches an sich.

Der Ork drehte seinen Schild, hebelte so das verkeilte Schwert aus der Hand des Ritters und schleuderte es zu Boden. Sein Säbel schwang vor, aber Praiodan konnte sich durch einen Sprung nach hinten retten. Fast verlor er seinen Halt, er ruderte mit den Armen und die Klinge des Feindes glitt dicht an seinem Gesicht vorbei. Wäre der Ork ein wenig geschickter gewesen, hätte der Ritter hier sein Ende gefunden.

Sein Knappe stellte sich in den Weg und verschaffte Praiodan eine Atempause. Als der Ritter sich umblickte, entdeckte er, dass der Feind Verstärkung erhielt: Fünf weitere Bewaffnete kamen den Hügel hinab. Was waren das für Kämpfer? Der Bannstrahler erkannte zwei halbwüchsige Kinder und eine Frau, die ein weites Gewand und eine seltsame rote Schärpe trug. Dahinter kamen zwei Männer, mit Streitaxt und Speer versehen, und …

Praiodan erblickte Einzelheiten und verharrte entsetzt.

»Bei Praios' Gnade, nein!«, keuchte er.

Die rote Schärpe war kein Kleidungsstück, sondern ein breiter Streifen Blut, der aus einer durchschnittenen Kehle über das Kleid gelaufen war. Die Frau und die Kinder waren erst vor kurzem ermordet worden, mit Stichen in den Leib und gezielten Schnitten. Das Blut war feucht, die Körper gewiss noch warm – und trotzdem verstärkten sie bereits die untote Armee der Dämonenanbeter.

Der Knappe blickte über die Schulter seines Gegners und erkannte, was seinen Herrn so erschüttert hatte. Er zögerte kurz und der Ork nutzte die Ablenkung. Tief senkte er seinen Säbel in die Schulter des Jünglings. Dabei formten seine starren Lippen ein Lächeln und für einen Lidschlag glaubte Praiodan, Triumph in den blicklosen Augen aufblitzen zu sehen.

Wie viel Hass auf die Menschen mochte sich der Schwarzpelz im Tod bewahrt haben?

Mit einem Schrei, der zunächst ihm selbst Mut machen sollte, sprang Praiodan zu seinem Schwert und hob es vom Boden auf. Als er sich mit der Waffe aufrichtete, stach der Säbel seines Feindes gegen die ungedeckte Brust des Ritters – aber der überraschte Untote brachte nur einen halbherzigen Stoß zustande und zudem war die Waffe für den Stich nicht geeignet. So glitt die Spitze am Kettenhemd ab und riss nur den Überwurf auf, während der Ritter mit neu erwachten Kräften auf seinen Feind einschlug.

Einer der Neuankömmlinge stürmte vor. Der Mann mit der Streitaxt lief an den Leichnamen vorbei, sprang zwischen die Soldaten und schlug zu wie ein Berserker – sein Gesicht war gerötet, seine Augen verquollen und er schrie unartikuliert. Aber er handhabte seine Waffe ungeübt. Die Krieger wichen dem Angriff mühelos aus und erschlugen den Kerl, ehe die untote Familie in den Kampf eingreifen konnte.

Der letzte Dämonenanbeter blieb im Hintergrund. Er ließ sich von den lebenden Leichen decken und stach tückisch mit seinem Spieß nach den erschöpften Kämpfern. Die Götterfrevler waren indes zu spät gekommen: Ihr erstes Aufgebot war fast schon am Boden, obwohl die Orks hartnäckig Widerstand leisteten, und die Kämpfer der Inquisition blieben in der Übermacht.

Da kam ein weiterer Mann vom Hügel herabgestürmt, eine plumpe, massige Gestalt, die in den Händen keine Waffe hielt – sondern einen gewaltigen, ledergebundenen Folianten. In der zunehmenden Dämmerung gähnte der schwarze Einband wie ein finsteres Loch in den Armen des Neuankömmlings.

»Er hält ein unheiliges Buch in den Armen!«, hörte Praiodan von irgendwo aus dem Getümmel rufen.

»Wartet – es ist bloß der Verrückte!«, schrie der Ritter, so laut es seine Erschöpfung zuließ. Mit einem verzweifelten Kraftaufwand hieb er seine Klinge gegen das Knie des Orks und durchtrennte das Bein. Hilflos fiel der Gegner zu Boden. Der Bannstrahler achtete nicht mehr auf ihn, sondern sprang über den gestürzten Körper hinweg und Lechdan entgegen.

Der Verrückte wich indes dem Kampfplatz aus und rannte geradewegs auf ein kleines Boot zu, das verborgen im Ufergehölz lag.

Fredo, der Bewaffnete mit dem Spieß, wandte sich um.

»Meister, hilf uns!«, stieß er hervor.

Da hatte Praiodan schon die letzten Untoten umgangen, die im Scharmützel mit sechs Soldaten gebunden waren, und stieß im Vorüberlaufen dem Kaufmann das Schwert zwischen die Rippen. Er machte sich nicht die Mühe, seine Klinge herauszuziehen, sondern verstellte Lechdan waffenlos den Weg.

Hinter ihm brach der letzte Dämonenanbeter zusammen, dessen letzter Blick dem Verrückten und dem großen Buch galt, das dieser trug.

Lechdan blieb stehen und wich einen Schritt vor dem Ritter zurück, der den Weg zum Boot verstellte. Das Buch presste er an den Körper.

»Erkennst du mich?«, fragte Praiodan und streckte eine Hand aus.

Lechdan nickte. Sein flackernder Blick suchte einen Ausweg, allerdings schien der Ritter gleichfalls von dieser Reaktion überrascht.

»Dann weißt du, dass du mir vertrauen kannst!«, fügte Praiodan hinzu, nachdem er kurz Atem geholt hatte. Er sprach zu Lechdan wie zu einem Kind. »Du hast ein ganz böses Buch in der Hand. Das musst du sofort fallen lassen!«

Der Verrückte blickte den Ritter ungläubig an. Dann lachte er laut und schallend. Den Folianten schleuderte er vor sich auf den feuchten Grund, dass der Schlamm nach allen Seiten spritzte.

Danach ließ er sich selbst auf den Boden fallen, die Hände vorm Gesicht. Das Lachen ging in ein Wimmern über. Der Weibel der Waffenknechte trat heran. Er blutete aus mehreren leichten Wunden und sein Atem ging kurz und stoßweise.

»Es ist getan«, keuchte er. »Was ist mit ihm? Unrein. Er kam mit einem unheiligen Buch in Berührung.«

Praiodan schüttelte den Kopf: »Er ist bloß ein Verrückter. Er hat keinen Verstand und keine Verantwortung – halten wir ihn aus der Sache raus, die Noioniten können sich seiner annehmen.«

Der Weibel, der schon lange im Dienst der Inquisition stand, wechselte das Thema: »Mich wundert, weshalb dieser Nekromant nach einem Meister um Hilfe rief. Ich dachte immer, die dämonische Kreatur, der diese Leute dienten – möge Praios' Licht uns davon reinigen –, würde gemeinhin mit weiblichen Merkmalen verbunden.«

»Was macht Ihr denn hier?«, schimpfte der Praiosritter, als Jelais und ihre Freunde den Hügel hinabkamen.

»Wir haben Lechdan gefunden!«, rief Jelais triumphierend, auch wenn der Verrückte gerade zu Praiodans Füßen verharrte. »Und die letzte dieser dämonischen Ratten erschossen!«

Das war der Elfe ein persönlicher Triumph – die spitze Schnauze hatte unter einem Busch bei der Hütte hervorgelugt und Jelais hatte ihren Bogen bereit gehabt. Trotzdem blieb sie misstrauisch. Möglicherweise gab es mehr von den Tieren, daher hielt sie sich ängstlich dem Unterholz und jeder Bodenspalte fern.

Der Bannstrahler blickte sich beunruhigt um und sah gelegentlich auf den Mann zu seinen Füßen. »Ihr solltet im Ort warten, das war ein Befehl!«, beharrte er.

»Ich bin keiner Eurer Soldaten!«, hielt Jelais dagegen.

Marwan und Berna blieben im Hintergrund und machten sich ganz klein. Der Bannstrahl-Ritter sah sie trotzdem.

»Was ist mit ihm?«, erkundigte er sich schroff und zeigte auf Marwan. Der Illusionist blutete wieder aus der Nase und sah sehr mitgenommen aus.

»Auch wir haben gekämpft!«, trumpfte Jelais auf. »Sonst hättet Ihr hier noch mehr Gegner gehabt.«

Sie verschwieg allerdings schamhaft die Anzahl ihrer Feinde. Praiodan musterte sie abschätzig. »Ich kümmere mich später um Euch – wir müssen unsere Verwundeten versorgen.«

Jelais blickte auf und ihr Gesichtsausdruck änderte sich. »Ich bin auch Heilerin«, meinte sie.

Für eine Kämpferin aus Wehrheim kam jede Hilfe zu spät. Praiodan sprach ein Gebet für sie und dankte dem Götterfürsten auch für den Sieg. Viele andere Soldaten hatten kleinere Verletzungen davongetragen, Schnitte und Schürfwunden. Ein Soldat der Inquisition und Praiodans Knappe waren schwer verletzt. Jelais war als Heilerin nicht erfahren, doch sie hatte zu Hause viel gelernt. Jetzt stillte sie die Blutungen, reinigte die Verletzungen und verband die Wunden, so gut es möglich war. Dann schleppten sich die Überlebenden zur Jagdhütte.

Praiodan rang sich widerwillig eine Entschuldigung ab: »Ich muss zugeben, Elfe, dass Ihr auch zu etwas Nutze sein könnt.«

»Habt Dank«, gab die Bardin bissig zurück. Sie empfand die Worte als Beleidigung.

Widerwillig betraten sie das Blockhaus: Eine Seite des Raumes war über und über mit Blut besudelt, auf der anderen Seite stand der unheilige Schrein mit der Vogelstatuette.

»Ich kann es immer noch kaum glauben, dass Travidan Steinhauer seine eigene Familie abgeschlachtet hat, um ein paar Kämpfer mehr an seiner Seite zu haben«, murmelte Praiodan.

»Wer sich von den Göttern abwendet, der verliert bald jegliches Maß und jegliche Menschlichkeit. Es ist abstoßend, aber nicht verwunderlich: Nur ein kleiner Schritt liegt zwischen der kleinsten Gottlosigkeit und den schrecklichsten Verbrechen«, befand der Weibel.

»Die Hütte ist jedenfalls nicht groß genug für uns alle«, stellte Praiodan fest. »Hier vom Hügel aus sieht man das freie Wasser des Dergels: Wir verbrennen die Leichen und unheiligen Gegenstände, dann rücken wir mit allen marschfähigen Soldaten ab. Morgen holen wir die Verwundeten und die Zivilpersonen – die Elfe mag die Kranken versorgen.«

Praiodans Augen leuchteten. Am Ende hatte sich alles zum Guten gewendet, also billigte Praios wohl sein Vorgehen. Selbst die Anwesenheit der impertinenten Elfe erwies sich im Nachhinein als Vorteil: eine willkommene Gelegenheit, Lechdan unauffällig aus der Sache herauszuhalten und in andere Hände zu übergeben.

Wenig Mitleid empfand er für seinen Ordensbruder Berman: Der hatte Lechdans Spur mit zwei Tagen Vorsprung verfolgt. Wäre er nicht nur von Praios' Geist durchdrungen gewesen, sondern auch ein wenig von seinem eigenen, dann hätten sie die Sache einfacher zu Ende bringen können.

Jelais blickte in die Hütte und schauderte zurück vor dem Blut und dem Geruch, der in der Luft lag. Trotzdem hatte der Ritter Recht: Die Verletzten würden einen Transport möglicherweise nicht überleben und auch Marwans Zustand bereitete ihr Sorgen.

Inzwischen hatten die Soldaten am Fuße des Hügels Scheiterhaufen vorbereitet, wo sie die Leichen der Dämonenpaktierer und ihrer Verbündeten sowie die unheiligen Gegenstände verbrannten. Dazu hatten die Kämpfer der Inquisition reichlich geweihtes Öl mitgenommen, denn dämonische Artefakte waren zu bedrohlich, um sie mit zurückzunehmen, und die Leichname mussten so rasch wie möglich dem Einfluss Thargunitoths entzogen werden. Der Rest der Habseligkeiten aus der Hütte wurde eingepackt und auf die Boote verladen.

Anschließend nahm Praiodan die Elfe beiseite.

»Achtet auf meinen Knappen«, schärfte er ihr ein. »Ich hoffe, dass er genesen wird, denn ich trage eine besondere Verantwortung für ihn. Und was Lechdan betrifft …«

Er blickte auf den Verrückten, der wieder in einem Winkel kauerte und kaum auf das zu achten schien, was um ihn herum vorging. Praiodan zog einen Beutel hervor und gab ihn Jelais.

»Es ist sicher ein praiosgefälliges Werk, wenn Ihr die Ordnung wieder herstellt und diesen Kranken an seinen Platz zurückführt«, meinte er. »Das sollte Euch für Euren Aufwand entschädigen.«

»Mich wundert, dass die Frevler den Verrückten am Leben ließen«, warf der Weibel ein. »Weshalb fügten sie ihn nicht in ihre untote Armee? Sie müssen etwas Besonderes für ihn geplant haben – schade, dass keiner der Verschwörer mehr am Leben ist. Vielleicht können wir den Irren doch befragen ...«

»Was soll das nutzen?«, erwiderte Praiodan scharf. »Wir haben schon einen Verrückten im Kerker sitzen. Das reicht!«

Der Weibel wollte widersprechen, denn er hatte gewiss mehr Erfahrung als der junge Ritter. Zudem wirkte dieser Lechdan sehr viel verständiger als der von Dämonen verfluchte Toberen. Aber der Bannstrahler blickte entschlossen drein und der Weibel fügte sich.

Berna riss der Elfe den Beutel aus der Hand und sah hinein. Silber und auch ein wenig Gold glänzten ihr entgegen. Sie schaute voll ungläubigen Staunens auf Ritter Praiodan, doch der lächelte, obwohl Bitterkeit in seinen Zügen lag. Jelais konnte den Sinneswandel kaum fassen.

Der Bannstrahler drehte sich um und ging. Jelais sah ihm verwundert nach. Sie wollte noch etwas anmerken. Es gab so viele Gerüchte um Lechdan, so viele ungeklärte Fragen. War der Verrückte entführt worden, wie der Ritter vermutete? Oder war er an der Verschwörung beteiligt, auf irgendeine Weise, die sie nicht durchschauen konnte?

Aber Berna murmelte von hinten: »Das ist viel Geld.

Und die Vorsteherin der Noioniten hat uns noch mehr versprochen!«

Jelais konnte damit wenig anfangen, aber sie verstand eines: Wenn sie die Sache jetzt beendete, wäre das ein guter Abschluss für sie und ihre Freunde. Konnte sie mehr herausfinden? Wollte sie das überhaupt? Würde weiteres Forschen nicht den Wahnsinn übernatürlicher Dämonengeschöpfe herausfordern? Ihre Neugierde war nicht befriedigt, aber erstickt.

Wenn sie Zweifel an Lechdan äußerte, könnte sich der Ordensritter der Sache nochmals annehmen, und sie traute dem Urteilsvermögen der Bannstrahler nicht.

»Wir bringen ihn also zu den Noioniten zurück!«, rief sie hinter Praiodan her.

Da sah der Gefangene plötzlich auf und lächelte aus seinem vernarbten Gesicht: »Ja, die Noioniten! Da war es warm und sauber, anders als in diesem Sumpfloch. Das Richtige, um wieder zu Kräften zu kommen. Weshalb bin ich nicht gleich dort geblieben?«

Bei Sonnenuntergang waren die drei Freunde mit Lechdan und den beiden Schwerverletzten alleine. Sie hatten Toberens Jagdhütte so gut wie möglich gereinigt, ein kleines Feuer brannte im gusseisernen Ofen und die Fenster und Ritzen im Gebälk waren notdürftig abgedichtet.

Doch an Wäscheleinen quer durch den Raum hing nasse Kleidung, Nebel und Feuchtigkeit aus dem Sumpf zogen durch jeden Spalt in die Hütte, sodass die Bewohner trotz des Feuers immer wieder vor Kälte erschauerten. Außerdem lag ein widerwärtiger Geruch nach Blut und Fäulnis in dem Raum, der sich durch kein Lüften vertreiben ließ. Und wie auch immer sie die spärlichen Möbel stellten: Sie konnten nicht alle Blutflecken überdecken. Nach dem, was an diesem Ort geschehen war, fühlte sich niemand hier wohl.

Selbst die Spinne, die unter der Decke unruhig in ihrem Netz verharrte und oft ohne Grund von der einen Seite zur anderen lief, hatte sich gewiss nur hier niedergelassen, weil sie keinen besseren Platz zum Überwintern gefunden hatte. Die Bardin warf einen kurzen Blick auf die achtbeinige Leidensgenossin, seufzte und wandte sich dann ihren menschlichen Mitbewohnern zu.

Marwan ruhte sich im Bett aus, eine Hand auf seinem Zauberstab, der neben ihm lag. Einer der anderen Verletzten wälzte sich auf seinem Lager und stöhnte.

Die Elfe blickte auf Lechdan. Der entsprungene Verrückte kauerte in einer Ecke. Er blickte mit glasigen Augen in den verräucherten Raum und wirkte so verwirrt und harmlos, wie die Vorsteherin Marnion im Hause der Noioniten ihn beschrieben hatte. Trotzdem hatte Jelais stets ein Auge auf ihn.

»Hier sieht es aus wie in einem Schweinestall!«, merkte die Elfe an.

Zu ihrer Überraschung reagierte Lechdan auf die Worte und lachte trocken: »Willkommen in der Mühle der Tränen!«, sagte er mit überraschend klarer Stimme. »Mir blieb keine Demütigung erspart. Als ich hier ankam, hausten zwei Orks in diesem verkommenen Loch. Aus den Schwarzpelzen konnte man leicht etwas Besseres machen. Aber diese Hütte kriegt niemand mehr wirklich sauber.«

Jelais erstarrte. »Du bist nicht verrückt?«

Der bullige Mann kicherte und ein Speichelfaden rann aus seinem Mundwinkel. »Doch, ich muss verrückt sein. Wer sonst lauscht dem verräterischen Geflüster der Niederhöllen? Ah, mein Kopf schmerzt so. Mein Geist fliegt locker durch diesen Schädel, gewiss kann er jeden Augenblick wieder daraus entfliehen. Dieser Leib ist ein großes, groteskes Lumpenkleid und ich muss es tragen und wie ein Narr durch die Welt taumeln. Ah, die Mühle mahlt und mahlt …«

»Die Mühle der Tränen?«, fragte Jelais verunsichert nach. »Was meint Ihr damit?«

»Die Seelenmühle!«, fuhr Lechdan auf und die Elfe erschauerte beim Klang der Worte. Aber der Begriff sagte ihr nichts.

Der Verrückte fuhr fort, Schmerz lag in seiner Stimme: »Es heißt, in der Seelenmühle zerreibt die Herrin die Seelen der Verdammten viele Zeitalter lang. Es heißt, in die Seelenmühle kommen die Verdammten nach ihrem Tod.«

Lechdan lachte schrill: »Ich habe einen schlauen Pakt geschlossen, um diesem Schicksal zu entfliehen. Die Mühle steht dort, dachte ich, und ich bleibe hier. Ja, ja …«

Eine Weile saß er auf und nieder wippend in seinem Winkel, ehe er plötzlich schrie: »Ah, aber diese Mühle steht hier! Ich wollte in die Unsterblichkeit fliehen und dem Preis entkommen, aber gerade der Pakt hat mich in die Seelenmühle gebracht. Dieser Schmerz … ja, die Mühle der Seelen ist nichts weiter als stete Wiedergeburt, in Schmerzen, in Demütigung, als schwaches Zerrbild seiner selbst. Eine Lebensspanne um die andere, oh, ich selbst habe diesen Pakt geschlossen und mich in ihre Hände begeben. Also muss ich verrückt sein, oder?«

Sein angedeutetes Grinsen ging in eine schmerzliche Grimasse über. »Es gibt keinen Ausweg, hörst du, Elfe? Keinen Ausweg, bis meine Seele so dünn gemahlen ist, dass sie in diesen geistlosen Körper passt. Jetzt weiß ich mehr. Wie eine Mühle an einem Fluss ist sie eingerichtet, vom Wasser angetrieben. O Tränen, ja, der Mühlstein läuft wie die Tränen, so lange ich noch Leid empfinden kann …«

Jetzt liefen Lechdan tatsächlich Tränen über die Wangen. Sie vermengten sich mit Speichel und dünnem Schleim, der aus seiner Nase floss. Der Mann schniefte und schluchzte und rieb sein Gesicht mit der Schulter.

»So schmutzig«, murmelte er. »Es mahlt und läuft und

wie ein Mahlstrom gräbt es Linien in mein Gesicht und legt die Seele bloß.«

Jelais konnte ihn nicht länger ansehen und wandte sich ab. Dann begab sie sich zu Berna, die in eine Decke gehüllt am Tisch saß und ins Feuer starrte.

»Ich weiß mit ihm nichts anzufangen«, flüsterte die Elfe ihrer Gefährtin zu. »Er klingt verrückt, doch nicht wie der Lechdan, von dem die Noioniten sprachen. Es ist etwas Unheimliches an ihm, manchmal scheint ein verborgener Sinn hinter seinen Worten zu liegen, aber der lässt sich nicht greifen.«

»Vielleicht ist gerade das seine Verrücktheit«, meinte Berna. »Ich möchte gar nicht über den Sinn nachdenken. Ich habe gehört, dass Verrückte manchmal so wirken können. Vielleicht hat Angar Toberen ihn deshalb entführt: Er hat ihn sprechen hören und einen Sinn in den Worten gesehen. Aber er hat nur das verstanden, was er hören wollte.«

Jelais schüttelte den Kopf. Sie fühlte sich unbehaglich in der Nähe des Verrückten und sie würde ihn die Nacht über im Auge behalten.

Plötzlich lief die Bardin über eine weite, dunkle Ebene. Faulige Pflanzen wuchsen aus dem Boden, widerwärtiges Zwielicht lag über dem Land wie ein Leichentuch und zeichnete ein Muster von Glut und Schatten. Jelais lief und dicht hinter ihr stürzte die Dunkelheit vom Himmel. Ein Verfolger war dort, eine bleiche Frau, die auf einem großen schwarzen Vogel ritt. Tote Augen stachen über einen blutig roten Schnabel in den Rücken der fliehenden Elfe.

Der Rabe aus dem Tor des Angar Toberen war dem bronzenen Strudel entkommen.

Der Rabe aus dem Beschwörungsraum des Angar Toberen bog seine Schwingen und folgte Jelais durch die albtraumhafte Landschaft.

Die Frau auf seinem Rücken kreischte und schwang eine Geißel in der Hand, deren Riemen nach Jelais griffen, und der Schmerz war wie beißende Kälte.

»Voran! Voran!«, lachte die Rabenreiterin. Dabei wogten ihr nachtschwarzes Haar und der Mantel und legten sich wie schwarze Dunstschleier über den Horizont. Hinter Jelais verdunkelte sich die Welt und wurde ausgelöscht, während die Elfe verzweifelt vor dem großen Vogel herlief.

Auf den Armen trug sie ein Bündel an die Brust gedrückt. Sie spürte die Bewegung – ein Kind, ohne Zweifel, ein hilfloses Kind.

Sie kannte es nicht und brachte es doch vor den Gefahren in Sicherheit. Vor ihr leuchtete ein Tor durch die Finsternis, kein Licht quoll daraus hervor, sondern Farben und Leben.

Die Elfe hielt auf dieses Tor zu, die Verfolgerin dicht auf den Fersen.

Die Geißel schlug, vielstimmig kreischten Dämonenlaute von allen Seiten. Das Laufen wurde Jelais schwer, denn ihr war, als wüchse das Bündel in ihrer Hand. So hatte die Elfe immer schwerer an dem Kind zu tragen, zudem strampelte es und zeigte sich widerwillig.

»Wir sind doch gleich am Tor! Still, still«, murmelte Jelais beruhigend.

Dann war das Kind in ihrem Arm so groß wie ein ausgewachsener Mann und sie konnte das Gewicht nicht mehr halten und stolperte vornüber. Ausgestreckt landete sie auf dem Bauch, aber die Gestalt in ihren Armen sprang sicher auf den Boden und lief die letzten Schritte aus eigener Kraft.

Der Vogel und die Reiterin glitten über sie hinweg und das schrille Lachen der Frau verklang.

Jelais griff nach der Gestalt, die sie Augenblicke zuvor noch getragen hatte und die nun durch das Tor verschwand. Sie bekam nur die Gewänder zu fassen, eine schleierhafte Finsternis wie der Mantel, den die dämonische Reiterin hinter sich herzog.

Langsam kam die erschöpfte Elfe zu Atem, sie richtete sich auf. Dunkelheit war um sie. Ruhige Atemzüge – ihre Gefährten! Sie hörte glucksende Geräusche: Der Verrückte lachte leise im Schlaf, hatte seinen Daumen im Mund und lutschte daran wie ein Säugling.

Jelais war in der Jagdhütte des Angar Toberen. Sie war eingeschlafen und hatte wieder einen Albtraum gehabt. Diese Träume geißelten sie wie die Reiterin, die sie darin gesehen hatte. Hoffentlich würde all das bald ein Ende haben. Wenn sie Lechdan los waren, dann würde sie vergessen können. Oder ein Lied aus den Ereignissen machen und ihre Erlebnisse in harmloser Form als Abenteuer schildern. Wenn sie die offenen Fragen fortließ, war es ein gutes Lied mit gutem Ausgang: Sie hatten einen Verrückten gesucht und endlich aus den Klauen verderbter Bösewichte gerettet.

Eine gute Geschichte.

Was mehr konnte sie sich wünschen?

Am nächsten Morgen, nach einem kargen Frühstück, liefen die beiden Frauen unruhig umher und warteten auf die Boote. Gelegentlich traten sie an Marwans Bett und sprachen mit dem Illusionisten. Dem ging es besser, wenngleich sein Kopf schmerzte und ihm schwindlig und übel war.

»Weshalb war der Praiosritter so besorgt um den Verrückten? Und so großzügig?«, rätselte Berna.

Marwan hatte einen Gedanken: »Hat der Ritter sich in Hadrunk nicht als Praiodan von Bregelsaum vorgestellt? Vana Marnion deutete an, dass Lechdan einer einflussreichen Familie entstammt. Womöglich ist sein wahrer Name gleichfalls Bregelsaum …«

»Nein, Angrond!«, warf der Verrückte ein, der bis dahin still in einem Winkel gesessen hatte. Als die drei anderen einen kurzen, irritierten Blick auf ihn warfen, lachte er über seine eigenen Worte wie über einen guten Scherz. Berna, Jelais und Marwan konnten mit dem Einwurf nichts anfangen und steckten wieder die Köpfe zusammen.

»Wenn das tatsächlich der Fall ist …«, meinte der Illusionist, »… dann wird der großzügige Praiosritter eine schmerzhafte Buße tun müssen. Denn diese Praioten müssen immer die Wahrheit sagen! Und da hat er uns zumindest mehr als eine unwichtige Kleinigkeit verschwiegen.«

»Wenn seine ganze Familie so dem Götterherrn anhängt, wie ich auf der Reise habe reden hören«, merkte Berna an, »wie kann sie dann überhaupt ein solches Geheimnis mit sich rumschleppen?«

Marwan grinste. »Wenn eine Familie nicht im Stande ist, ein Geheimnis zu bewahren, so kann sie auch nicht an der Politik partizipieren. Da muss sich der Glaube eben den Umständen anpassen.« Es bereitete ihm eine gewisse Befriedigung, sich die Verlegenheit dieser Herrschaften vorzustellen. Wenn er daran Anteil hatte und dafür auch noch Geld einstreichen durfte, dann kam er sich geradezu wichtig vor. Falls die Mutmaßungen der Wahrheit entsprachen … Er blickte zu Lechdan hinüber.

»Wenn ich nicht mehr Angrond Velunt und nicht mehr Lechdan Babek bin, dann heißt das, dass die Seele wandert wie der Körper und der Name jedes Mal zurückbleiben kann«, murmelte Lechdan gerade vor sich hin und ließ seinen flackernden Blick durch den Raum wandern. »Dann ist das eine wie das andere und ich kann vielleicht lernen, Bregelsaum zu sein! Ja, das ist ein Weg, der Weg der Herrin. Dann ist Praiodan mein Bruder. Bald wird er meine Umarmung spüren …«

Ein Funkeln stahl sich in die Augen des Verrückten und er verstummte plötzlich. Sein Kopf sank auf die Brust.

Jelais schaute unbehaglich in eine andere Richtung.

»Wir werden der Dame Marnion zur Vorsicht raten«, meinte sie. »Vielleicht ist dieser Verrückte gefährlich. Doch ich weiß nicht, ob wir den Gedanken der Besessenheit ansprechen sollten …«

Zwei Tage später betätigte Jelais den Türklopfer am Anwesen der Vana Marnion. Eine Ordensfrau öffnete, blickte von der Elfe zu der Gauklerin und dann auf den hinter den Frauen unruhig wartenden Lechdan.

»Kommt herein!«, bat sie, ehe sie die vier in der Eingangshalle zurückließ und die Vorsteherin holte.

»Diese Noioniten sind regelrecht geschwätzig heute!«, meinte die Bardin übermütig und auch Berna lachte. Marwan war nicht bei ihnen. Dem Illusionisten ging es schlecht und er war noch immer bettlägerig.

Aber die beiden Frauen waren erleichtert. Alle Nachforschungen lagen hinter ihnen und im Rückblick verblassten die Erlebnisse zu unbeschwerten Heldentaten. Sie hatten nicht jedes Rätsel gelöst, doch was offen geblieben war, darin waren die Gefährten sich einig, ließ man am besten unter Borons Schweigen ruhen. Obwohl Jelais es anders ausgedrückt hätte.

Die Dame Marnion eilte herbei und war hoch erfreut. »Ihr habt ihn wiedergefunden!«, rief sie aus. »Ein Ritter im Auftrag der Inquisition hat mich aufgesucht und wusste zu berichten, dass unser Pflegling von einem durchreisenden Schwarzmagier entführt wurde! Aber wie ich sehe, ist Lechdan unbeschadet. Wie froh ich bin!«

»Ja, froh!«, rief plötzlich Lechdan aus. »Wärme, Sauberkeit, Ruhe! Ein neues Leben für mich!«

Er lief an Jelais vorbei auf die Vorsteherin zu, als wolle er sie umarmen. Überrascht von solchem Überschwang, wich die Dame zurück, aber da übermannte auch schon die Aufregung den Kranken und er musste niesen und husten und spuckte gelben Schleim auf den Boden der Vorhalle.

Atemlos hielt er inne, dann kreischte er: »Nein, Schmutz, dieser Schmutz! Der Körper hat mich schon wieder verraten – er passt mir einfach nicht! Du hast mich verraten, es passt nichts zusammen. Das ist ein Gefängnis für einen Geist wie meinen!«

Die schrille Stimme verklang, während Lechdan schluchzend den Flur zu seinem früheren Zimmer entlanglief und dort verschwand. Ohne Aufforderung folgte die ältere Ordensfrau dem Kranken. Vana Marnion blickte ihm erschrocken nach, dann rang sie sich für ihre Besucher ein Lächeln ab: »Wie ich sehe, habt Ihr meinen Patienten fast im alten Zustand retourniert. Begleitet mich in mein Kontor, dort müsst Ihr mir alles über die Umstände erzählen. Und natürlich werdet Ihr eine gebührende Entschädigung erhalten.«

Jelais und Berna sahen den Flur entlang, in dem Lechdan verschwunden war.

»Seid ohne Sorge«, setzte die Vorsteherin hinzu. »Diese Kranken wirken mitunter erschreckend auf unbefangene Menschen, doch solche Anfälle hatte Lechdan vor seiner Flucht oder Entführung häufig. Ich kann euch versichern, er wirkt heute verständiger und zugänglicher als noch vor einem Mond.«

Beflissen lächelte die Dame und führte ihre Besucherinnen die Treppe empor. »Dieser Fall erfüllt mich sogar mit Zuversicht! Ihr seht nur, wie sich der Kranke derzeit verhält – aber ich sehe auch seine unglaubliche Entwicklung! Lasst uns rasch unsere Geschäfte abschließen, dann will ich ein kleines Gespräch mit meinem Pflegling führen.«

Rattenpack

Oswin von Beregren lauschte in die Dunkelheit. Etwas hatte ihn geweckt, aber der Grund war ihm im Augenblick des Aufwachens entglitten. Nein, da war es wieder – ein Rhythmus in der Luft …

Der Gelehrte richtete sich auf. Tatsächlich! So etwas wie ein Summen war zu hören. Wortfetzen schwebten durch den Raum, ein monotoner Singsang. Oder täuschten ihn seine Sinne?

Er dachte sofort an den Verrückten, den seine Gäste in diesem Winter zu den Noioniten gebracht hatten. Für ihn, Oswin, war der Vorfall damit allerdings nicht abgeschlossen. Oft verfolgten ihn die Geschehnisse bis in den Schlaf und ständig mahnte ihn eine innere Stimme, dass man gegenüber diesem Lechdan Grund zum Misstrauen hatte.

Oswin von Beregren seufzte gequält und wünschte sich nicht zum ersten Mal, er hätte damals einfach das zerschlagene Fenster hingenommen und die Angelegenheit auf sich beruhen lassen. Wie so oft in den vergangenen Wochen stand er auf und ging die Treppe hinab, um einen Blick über die Straße zu werfen.

Das Summen war hier lauter; es schien tatsächlich von draußen zu kommen. Das neue Fenster, das er sich von Vana Marnions Belohnung hatte leisten können, dämpfte jedoch die Geräusche. Der Gelehrte wollte Jelais holen, denn die Elfe hätte sicherlich mehr wahrgenommen, doch dann erinnerte er sich: Die Bardin war gemeinsam mit ihrer Freundin weitergezogen. Berna und Marwan hatten sich nur schweren Herzens voneinander getrennt, aber ihre Wege waren zu verschieden gewesen. Außerdem bedurfte es noch etlicher Wochen, bis der Illusionist genesen wäre.

Oswin legte die Hand auf den Türgriff. Ein Rhythmus pulsierte in seinem Blut und pochte in seinen Ohren. Da war etwas …

Fast ängstlich drückte er die Tür einen Spalt weit auf und sah hinaus auf die Straße. Seine schlimmsten Befürchtungen wurden Wirklichkeit. Draußen auf dem Pflaster saßen Ratten. Dutzende struppige Tiere, deren Augen im Licht einer schmalen Mondsichel bedrohlich glitzerten. Wenige Schritte hinter den Tieren endete die Welt: Wie abgeschnitten von einer Wand aus Dunkelheit verschwand die Straße im Nichts, allein Oswins Haus und das Gebäude gegenüber schienen in der Wirklichkeit verblieben, mit dem Madamal und den Sternen, die nur auf diesen schmalen Streifen herabschienen.

Im Haus der Noioniten waren die Fenster blind, vernagelt oder von Fensterläden verschlossen und dennoch drang der unheimliche Singsang ohne Zweifel aus diesem Gebäude. Einen Augenblick stand Oswin wie erstarrt. Hatten unheilige Mächte zusammen mit Lechdan in diesem Gebäude Einzug gehalten?

Das reglose Starren der Ratten ließ keinen Zweifel, wer das Ziel dieser Vorgänge war: Die funkelnden Augen fingen allesamt Oswins Blick und wertvolle Augenblicke verstrichen, ehe der Adlige seine Erstarrung abschütteln und die Türe zuziehen konnte. Dann lehnte er sich eine Weile zitternd gegen das feste Holz und der Schwindel in seinem Kopf ließ das eben Gesehene unwirklich erscheinen.

»Marwan!«, krächzte der alte Gelehrte.

Es war still geworden auf der Straße und Oswin warf wieder einen Blick durch den Türspalt. Im selben Augenblick schwang auch das Tor gegenüber auf. Ein halbes Dutzend Gestalten lief heraus, in dunkle Kapuzenmäntel gehüllt wie nächtliche Phantome. Die langen, festen Stäbe in ihren Händen waren jedoch allzu wirklich. Auch die Ratten erhoben sich und stürmten quiekend auf Oswins Haus zu, aber der Gelehrte verschloss hastig die Tür und dachte sogar daran, den Riegel vorzulegen.

»Was ist denn?«, fragte Marwan. »Was hast du gesehen?«

Statt einer Antwort lief Oswin zur Hintertür und fasste seinen Gast, der im Nachthemd an der Treppe stand, am Ärmel: »Rasch, wir müssen hier fort!«

Da ließ auch schon ein leichter, prüfender Schlag die Eingangstür erzittern. Die Laute der Ratten tönten von der Straße.

»Die Noioniten«, stammelte Oswin. »Lechdans Besessenheit muss auf sie übergegriffen haben. Bei den Zwölfen, was haben wir getan …«

Er schob Marwan vor sich her. Der Zauberer zögerte weiterhin, obwohl schwere Stöße die Tür erbeben ließen. »Die Nachbarn müssen diesen Lärm doch hören!«, meinte er fassungslos. »Wir sind hier mitten in der Stadt.«

Oswin stieß die Luft aus und riss die Hintertür auf. Im Garten war alles still gewesen, aber auch dort lauerte eine Armee von Ratten und die gleiche dunkle Wand zeichnete die Grenzen von Oswins Anwesen nach.

»O Hesinde, hilf!«, keuchte Marwan.

Hinter ihnen krachten die Planken der Haustür und mit einem peitschenden Knall barst eine der Angeln.

»Wir müssen hier durch«, meinte der Gelehrte. »Es sind bloß Ratten, keine Drachen …«

Die beiden blickten in funkelnde Augen, über hunderte kleine, geschmeidige Leiber hinweg. Alle Ratten

Wehrheims mussten hier versammelt sein, ausgemergelt vom Winter und hungrig. Kurz entschlossen schleuderte Oswin die Öllampe zwischen die Tiere. Sie zersprang auf den Steinen im Garten. Feurige Funken stoben über die pelzigen Leiber und trieben sie auseinander.

»Lauf!«, brüllte Oswin.

Die Stille im Garten verwandelte sich in rasendes Toben, als die Ratten ihren Kreis um die Männer schlossen. Scharfe Krallen bohrten sich in fliehende Beine, Leiber wuselten zwischen den Füßen und versuchten, sie zum Straucheln zu bringen. Spitze kleine Zähne suchten empfindliche Stellen. Oswin und Marwan taumelten zur rettenden Gartenmauer und ignorierten den brennenden Schmerz aus zahllosen kleinen Wunden. Endlich spürte der Gelehrte rauen Stein unter seinen Händen und kletterte über die Einfriedung. Er trat die letzte Ratte zur Seite und zog sich über die Mauerkrone. Marwan war hinter ihm und schirmte ihn so vor den pelzigen Angreifern ab. Oswin hörte ein Stöhnen und drehte den Kopf. Er sah, wie der Illusionist allmählich den Boden unter den Füßen verlor und sich nur mühsam an der Mauer festhielt.

Vom Garten aus hatte das Gelände jenseits der Mauer düster und leer gewirkt, als Oswin jedoch den Kopf in die Finsternis reckte, sah er die Stadt ruhig im Sternenlicht vor sich liegen. Jetzt verschwand der Garten hinter ihm in der Leere. Und kein Laut drang von dort an seine Ohren. Die Welt jenseits der unsichtbaren Schattengrenze versprach Sicherheit …

Doch Oswin musste seinem Freund helfen! Er drehte sich ein wenig auf der schmalen Mauerkrone. Als er sich eben in den Garten beugen wollte, um Marwan die Hand zu reichen, verlor er den Halt und stürzte hinab auf die andere Seite.

Der Sturz dauerte länger, als die geringe Höhe der Mauer erwarten ließ.

Aber der Aufprall war nur ein sanfter Stoß.

Oswin fühlte sich umschlungen und schlug blind umher, er griff an seine Seite, doch da war keine Gartenmauer, sondern bloß der hölzerne Rahmen seines Betts. Sein Herz pochte und keuchend blieb er liegen, eingehüllt in seine zerknüllte Decke.

Ja, dachte der Gelehrte, seit Jelais fort ist, habe ich wohl ihre Träume geerbt.

Ob etwas Wahres daran war? Beunruhigt stand Oswin auf und ging zuerst zum Zimmer des Illusionisten, aber Marwan schlief mit ruhigen Atemzügen. Anschließend stieg Oswin die Treppe hinab und öffnete die Haustür – nur nächtlicher Friede erfüllte die Straßen Wehrheims.

Es gab scheinbar keinen äußeren Anlass für den Albtraum.

Vielleicht rührte er daher, dass der Gelehrte am Vortag durch Zufall Folgendes erfahren hatte: Die Noioniten hatten Lechdan Babek als geheilt aus ihrer Obhut entlassen. Und die Vorsteherin Marnion feierte diese Heilung als großen Erfolg.

Oswin rätselte, was bei den Noioniten vorgefallen war. Eine wirkliche Heilung? Oder war der vormals Verrückte ein Anhänger der Erzdämonin Thargunitoth, der seine Bewacher getäuscht hatte? Oder, schlimmer noch: War er tatsächlich besessen gewesen und hatte auch den Geist der Noioniten vergiftet, wie der Albtraum vorgegaukelt hatte?

Der Gelehrte hoffte, dass er es nie erfahren musste.

Erklärung aventurischer Begriffe

Die Götter und Monate

1. *Praios* = Gott der Sonne und des Gesetzes – entspricht Juli
2. *Rondra* = Göttin des Krieges und des Sturmes – entspricht August
3. *Efferd* = Gott des Wassers, des Windes und der Seefahrt – entspricht September
4. *Travia* = Göttin des Herdfeuers, der Gastfreundschaft und der ehelichen Liebe – entspricht Oktober
5. *Boron* = Gott des Todes und des Schlafes – entspricht November
6. *Hesinde* = Göttin der Gelehrsamkeit, der Künste und der Magie – entspricht Dezember
7. *Firun* = Gott des Winters und der Jagd – entspricht Januar
8. *Tsa* = Göttin der Geburt und der Erneuerung – entspricht Februar
9. *Phex* = Gott der Diebe und Händler – entspricht März
10. *Peraine* = Göttin des Ackerbaus und der Heilkunde – entspricht April
11. *Ingerimm* = Gott des Feuers und des Handwerks – entspricht Mai
12. *Rahja* = Göttin des Weines, des Rausches und der Liebe – entspricht Juni

Himmelsrichtungen

Rahja = Osten
Efferd = Westen
Praios = Süden
Firun = Norden

Begriffe, Namen, Orte

Alveran = Heimstatt der Zwölfgötter
Bannstrahler = Mitglieder des Ritterordens vom Bannstrahl Praios; gelten als fanatisch und magiefeindlich
Boronanger = Friedhof
Darpatien = eine Provinz des Mittelreichs
Erzdämonen = 12 Erzdämonen sind Widersacher der Zwölfgötter
Geweihter = Priester
Golgari = Bote Borons, der die Seelen der Verstorbenen holt; wird als riesiger schwarzer Rabe dargestellt
Kvirasim = Stadt in Nordaventurien mit vornehmlich elfischer Bevölkerung
Madamal = Mond
Maraskan = größte Insel Aventuriens; mit tropischem Klima und exotischer Tierwelt
Mittelreich = größter aventurischer Staat
Noioniten = Boronorden, der sich der geistig Verwirrten annimmt
Orks = neben Menschen, Elfen und Zwergen die wichtigste Rasse kulturschaffender Zweibeiner in Aventurien
Orkensturm = häufige Bezeichnung für den letzten Krieg mit den Orks, der bis in das Mittelreich hineinreichte
Quillyana = elfische Bezeichnung für Kvirasim
Selem = Stadt in Südaventurien
Thorwal = Land am nordwestlichen Rand Aventuriens bzw. dessen Hauptstadt
Trollzacken = ein aventurisches Gebirge im Osten des Mittelreichs
Tsafest = Geburtstag
Tulamiden = Volksstamm aus dem aventurischen Südosten
Wehrheim = Stadt in Darpatien; bekannt als Festung und Militärstandort
Zwölfe (die Zwölfe) = kurz für die Zwölfgötter

Das Schwarze Auge

1. Band: Ulrich Kiesow, *Der Scharlatan* · 06/6001
2. Band: Uschi Zietsch, *Túan der Wanderer* · 06/6002
3. Band: Björn Jagnow, *Die Zeit der Gräber* · 06/6003
4. Band: Ina Kramer, *Die Löwin von Neetha* · 06/6004
5. Band: Ina Kramer, *Thalionmels Opfer* · 06/6005
6. Band: Pamela Rumpel, *Feuerodem* · 06/6006
7. Band: Christel Scheja, *Katzenspuren* · 06/6007
8. Band: Uschi Zietsch, *Der Drachenkönig* · 06/6008
9. Band: Ulrich Kiesow (Hrsg.), *Der Göttergleiche* · 06/6009
10. Band: Jörg Raddatz, *Die Legende von Assarbad* · 06/6010
11. Band: Karl-Heinz Witzko, *Treibgut* · 06/6011
12. Band: Bernhard Hennen, *Der Tanz der Rose* · 06/6012
13. Band: Bernhard Hennen, *Die Ränke des Raben* · 06/6013
14. Band: Bernhard Hennen, *Das Reich der Rache* · 06/6014
15. Band: Hans Joachim Alpers, *Hinter der eisernen Maske* · 06/6015
16. Band: Ina Kramer, *Im Farindelwald* · 06/6016
17. Band: Ina Kramer, *Die Suche* · 06/6017
18. Band: Ulrich Kiesow, *Die Gabe der Amazone* · 06/6018
19. Band: Hans Joachim Alpers, *Flucht aus Ghurenia* · 06/6019
20. Band: Karl-Heinz Witzko, *Spuren im Schnee* · 06/6020
21. Band: Lena Falkenhagen, *Schlange und Schwert* · 06/6021
22. Band: Christian Jentzsch, *Der Spieler* · 06/6022
23. Band: Hans Joachim Alpers, *Das letzte Duell* · 06/6023
24. Band: Bernhard Hennen, *Das Gesicht am Fenster* · 06/6024
25. Band: Niels Gaul, *Steppenwind* · 06/6025
26. Band: Hadmar von Wieser, *Der Lichtvogel* · 06/6026
27. Band: Lena Falkenhagen, *Die Boroninsel* · 06/6027
28. Band: Barbara Büchner, *Aus dunkler Tiefe* · 06/6028
29. Band: Lena Falkenhagen, *Kinder der Nacht* · 06/6029
30. Band: Ina Kramer (Hrsg.), *Von Menschen und Monstern* · 06/6030
31. Band: Johan Kerk, *Heldenschwur* · 06/6031
32. Band: Gun-Britt Tödter, *Das letzte Lied* · 06/6032
33. Band: Barbara Büchner, *Das Galgenschloß* · 06/6033
34. Band: Karl-Heinz Witzko, *Tod eines Königs* · 06/6034
35. Band: Hadmar von Wieser, *Der Schwertkönig* · 06/6035
36. Band: Barbara Büchner, *Schatten aus dem Abgrund* · 06/6036
37. Band: Barbara Büchner, *Seelenwanderer* · 06/6037
38. Band: Hadmar von Wieser, *Der Dämonenmeister* · 06/6038
39. Band: Christel Scheja, *Das magische Erbe* · 06/6039
40. Band: Linda Budinger, *Der Geisterwolf* · 06/6040
41. Band: Momo Evers, *Und Altaia brannte* · 06/6041

Das Schwarze Auge

42. Band: Barbara Büchner, *Blutopfer* · 06/6042
43. Band: Lena Falkenhagen, *Die Nebelgeister* · 06/6043
44. Band: Karl-Heinz Witzko, *Die beiden Herrscher* · 06/6044
45. Band: Bernhard Hennen, *Die Nacht der Schlange* · 06/6045 Hardcover
46. Band: Barbara Büchner, *Das Wirtshaus* Zum lachenden Henker · 06/6046
47. Band: Karl-Heinz Witzko, *Die Königslarve* · 06/6047
48. Band: Tobias Frischhut, *Geteiltes Herz* · 06/6048
49. Band: Hadmar von Wieser, *Erde und Eis* · 06/6049
50. Band: Britta Herz (Hrsg.), *Gassengeschichten* · 06/6050
51. Band: Heike Kamaris & Jörg Raddatz, *Sphärenschlüssel* · 06/6051
52. Band: Alexander Huiskes, *Die Hand der Finsternis* · 06/6052
53. Band: Martina Nöth, *Zwergenmaske* · 06/6053
54. Band: Gun-Britt Tödter, *Koboldgeschenk* · 06/6054
55. Band: Heike Kamaris & Jörg Raddatz, *Blutrosen* · 06/6055
56. Band: Ulrich Kiesow, *Das zerbrochene Rad: Dämmerung* · 06/6056
57. Band: Ulrich Kiesow, *Das zerbrochene Rad: Nacht* · 06/6057
58. Band: Jesco von Voss, *Der Letzte wird Inquisitor* · 06/6058
59. Band: Olaf Flatergast, *Druiden-Rache* · 06/6059
60. Band: Alexander Wichert & Christian Thon, *Blakharons Fluch* · 06/6060
61. Band: Karl-Heinz Witzko, *Westwärts, Geschuppte!* · 06/6061
62. Band: Thomas Finn, *Das Greifenopfer* · 06/6062
63. Band: Alexander Lohmann, *Die Mühle der Tränen* · 06/6063
64. Band: Sarah Wippermann (Hrsg.), *Aufruhr in Aventurien* · 06/6064 (in Vorb.)
65. Band: Thomas Baroli, *Lichter Tag* · 06/6065 (in Vorb.)
66. Band: Thomas Baroli, *Die Schwärze der Nacht* · 06/6066 (in Vorb.)
67. Band: Alexander Wichert, *Sand und Blut* · 06/6067 (in Vorb.)
68. Band: Alexander Huiskes, *Der geheime Pfad* · 06/6068 (in Vorb.)

Sonderausgabe des 15., 19. und 23. Romans in einem Band:
Hans Joachim Alpers, *Die Piraten des Südmeers* · 06/9185

Sonderausgabe des 12., 13. und 14. Romans in einem Band:
Bernhard Hennen, *Drei Nächte in Fasar* · 06/9197 (in Vorb.)

Weitere Bände in Vorbereitung

HEYNE BÜCHER

L. E. Modesitt jr.

Der Recluce-Zyklus

»Der Bilderbogen einer hinreißenden Welt.«
Robert Jordan

Das große Fantasy-Erlebnis in der Tradition von Robert Jordans ›Das Rad der Zeit‹

Magische Inseln
1. Roman
06/9050

Türme der Dämmerung
2. Roman
06/9051

Magische Maschinen
3. Roman
06/9052

Weitere Bände in Vorbereitung

06/9050

06/9051

HEYNE-TASCHENBÜCHER